AF402841

JAROMIR KONECNY

Erstausgabe Dezember 2019

© 2019 dp DIGITAL PUBLISHERS GmbH

Made in Stuttgart with ♥
Alle Rechte vorbehalten

Lachen, liken, lieben

ISBN 978-3-96087-944-2
E-Book-ISBN 978-3-96087-706-6

Covergestaltung: Buchgewand
Umschlaggestaltung: Cover Up Buchcoverdesign
Unter Verwendung von Abbildungen von
shutterstock.com: © solomon7, © Halay Alex und © Paul shuang
Lektorat: Lektorat Reim
Satz: dp DIGITAL PUBLISHERS
Druck und Bindung: Books on Demand GmbH, Norderstedt

Das Werk darf – auch teilweise – nur mit
Genehmigung des Verlages wiedergegeben werden.

Sämtliche Personen und Ereignisse dieses Werks sind frei erfunden. Etwaige Ähnlichkeiten mit real existierenden Personen, ob lebend oder tot, wären rein zufällig.

Über den Autor

Seit Jahren begeistert der in Prag geborene und promovierte Naturwissenschaftler Jaromir Konecny das Publikum bei Poetry Slams sowie auf Kabarett- und Lesebühnen aller Art. Jaromir Konecny, der 1982 in die Bundesrepublik übergesiedelt ist, hat über 100 Poetry Slams gewonnen und wurde zweimal Vizemeister der deutschsprachigen Poetry Slam Meisterschaften. Sein Werk Doktorspiele wurde verfilmt und lief 2014 erfolgreich in den deutschen Kinos.

Motto:
Manchmal gewinnst du, obwohl du verloren hast.

A practical joke (prank) is a mischievous trick played on someone, generally causing the victim to experience embarrassment, perplexity, confusion or discomfort. [...] Practical jokes differ from confidence tricks or hoaxes in that the victim finds out, or is let in on the joke, rather than being talked into handing over money or other valuables. Practical jokes are generally lighthearted and without lasting impact; their purpose is to make the victim feel humbled or foolish, but not victimized or humiliated. However, practical jokes performed with cruelty can constitute bullying, whose intent is to harass or exclude rather than reinforce social bonds through ritual humbling.

wikipedia

Am Anfang war ein Liebesbrief

Nein! Quatsch! Am Anfang war Jayden. Ich habe ihn gesehen und war verloren wie Gretel im Wald. Durch meinen Bauch flogen Flugzeuge, ich schlief nicht, ich riss an Mamas Blumen auf unserem Balkon die Blütenblätter ab: Liebte er mich, liebte er mich nicht? … Bescheuerte Fragen. Warum sollte Jayden mich lieben? Ich war Luft für ihn.

Die Gedanken an Jayden halfen mir aber, Felix aus meinem Kopf zu verdrängen. Ich schrieb an Jayden einen Liebesbrief. Klar traute ich mich nicht, ihm den Brief zukommen zu lassen. An jedem Abend, schon im Bett, las ich ihn und musste heulen – so traurig war mein Brief. Lia, das hast du wunderschön geschrieben!, flüsterte ich und weinte weiter. Das Heulen hatte ich wegen Felix gut drauf.

Eines nachmittags hockte ich mit meiner besten Freundin Emma in der San Francisco Coffee Company. Jede einen gut gezuckerten Gingerbread Caffe Latte vor sich auf dem Tisch. Emma und ich haben keine Geheimnisse voreinander. Sie versteht mich, ich verstehe sie. Ich holte aus meinem Rucksack den Liebesbrief hervor. Das Papier schon voll mit Wasserschäden.

Auch jetzt beim Vorlesen musste ich mich zusammenreißen, um nicht loszuheulen. Immer wieder hob ich den Blick vom Blatt, guckte Emma an, ob sie auch schon weinte. Doch Emma presste ganz komisch die Lippen zusammen. Als ob ihr die Zunge davonlaufen mochte und sie es mit aller Kraft verhindern wollte.

Und plötzlich, etwa nach zwei Dritteln meines wundertraurigen Briefs, explodierte Emma. Sie heulte vor Lachen. Hey! Was machte sie da? Vor Lachen war ihr Körper nach vorne geschnellt, sie kringelte sich wie ein Baby im Bauch und stieß an den Tisch. In letzter Sekunde ließ ich den Brief fallen und nahm schnell die Tassen hoch, um unsere dicksüßen Gingerbread Caffe Lattes zu retten.

„Was soll das?", sagte ich. „Du lachst mich aus?"

„Sorry, Sweety!", keuchte Emma und kreischte wieder auf vor Lachen. Zum ersten Mal seit einem Dreivierteljahr. Nach dem Unfall von Felix haben wir nicht mehr gelacht. Vielleicht brauchte Emma das. Warum nicht? War am Ende dieser erste Lachanfall der Schmetterling, der mit seinem Flügelschlag diese ganze Geschichte in Gang setzte?

„Jayden kannst du vergessen", sagte Emma, als sie auslachte. „Zu große Konkurrenz."

Da hatte sie recht. Hinter Jayden waren alle Mädchen unserer Schule her. Trotzdem lief ich in der großen Pause im Schulhof ganz unauffällig vor ihm und seiner Clique hin und her. Wie in Gedanken versunken. Den Schnürsenkel an meinem linken Nike aufgeschnürt. Tagträumend. Gleich würde Jayden rufen:

„Lia! Dein Schnürsenkel ist auf." Und SCHWUPP! Ein lockeres Gespräch und schon war die romantischste Liebesgeschichte aller Zeiten angebandelt: Jayden und Lia.

Doch nur unser Klassenlehrer Blume ging mir in die Falle. „Lia! Ist das jetzt eine neue Mode, oder was?"

„Häää?"

„Du hast ständig den linken Schnürsenkel auf."

„Könnten Sie mir den zubinden?", fragte ich Blume kokett.

„Waaas?"

„Äääh, nichts ... ja, das trägt man jetzt so."

Hanna aus der Fünften hatte es mitbekommen. Nächste Woche trugen alle Mädels aus der Fünften am linken Schuh den Schnürsenkel offen.

Das Rennen um Jayden hatte schließlich Annika gemacht. Unser YouTube-Star. Klar himmelte ich Jayden weiter an. So wie die anderen Mädchen in der Schule. Aber aus Entfernung. Ich musste einfach akzeptieren: So wie ich aussah, hatte ich bei Jayden keine Chance.

Damals hatte ich noch keine Ahnung, dass ich mit Jayden bald ein Spiel auf Leben und Tod spielen würde. Noch in diesem Schuljahr.

Von Torten und Tränen

Die große Schokotorte mit den siebzehn brennenden Kerzen machte einen halben Salto. Und landete auf dem Teppich: PATSCH! Torten fallen immer auf die leckere Seite. So wie Brote auf die Marmeladeseite.

„Ich wusste, dass das passieren würde", jammerte meine Mutter. Sie stand mit dem leeren Tablett am Tisch. Die Torte hockte auf dem braunen Teppich wie ein Maulwurfhügel.

„Uns geht's nicht gut", klagte Papa. „Uns geht's überhaupt nicht gut!"

Das stimmte. Wir heulten uns nur an. Vor einem Dreivierteljahr war beim Skaten mein kleiner Bruder Felix umgekommen. Es tat immer noch weh. Verdammt weh. So weh, dass wir uns ein Leben ohne diesen Schmerz nicht mehr vorstellen konnten. Mama versalzte ständig ihre Suppen, sicher mit Tränen.

Die Wohnzimmertür flog auf: Tante Rosa. Sie sah meine Mutter an, die Torte auf dem Boden, und explodierte vor Lachen. Wie Emma vor drei Monaten, als ich ihr meinen Liebesbrief an Jayden vorlas. Die Lachanfälle in meiner Umgebung mehrten sich.

Emmas Lachanfall hatte mich noch durcheinandergebracht. Tante Rosa beneidete ich aber darum. Felix hatte doch so gern gelacht. Wär's nicht für uns alle besser, lachend um ihn zu trauern? Worüber sollte ich aber lachen? Geburtstagstorten schmiss meine Mutter höchstens einmal im Jahr auf den Boden. Als Felix noch lebte, zweimal.

Ich kniete mich hin und gabelte vom Teppich ein ordentliches Stück Schoko auf meinen Teller. „Alles Gute zu deinem siebzehnten Geburtstag, Lia", sagte ich laut zu mir selbst.

„Aber Lia!", sagte meine Mutter. Ich sah auf. Meine Eltern starrten mich verdutzt an. Und auf einmal musste ich auch lachen. Zum ersten Mal nach fast einem Jahr. Zusammen mit Rosa. Das tat gut!

***

„Wie bringe ich mich zum Lachen?", tippte ich am Abend bei Google ein.

„Mit Humor!", antwortete Google. Idiot!

Doch in einem Blog erfuhr ich etwas Wichtiges: kunstliches Lächeln macht uns gesünder und glücklicher als keins. Dieses Erste meiner Lachgebote meißelte ich sofort auf Lias Lachtafel in meinem Kopf:

Das erste Lachgebot

*Lache, auch wenn's nichts zum
Lachen gibt!*

Zehn Lachgebote müssten es schon werden. Das Erste übte ich sofort ein. Ich stellte mich vor den Spiegel und versuchte, mein schönstes Lächeln hervorzuzaubern. Das Lächeln musste zu meinem langen hellblonden Haar passen und durfte nicht meine kleine Nase großmachen: GRINS, GRINS.

***

Hübsch bin ich nicht, eher der untere Rand vom Durchschnitt. So dachte ich. Ich hatte auch Gründe dafür. Noch jetzt mit siebzehn erinnerte ich mich gut an mein Erlebnis im Kaufmarkt – als frischgebackene Abc-Schützin.

***

Damals stand ich mit Mama an der Kasse. Unser Einkaufswagen voll. Wenn ich jetzt die Augen zumachte, sah ich immer noch die braune Kakaopackung von Van Houten, die aus Mamas Warenberg ragte wie der Wilde Kaiser aus dem Kaisergebirge. Dorthin fuhren wir jedes Jahr zum Skifahren.

Meine Mama hatte mir in der ersten Klasse sehr kurzes Haar verordnet. Warum? Im Kindergarten hatte ich mir alle zwei Wochen Läuse eingefangen. Mama stöhnte immer, wenn sie mein Haar dursuchte: „Du hast wieder Läuse, Lia!"

Sie musste mein Haar mit einem Spezialshampoo behandeln, mich stundenlang kämmen und nach Nissen suchen. Ich freute mich auf das Kämmen – ich kann mir nichts Schöneres vorstellen, als wenn jemand dein langes Haar kämmt. Doch Mama jammerte, dass die Läuse ihre ganze Freizeit fressen würden. In den Ferien vor der ersten Klasse hatte sie mich überredet, mir die Haare schneiden zu lassen.

Damals im Kaufmarkt stand eine Frau vor uns in der Schlange. Ungefähr so alt wie meine Mama, nur hässlich – ein Gesicht ohne Lächeln. Die Frau starrte mich lange an. Musterte meinen Igelschnitt.

„Wie heißt der Junge?", fragte sie.

„Das ist kein Junge!", sagte Mama. „Lia ist ein Mädchen. Das sieht doch jeder!"

Da lachte die Frau. Gerade als ich mich zu heulen anschickte. Bis dahin hatte ich solches Lachen nur in Zeichentrickfilmen erlebt. Wenn die böse Hexe Hänsel mästete wie ein Ferkel, lachte sie genau so.

„He, he, he … so sieht doch kein Mädchen aus!" Sie drehte sich zu den anderen Leuten in der Schlange. „Schauen Sie!" Sie zeigte mit ihrem langen Zeigefinger auf mich, der mir wie eine Kralle vorkam. „Ist das kein Junge?" Ich heulte doch nicht, starrte die ganze Zeit auf die Kakao-Packung.

Im Auto erklärte Mama mir die ganze Fahrt hindurch, dass es auf der Welt auch kranke Menschen gäbe. „Die Frau wollte nur verletzten. Weil sie sicher selbst Probleme hat." Ich nickte nur. Meine Augen brannten, weinen würde ich aber nicht. Das nahm ich mir damals vor.

Seitdem hatte ich mir das Haar nicht mehr kurz schneiden lassen. Zum Glück hat es in der Grundschule keine Läuse mehr gegeben.

***

Jetzt mit siebzehn hielt mich niemand mehr für einen Jungen. Trotzdem wusste ich, besonders hübsch war ich nicht. Auch wenn Emma mir öfter sagte, ich sei hübsch. Kannst du das aber deiner besten Freundin glauben? Nö! So wie ich Emma kenne, würde sie mir nie sagen, ich sei nicht schön.

Ich konzentrierte mich wieder auf den Spiegel, und plötzlich tauchte dort mein hübschestes Lächeln auf: die erste Blume, die den Frühling ankündigte. Auch wenn man mich einmal für einen Jungen gehalten hatte, dieses Lächeln war ganz hübsch. Das wusste ich. Ab jetzt würde ich dieses Lächeln immer tragen – wie meine Sommersprossen.

Im Bett suchte ich im Tablet nach weiteren Lachgeboten, fand aber nur noch den Schlaf.

Mein größter Feind

Beim Frühstück grinste ich Mama so lange an, bis sie auch zurückgrinste. Kann aber sein, dass sie nur eine gequälte Miene schnitt. Zwischen Lachen und Heulen sind die Grenzen fließend. Große Gefühle!

***

PIEP! Meine Freundin Emma schrieb mich per WhatsApp an: „Bist du schon wach, Sweety? 15 Uhr am Chinesischen Turm, okay?" Dabei ein Foto ihrer Beine in knallroten langen Strümpfen, wie sie in der Luft ein V machten. Ein Bein-Selfie! O Gott! Aber sie hat hübsche Beine! Sicher vom Stretchen und Kicken. Emma macht Thai-Boxen. Ich jogge. Ja, ich weiß: Zu jung zum Joggen. Doch zu alt zum Rumtoben auf dem Spielplatz. Ich fühle mich immer gut, nachdem ich gejoggt bin. Deswegen jogge ich.

Ich guckte bei Instagram nach – klar hatte Emma das Bild auch dort gepostet. Ein „V" aus rot besträmpften Beinen – das Victory-Zeichen für das heutige Spiel. Die Jungs aus unserer Klasse sollten im Englischen

Garten gegen die Parallelklasse 11b kicken, die NAWI-Klasse. Aber erst um 15 Uhr.

Sollte ich bis dahin in unserer Wohnung rumsitzen? In der lachfreien Zone? Keine Lust! Gleich nach dem Mittagessen radelte ich aus Haidhausen entlang der Isar Richtung Norden. Die Sonne lachte. Ich lächelte. Künstlich, aber von ganzem Herzen – ich wollte glauben, dass das Lächeln was brachte.

Im Englischen Garten fuhr ich Slalom zwischen den Joggern. Vor allem Frauen. So viele Jogger wie heute hatten mich noch nie angelächelt. Aha! Die joggenden Frauen lächelten einfach zurück – weil ich lächelte. Und so erfand ich das zweite Lachgebot:

Das zweite Lachgebot

*Lächle, und es wird zurück-
gelächelt!*

Noch acht Lachgebote. Ich war neugierig, wie's weiterging.

***

Im Englischen Garten hockte ich mich auf eine Bank unter einem großen Laubbaum am Fußgängerweg zum Chinesischen Turm. Die Sonne spazierte über den Rasen. Goldglitzer tobte in der Baumkrone über mir. Nicht lustig, aber schön.

20

Sollte ich etwas lesen? Nööö ... Zu viele Gedanken im Kopf. Lieber guckte ich mir bei YouTube lustige Videos an.

Bei dem Shampooing People Prank duschst du dich unter einer offenen Dusche an einem Strand oder wo auch immer, tust dir etwas Shampoo ins Haar, reibst es hinein. Das Shampoo schäumt, Wasser prasselt dir auf den Kopf. Wenn das Shampoo ausgespült ist, schleicht sich jemand von hinten an dich heran und spritzt dir eine zusätzliche Ladung Shampoo ins Haar. Selbstverständlich von dir unbeobachtet. Und immer wieder. Obwohl du schon seit einer Ewigkeit unter der Dusche stehst und spülst, schäumt das Haar. Bis du ausflippst. Die Pranker lachen sich über dich schlapp. Und dann bei YouTube die ganze Welt. Der Prank wurde mit einer versteckten Kamera festgehalten.

War das wirklich echt? Wussten die Duschenden nichts davon?

Ach, egal! Echt oder nicht. Hauptsache, ich musste lachen. Waren YouTuber ständig auf der Jagd nach lustigen Geschichten? Wäre das auch etwas für mich?

Hin und wieder blickte ich vom Tablet auf. Vielleicht würden die Mädels auch früher kommen. Ich machte WhatsApp auf und tippte an Emma: „Bin schon im Englischen Garten, Süße!“

Emma meldete sich aber nicht. Auch keine meiner anderen Freundinnen tauchte im Park auf, nur mein Erzfeind – der einzige Junge in der Schule, wegen dem ich vor einem Jahr nur noch hatte sterben wollen: Louis!

***

In der Zehnten hatte Louis mich vor der ganzen Schule lächerlich gemacht. Damals waren wir noch in derselben Klasse.

In der Pause war er zu meiner Bank gekommen. „Hey, Lia! Ein Fernsehteam möchte eine Schülerin für eine Serie casten. Das Ding soll auf den Kanarischen Inseln gedreht werden. Der Schulleiter hat dich empfohlen. Du sollst ins Lehrerzimmer kommen.“

Klar bin ich blöde Nuss ins Lehrerzimmer gelaufen. Die Lehrer dort starrten mich nur dumm an, als ich nach dem Fernsehteam und den Kanarischen Inseln fragte. Auch einige Schüler waren dabei. Wochenlang hat die ganze Schule über mich gelacht.

Vor allem die Jungs hatten mich mit ihren Sprüchen verfolgt. Ich fragte mich nur, warum? Warum machten sie mich so fertig? Den Grund dafür sollte ich erst ein Jahr später erfahren. Im Laufe dieser Geschichte. Komisch, wie unwissend wir manchmal durchs Leben gehen.

Damals habe ich meine Eltern angefleht, mich in eine andere Schule zu stecken. Drei Monate später war Felix gestorben, und meine Mitschüler hörten auf, über mich zu lachen.

Die lustige Seite der Dinge

Louis mochte ich immer noch nicht. Zum Glück wechselte er nach der Zehnten in die naturwissenschaftliche Klasse, war jetzt also in der 11b, während ich in der 11a saß. Wenn ich nur daran dachte, ich und Louis wären in derselben Klasse, bekam ich Herzrasen.

Jetzt radelte Louis langsam auf meine Bank zu. Freihändig. Hellbraunes Haar, wuschelig. Manche Frisuren der Jungs schauten wie Torten aus. Voll kompakt. Vor allem früher, als die Jungs sich Gel ins Haar geschmiert hatten. Männer haben kein richtiges Gespür für Mengen. Das wusste ich schon von meinem Vater. Zum Glück verwendeten die meisten Jungs jetzt Haarwachs. Aber auch mit Haarwachs konnte man's übertreiben. Bei Louis sah die Frisur natürlich aus, das musste ich zugeben, auch wenn ich ihn hasste. UPPS! Sicher würde er bei mir anhalten. Keine Chance, Junge! Mit dir rede ich nicht!

Schnell drehte ich mich um. Wo konnte ich mich vor ihm verstecken? Blöd. Kein Busch in der Nähe. Doch plötzlich tauchte meine Erlösung auf – ein Segelschiff auf Rädern: Eine Frau auf dem Fahrrad mit einem weiten Poncho und einem langen breiten Schal, der im Sommerwind hinter ihr flatterte wie ein Segel.

Ich schielte zu Louis. Seine Augen weiteten sich vor Angst. Mit beiden Händen fasste er den Fahrradlenker. Jetzt hatte er nur noch Augen für die Frau im Poncho. Immer näher kam sie. Ihr Schal und der Poncho nahmen die ganze Wegbreite in Beschlag. Wie würde Louis sich daran vorbeimogeln? „O Gott!", betete ich. „Watsche ihn mit dem Schal der Frau aus! Für alles, was mir der Fiesling angetan hat."

Doch Gott hat seinen eigenen Kopf. Plötzlich drehte sich der Wind und schlug der Ponchofrau den breiten Schal direkt ins Gesicht. Jetzt voll vermummt. Mit der Linken ließ sie den Lenker los und versuchte, den Schal runter zu reißen. Dabei änderte sie ihre Richtung und steuerte frontal auf Louis zu.

In letzter Sekunde wich er aus, fuhr in eine Rinne am Wegrand, sein Vorderrad verdrehte sich um 180 Grad und Louis vollführte einen Salto über den Lenker. So wie meine Geburtstagstorte, nur viel höher. Nicht mal einen QUIK hat er gemacht, so schnell ging das. Auch mit der Marmeladeseite auf dem Boden gelandet – mit dem Bauch und dem Gesicht. HUI! Doch nicht! Kurz vor der Landung streckte Louis die Hände zum Boden und federte sich ab. Schade! Ich hätte ihm eine härtere Landung gewünscht.

Die Frau im Poncho hat das nicht mitbekommen. Sie radelte weiter, ihre Segel jetzt wieder hinter sich und nicht mehr im Gesicht.

Louis sprang auf. Unverletzt. Vielleicht übte er zu Hause Saltos ... Er machte den Mund breit auf. Sicher, um der Frau ein paar wüste Beschimpfungen nachzubrüllen. In Beschimpfungen sind die Jungs unserer Schule Experten.

Gerade wollte ich mir die Ohren mit den Fingern verstopfen, als Louis einen Lachanfall bekam. Er kreischte vor Lachen. Wirklich! Nicht gelogen! Er musste sich zu seinem verknäulten Fahrrad auf den Boden setzen, sonst hätte das Lachen ihn umgehauen. Obwohl er sich hier noch vor kurzem hätte schwer verletzen können.

Aha! Kurz hatte ich vergessen, dass ich ihn nicht mochte. Neugier trieb mich. Mit offenem Mund kam ich zu ihm und sprach ihn zum ersten Mal nach einem Jahr an. „Wie kannst du nach einem solchen Unfall lachen?“

„Äääh …“, fing er an zu stottern. „Li… Lia?“

„Nö! Darth Vader!“

„Waaas?“

„Nur ein Scherz!“, sagte ich. „Wie kannst du nach einem solchen Unfall lachen?“

„Das war doch lustig!“, sagte er und zeigte zu dem wehenden Poncho, der langsam in der letzten Kurve vor dem Chinesischen Turm verschwand.

„Lustig? Du hättest dich doch verletzen …“ Und plötzlich hatte ich eine kleine Erleuchtung. Mein Erzfeind Louis hatte mir das dritte Lachgebot geschenkt. Mein Wichtigstes:

Das dritte Lachgebot

Louis starrte mich an. Ich wusste auch nicht, was ich ihm noch sagen sollte. Ich mochte ihn ja nicht. Mich hat nur sein Lachen interessiert, nichts Anderes. Sagen würde er sowieso nur etwas Dummes. Als unser Klassenlehrer in der Achten fragte, wie man sich im Dunkeln in einem Wald orientieren könne, hatte Louis geantwortet: „Im Dunkeln hilft nur die Glühbirne!"

***

In der Grundschule konntest du mit den Jungs noch normal sprechen. In der Sechsten war in ihnen aber eine Bombe explodiert, die alles Vernünftige wegfegte: BUMM! Seitdem führten sie in den sozialen Netzwerken solche Gespräche:

Gratulant: hey alts haus ich wünsche dir alles gute zu deinem geburtstag. feier schön und habe viel spaß lass die sau raus
Geburtstagskind: Ja du Spako
Der Gratulant likt das und schreibt: du feige sau sagst nicht mal danke
Das Geburtstagskind likt das und schreibt: Gefällt mir
Der Gratulant likt das und schreibt: du vollspast
Das Geburtstagskind likt das

In der Grundschule hatte ich mit Louis viel gespielt. Am Ende der Vierten war seine Mama aber an Krebs gestorben. Seit ihrem Tod hat er nur noch wenig gespielt, ein ganz ernster Junge war er geworden. In der Fünften ging er von unserer Schule weg. Wohnte bei seinem Opa in Taufkirchen. Sein Vater war damals viel auf Reisen – Musiker.

Louis' Opa war ein Zauberer und ziemlich schräg. In der Sechsten tauchte Louis aber wieder bei uns auf. Sein Vater hatte aufgehört zu musizieren und eine Arbeit in München gefunden. Louis war wie verwandelt. Nur am Spaßmachen.

***

„Lia!", sagte Louis. „Ich möchte mich entschuldigen, dass ich dir damals den Streich mit den Kanaren gespielt habe."

„Ist schon gut!", sagte ich, obwohl's nicht stimmte. Vor Louis würde ich immer auf der Hut sein.

„Ciao!", sagte ich, und drehte mich um.

Und dann kam von Louis der Satz, der mich gestern noch in ein trauriges Kopfkino versetzt hätte: „Tut mir leid wegen deines Bruders. Felix war lustig. Ich hab ihn gemocht."

Ich drehte meinen hellblonden Kopf schnell zurück, sodass mir mein langes Haar ins Gesicht klatschte, sagte: „Danke!" und TAPP, TAPP. Nichts wie weg hier!

Zum Glück musste ich nicht mehr an meine Trauer denken. Felix tauchte jetzt nur lachend in meinem Kopf auf. So wie Louis eigentlich sagte: Felix war lustig. Plötzlich fragte ich mich, ob Felix und Louis sich in

27

ihrer Art etwas ähnelten? Beide wollten viel Spaß haben und beide haben's hin und wieder etwas übertrieben ...

Ohne ein Lächeln hatte ich Louis noch nie gesehen, oder? Hat er am Ende auch seine Lachgebote? Lächelte er wirklich ständig? Hundertprozentig konnte ich das nicht wissen – ich hab ihn letztes Jahr gemieden, wo ich nur konnte. Felix hatte aber auch die ganze Zeit gelächelt. Nein, Felix war nicht wie Louis – auf keinen Fall!

Um diese dummen Gedanken loszuwerden, dachte ich an mein drittes Lachgebot. Auch bei Gedanken an Felix sollte ich nur an die schönen, spaßigen Zeiten mit ihm denken. Ab jetzt lachst du dir die Welt schön, Lia, nahm ich mir vor. Ohne zu ahnen, dass das Lachen auch tödlich sein kann.

Striptease

Um Louis nicht noch mal treffen zu müssen, lief ich möglichst weit weg vom Spielrasen der Jungs. Ich kann stundenlang durch die Stadt oder durch die Landschaft laufen. Immer habe ich meine digitale Spiegelreflex dabei und ein paar Objektive samt gutem Zoom, die ich von meinem Vater vor einem Jahr zum Geburtstag bekommen habe. Wenn ich Profi-Fotos für Instagram und Pinterest schießen will, reicht das iPhone nicht.

Überall in der Stadt gibt's Bilder und Geschichten. Du musst nur gucken!

Plötzlich landete ich im Biergarten am Chinesischen Turm. Am Rand saß ein älterer Mann im Tirolerhut mit einem Foxterrier. „Du wartest hier", sagte er zum Hund. „Ich hole mir noch ein Halbes." Er ging zur Theke.

In seinem alten Glas war noch etwas Bier. Der kleine Hund sah sich vorsichtig um: War die Luft rein? Er hüpfte auf den Tisch und steckte die lange Schnauze in das Halbliter-Bierglas. Ganz tief, bis seine Nase das Bier auf dem Boden berührte. Nur war das Glas so eng, dass er das Maul nicht aufmachen konnte, um das Bier aufzulecken. Ich lachte über den komischen Hund wie eine Wahnsinnige, schaffte es aber zum Glück, ein paar Fotos zu schießen. Die lustigsten des Jahres. Sollte ich den Hund aufnehmen? Das Video würde auf YouTube sicher viral werden. Zu spät!

Bei seinem Kampf gegen das enge Glas schielte der Hund ständig zur Theke. Plötzlich tauchte sein Herrchen mit einem neuen Bier in der Hand auf. Schnell zog der Hund seine Schnauze heraus, hockte sich auf die Bank und schaute so unschuldig drein, dass ich wieder lachen musste.

***

Erst zehn nach drei tauchte ich am Fußballplatz wieder auf. Die Jungs kickten schon. Die Tore hatten sie aus Skistöcken aufgebaut. Unser Tor füllte Pummel aus. Und das wörtlich. Pummel wiegt 120 Kilo. Bei ihm hatte der Ball keine Chance. Wo die anderen Torwärter erst hinspringen mussten, stand Pummel bereits. Er musste keine Parade schmeißen, er war überall.

Die Mädels hatten sich am Spielfeldrand hübsch in Szene gesetzt. Noemi lag auf dem Bauch auf einer rosa Decke. In einem roten Badeanzug, der wunderbar zu ihrem rabenschwarzen Haar passte.

Auf Noemis Po hatte Laura den Kopf gelegt und guckte gen Himmel, statt dem Spiel zu folgen. So viel Nähe war bei Laura nicht üblich. Normalerweise hielt sie Distanz. Ihre meist weißen Klamotten machten sie noch kühler. Heute war sie sommerlich leicht bekleidet: Ein weißes kurzärmeliges Hemd, eine weiße leichte Hose.

Iva hockte links von ihnen auf einem Badetuch, als Kontrast zu Laura immer schwarz bekleidet – auch im Sommer. Schwarze Shorts und ein schwarzes T-Shirt. Barfuß.

Meine beste Freundin Emma dehnte sich rechts von Laura und Noemi. Emma macht immer Stretching. Auch wenn sie mit dir redet. Gerade hockte sie in einer Rumpfbeuge, ihre Hände umfassten die Fersen, das Kinn zwischen den Beinen. Nur ihr kurzes blondes Haar guckte heraus. Ich bin auch sportlich, aber das schaffe ich nie. Emma steckte in einer grauen Jogginghose und in einem grauen sportlichen Oberteil. Ein schönes Gruppenbild.

Hinter einem Baum versteckt knipste ich meine Freundinnen, bevor sie mich sehen konnten. Dreimal berührte ich den Touchscreen an meinem iPhone – TIPP, TIPP, TIPP – und schon war das Bild bei Snapchat. Nicht für lange. Bald würde sich das Foto selbst löschen.

Auch beim Stretchen sichtet Emma die Apps in ihrem Smartphone. Das Bild bei Snapchat entdeckte sie sofort. „Hä?“, rief sie, sprang auf, drehte sich um und entdeckte mich. „Lia, du Bitch! Na warte!“ Ich ließ mein Fahrrad am Baum stehen und lief vor Emma davon. Um das Spielfeld der Jungs herum.

Ich bin schneller als meine beste Freundin. Vielleicht, weil ich etwas längere Beine als sie habe. Emma verkürzte den Laufweg und rannte mitten durchs Spielfeld. Erst die Rufe der Jungs verrieten es mir. „Hey, Emma! Was soll der Scheiß?“ Ich guckte mich um und schon hüpfte Emma mich an, wir stürzten zu Boden und lachten wie blöd.

Ich merkte sofort, wie glücklich Emma war. Zum ersten Mal seit einem Jahr blödelte ich mit ihr wieder rum, schnitt keine trüben Grimassen mehr. Wir waren schon immer ein unschlagbares Team gewesen, was das Rumblödeln anging. „Du bist wieder da, Sweety!", sagte Emma und zeigte mir ihre hübschesten Lachgrübchen. Wenn Emma lächelt, kannst du in ihren Lachgrübchen Murmeln schnippen.

„Na, was ist?", brüllte Karsten. „Dürfen wir jetzt weiterspielen?"

„Ja!", kreischte Emma. „Ich spiele mit!" Sie lief aufs Feld, an Louis vorbei. Der schaute Emma zu und grinste. Das machte ihn bei mir jetzt ein klitzekleines bisschen sympathischer. Sicher würde ich Louis aber irgendwann in schlechter Stimmung erwischen. Nur eine Frage der Zeit. Jeder Mensch grämt sich hin und wieder, oder?

Emma packte den Fußball mit den Händen und rannte zum Tor. Dort legte sie den Ball auf den Boden, kickte ihn ins Tor rein und brüllte: „Tor! Eins zu null für die 11a!"

Louis schmiss es vor Lachen hin. Emmas Freund Fabi kam zu Emma, rollte den Ball mit dem Fuß und kickte ihn sich in die Hände. „Das hier ist unser Tor, Schnucki! Wenn schon, dann eins zu null für die 11b."

„Spielverderber!", sagte Emma. Da war ich aber schon bei ihr und zerrte sie vom Spielfeld zu den Mädchen.

„Man darf Fußball nicht mit den Händen spielen!", rief Nicos. Louis kreischte wieder vor Lachen auf. Der

Typ war unmöglich. Trotzdem konnte ich mir bei ihm eine Lachscheibe abschneiden.

Nicos starrte Louis tadelnd an. Nicos ist sehr ernst und ordentlich und somit unser Klassensprecher. Sein Vater ist Grieche. „Bitte, unterlasst das Stören des Spiels!", rief er gestelzt. „Das ist ein Klassenderby!"

Die Mädchen wünschten mir alles Gute zum gestrigen Geburtstag. Die große Flut an Geburtstagswünschen hatte mich schon gestern auf WhatsApp überschwemmt. Bei Facebook kam nicht viel. Bei Facebook poste ich nur wegen meiner Mama etwas. Hin und wieder ein Selfie und Ähnliches. Wir tummeln uns bei Snapchat und Instagram.

***

In der Siebten hatte ich, blöd wie ich bin, bei Facebook die Freundschaftsanfrage meiner Mama angenommen. Ab da kommentierte Mama jeden Post von mir.

„Toll, Lia!"

„Das hast du super gemacht, Liebes!"

„Voll das Model, meine Hübsche!"

„Krass geiles Teil!"

Manchmal kommentierte meine Mama meine Posts wie ein Gangsterrapper aus Neuperlach. Weil sie's für Jugendsprache hielt. Hatte sie das in irgendwelchen Webforen gelernt? In der Achten hatte ich mich für jeden Kommi von ihr geschämt. Jetzt war's egal. Wir sind sowieso alle bei Snapchat. Facebook haben wir unseren Mamas überlassen. Trotzdem postete ich weiter hin und wieder etwas in meinem alten Facebook-Profil, damit Mama das kommentieren konnte und nicht auf dumme Gedanken kam. Zum Beispiel bei Instagram aufzutauchen, oder bei Snapchat nach mir zu suchen.

Wenn ich bei Facebook ein neues Selfie poste, steht schon eine Stunde später ein Kommentar meiner Mama drunter: „Hübschesteee!" Es ist immer noch peinlich, zum Glück liest das jetzt keiner mehr.

Kurz bevor Felix starb, hatte meine Mama ein paar Bekannte bei uns. Sie hat ihnen erzählt, wir beide wären immer noch beste Freudinnen. Klar liebte ich meine Mama und würde sie immer lieben. Meine beste Freundin ist aber Emma.

***

Ein paar Jungs kamen vom Spiel angelaufen und beglückwünschten mich zum gestrigen Geburtstag.

„Können wir jetzt endlich weiterspielen?", brüllte Nicos. Die Spieler trabten aufs Feld zurück.

Bei Emmas Fußballeinlage vorhin hatten alle Mädchen gelacht, von den Jungs nur Louis. „Die Jungs jammern immer, dass wir keinen Spaß verstehen", sagte Noemi. „Wenn's ihnen aber an die Bälle geht, können sie auch nicht lachen." Wir mussten kichern. Noemi schmiss ständig männerfeindliche Witze. Sie kommt aus einer großen italienischen Familie und hat so viele Brüder, dass sie selbst nicht genau weiß, wie viele. „Meine Mafia" sagt Noemi oft, statt „meine Familie".

„Nicos ist steif wie 'n Besen!", sagte Iva.

„Der hat sich heute sicher beim Rasieren geschnitten!", meinte Emma. „Ist euch aufgefallen, dass Nicos sich schon rasiert? Jeden Tag! Nur sein Rasierwasser riecht wie der Abflussreiniger meiner Mama."

„Nicos ist der einzige in der Klasse, der sich rasiert", sagte Noemi.

„Das stimmt nicht", erwiderte Laura. „Marie rasiert sich auch." Wir heulten auf vor Lachen. Unserer Mitschülerin Marie wuchs ein Schnurrbart. Schon ziemlich fies, dass wir über Marie lachten, oder? Wir Mädels sind manchmal echt schadenfroh.

Laura war immer sehr still, aber manchmal sagte sie plötzlich einen Spruch, der uns zum Lachen brachte, und schwieg wieder. Eng war keine von uns mit Laura befreundet. Nein, das stimmt nicht ganz: Laura half oft Noemi bei verschiedenen Sachen. Vor allem in letzter Zeit.

Wenn ich in der Pause sagte „oh, bin ich hungrig!", meinte eine von meinen Freundinnen höchstens: „Dann iss was!"

Wenn Noemi „oh, bin ich hungrig" sagte, sprang Laura auf und rief: „Soll ich dir etwas vom Kiosk holen? Ich will mir auch eine Brezel kaufen." Ja. Laura und Noemi standen sich in der letzten Zeit sehr nah. Wenn auch nicht so nah wie Emma und ich. Laura redete wenig über sich, aber wir mochten sie.

Ich hockte mich neben Emma auf ihr großes Handtuch. „Hey!", rief Noemi. „Jayden mit seiner Zicka!" Wir schauten uns um. Wirklich: Jayden und Annika radelten an. Sie winkten, ließen sich aber ein paar Meter weiter am Spielfeldrand nieder.

Annika zog sich langsam aus. Auf dem Spielfeld sollte es einen Einwurf geben, doch statt den Ball zu werfen, glotzten die Jungs Annika bei ihrem langsamen Entblättern an. „Macht sie ein Striptease, oder was?", fragte Noemi.

Emma warf einen strengen Blick zu den Jungs. Auch ihr Freund Fabi starrte mit offenem Mund Annika an. Schon stand sie im Bikini-Oberteil da. Jetzt war ihre hellblaue Jeans dran. Sie drehte sich mit dem Rücken zum Fußballfeld, zog ihre Hose langsam runter, beugte sich immer mehr nach vorne und streckte den Jungs ihren Po entgegen. Dabei schwang sie leicht die Hüfte. Mit der Jeans hatte sie auch ihr Bikinihöschen mitgenommen. Als aber ihre Po-Ritze auftauchte, zog sie den Bikini wieder hoch – sicher hatte sie's mit Absicht kurz runtergezogen.

Von den Jungs starrte nur Jayden Annika nicht an. Er zog sich auch bis auf die Badehose aus. Muskulös, groß. Während Annika ihren Strip schmiss, schmierte Jayden sich gemütlich mit Sonnencreme ein. Kümmerte sich um seinen Körper und nicht um den von Annika. Das rechnete ich ihm hoch an.

Louis dagegen guckte zu Annika – nicht mit diesem Blick aus Blei wie die anderen Jungs, sondern mit seinem gewöhnlichen Grinsen.

„Die Tussi macht sich lustig über uns!", sagte Noemi.

„Schlabbrige Schlampe!", sagte Iva. Wie kam sie nur auf diese Ausdrücke? Da sie eine Tschechin war, mussten wir oft überlegen, ob ihre Wortschöpfungen stimmig waren. Hmmm. Schlabbrige Schlampe? Ich konnte mir schon etwas drunter vorstellen.

„Hallooo!", brüllte Emma plötzlich. „Wolltet ihr nicht Fußball spielen?"

Die Jungs erwachten aus ihrem Glotzkoma. Flo machte den Einwurf, warf den Ball aber vor lauter Verwirrung Louis und somit dem Gegner zu, statt seinem Kumpel Fabi. „Du Depp!", brüllte Fabi. Annika strahlte. Das genoss sie – die Bewunderung der Welt.

Dass diese dumme Zicke so viel Aufmerksamkeit auf sich zog, hätte mich früher deprimiert. Jetzt suchte ich aber sofort nach der lustigen Seite dieser Geschichte. Und die bildeten die Jungs: Beim Anblick eines sich ausziehenden Mädchens vergaßen sie sogar ihre andere Lieblingsbeschäftigung – Fußball. Lustiges Kino, oder? Ich lachte. Etwas gewollt aber trotzdem. Mit der Zeit würde mein Lachen sicher immer natürlicher kommen. Emma guckte mich verwundert an.

War Annika aber nicht die Überraschung des Nachmittags? In der Schule wischte Annika sich an den Jungs nur ihre Schuhe ab. Sicher hatte Jayden sie überredet, zum Fußball mitzukommen. Er war mit Louis befreundet. Sie beide hatten auch Channels auf YouTube, waren aber keine so erfolgreichen YouTuber wie Annika.

Endlich stand Annika nur in ihrem Bikini da. Jayden breitete auf dem Rasen eine Decke aus. Was für ein Typ! Ganz anders als unsere Jungs. Fabi würde wegen Emma nie eine Decke in den Park mitbringen. Als wir vor kurzem an der Isar waren und Emma jammerte, die Steine seien zu nass, hat Fabi sie zuerst angestarrt und dann gesagt: „Hock dich halt auf deinen Rucksack!" Jayden kam aus einer anderen Welt. Aus einer charmanten.

Unser Schwarm

Jayden ist ganz anders als Louis. Viel ernster. Aber süß. Jayden wirkt wie ein reifer Mann. Seit er vor einem halben Jahr in unserer Schule gelandet war, schwärmten alle Mädchen ab der Sechsten für ihn: Ein Junge aus New York. Noch dazu hatte Jayden sein erstes deutsches Jahr in Berlin verbracht.

Einfach perfekt: Groß und schlank, schwarzes Haar, oben hochgestylt, an den Seiten kurz, grüne funkelnde Augen – bis auf Jayden kannte ich niemanden mit grünen Augen. Und diesem Lächeln. Jayden lächelte anders als Louis. Das Lächeln von Louis kam einem vor, als ob er sich über etwas lustig machte – einmal war das „Etwas" ich selbst gewesen.

Jayden lächelte weise. Er guckte dich mit seinen großen grünen Augen an, und du wusstest, er verstand dich. Sein schöner Mund und die strahlenden Zähne passten wunderbar zu seinen Augen. Unglaublich, wie Jayden seinen Mund einsetzte! Tausende Gesichtsausdrücke hatte er auf Lager. Wie ein Schauspieler. Wir wunderten uns alle, dass Jayden nach Deutschland gekommen war, statt in Hollywood in

Filmen zu spielen. Seine Eltern hatten aber nach Berlin ziehen müssen, und dann zu uns nach München. Sein Papa war der Manager einer großen Firma.

Jaydens New Yorker Akzent wurde immer schwächer, blieb aber weiterhin süß. Im Winter hatten wir einige Male Ethik mit Jaydens Klasse zusammen. Jayden besuchte die Zwölfte, also eine Klasse über mir. Unsere Ethiklehrerin hatte eine Fortbildung, und so kamen wir auch in der Klasse zusammen.

Manchmal musste Jayden im Ethik-Unterricht etwas vorlesen. Bei einem Artikel über Gendermainstreaming lachte die ganze Klasse. Jayden las statt „Geschlecht" „Geschleckt".

Karsten hatte laut „Geschlecktes Geschlecht!" gesagt. Danach war Jayden ziemlich sauer. In der nächsten Stunde musste er wieder vorlesen, hat sich aber kein einziges Mal mehr bei „ch" versprochen. Wegen mir hätte er das nicht lernen müssen, ich mochte seinen Akzent. Kann man sich in einen Akzent verlieben?

Der große Jayden aus New York: Nur etwas eingebildet. Aber auch das wirkte bei ihm natürlich. „In New York geht der Uhr schneller", sagte Jayden, als ihn sein Ethiklehrer Blume nach einem Unterschied zwischen New York und München fragte. Über „der Uhr" traute sich niemand mehr zu lachen. Über Jayden lachte man nicht, nachdem man ihn kennengelernt hatte: gut angezogen, super Styles, super Manieren, intelligent, witzig, schön gebräunt.

„Jayden ist die leckerste Praline in der Schachtel", sagte Iva mal. „Nur in den Mund nehmen und ..." Iva macht die anzüglichsten Bemerkungen von uns. Eine

Tschechin. Oft übertreibt sie's, bringt uns damit aber zum Lachen.

Mir kam Jayden wie eine Aprikose vor, fast zu schön, um reinzubeißen, auch wenn er eigentlich ein großer saftiger Apfel war. Big Apple. Hmmm … übertrieb ich jetzt auch? Wenn in den Nächten des vergangenen halben Jahres Gedanken an Felix mich in ein dunkles Loch ohne Wiederkehr gezogen hatten, habe ich an Jayden gedacht.

Klar hatte Emma recht, Jayden musste ich mir von den Lippen schminken. Ich war nicht hübsch. Das wusste ich ja. Seit drei Monaten ging Big Jayden mit Annika, unserer Klassen-ZICKA, wie Pummel manchmal reimte. Niemand von uns mochte sie. Nur Jayden.

Von den Auswärtigen wurde Annika geliebt. Sie betrieb einen YouTube-Channel über Mädchensachen. Mit 50.000 Abonnenten war Annika das berühmteste Mädchen in der ganzen Schule. Und das zweitschönste. Direkt nach mir, hi, hi … dieser Scherz wäre mir noch vorgestern nie in den Sinn gekommen. Immer noch trug ich im Kopf den Satz der bösen Frau im Kaufmarkt herum. Jetzt fluteten mich Glückshormone: Hey, Lia! Du kannst über dich selbst Witze reißen!

Das vierte Lachgebot

*Wenn du keinen zum Scherzen
findest, scherze mit dir selbst!*

Meine Mama merkte oft strahlend an: „Bist du aber hübsch!", einmal sogar vor meinen Freundinnen. Das war voll peinlich. Je älter ich wurde, umso peinlicher gab meine Mama sich. Noch mit zwölf war ich die ganze Zeit an ihr gehangen. Mit siebzehn mied ich sie, wenn ich mit anderen unterwegs war. Mama kannte keinen Halt: „Hallo Mädchen! Wie gefällt euch Lias neue Jacke? Super! Oder? Damit ist sie die Schönste in der ganzen Straße." O Gott! Dabei wohnten auch Emma und Laura in unserer Straße. Hatte Mama jedes Gefühl für Peinlichkeiten verloren? Sicher dachte sie hin und wieder an die Geschichte mit der Frau, die mich als Jungen gesehen hatte. Wollte mir helfen.

Das schönste Mädchen in unserer Schule war Annika. Oder meine Freundin Iva. Sie versteckte das aber. Schien nicht zu wissen, dass sie hübsch war und lief in alten abgerissenen Chucks herum, als wir schon alle Nikes hatten, trug schwarze Jeans und immer ein dunkles T-Shirt. Da war Annika ein anderes Kaliber. Annika strahlte auch in der Nacht – die neuesten Markenklamotten, darin ein blondes Wunder mit den blauesten Augen der Welt und einem großen Erdbeermund. Diese blöde Zicke!

Warum sah Jayden Annika nicht so, wie sie wirklich war? Weil sie bei Jayden nicht zickte? Bei den Lehrern auch nicht, nur bei Leuten, von denen sie sich nichts versprach. Aus der Entfernung kam Annika einem wie ein blonder Engel vor, viel blonder als ich und Emma zusammen. Wer Annika kannte, wusste aber Bescheid.

Die Beste war sie trotzdem. Schon weil Jayden ihr Freund war. Wir anderen hatten keine Chance bei ihm. Ich riss den Blick von ihm los und versuchte, den Jungs bei ihrem Fußball zuzusehen. Mit wenig Erfolg. Jayden war viel interessanter als Fußball. Bis Iva ihr Lieblingsthema anschnitt. Eine Tschechin nun mal.

„Wie macht ihr das?",

fragte Iva.

„Was meinst du?", fragte Noemi. Wir wussten aber alle, was Iva meinte. Sie hatte ihre Stimme etwas heruntergedreht, damit Jayden und Annika uns nicht hörten. Das macht Iva nur bei einem ganz bestimmten Thema. Ansonsten ist sie laut wie Gangster Rap.

„Na, wie macht ihr euch heiß?"

„Du meinst Grippe?", fragte Laura. „Wenn ich meiner Mama vormachen will, ich bin krank, tue ich das Thermometer sehr schnell in meinen heißen Tee und gleich wieder raus. Sonst explodiert das Gerät."

„Neee! Keine Grippe, du blöde Nuss!", sagte Iva empört. „Den Orgi meine ich."

„Den Orki? Ork? In Herr der Ringe?"

Iva schüttelte heftig den Kopf. „Ja, habt ihr Verblödungspillen genommen oder was? Nix Ork! Den Orgasmus meine ich!" Erst jetzt merkte sie, dass wir kicherten.

„Ihr seid voll bescheuert", sagte Iva.

Ich tätschelte sie am Rücken. „Na, wie machst du das? Erzähl!"

„Mit meiner O-Dusche!“

„O-Dusche?“

„Orgasmus-Dusche! Ich kann den Duschkopf so einstellen, dass mich der Wasserstrahl voll schön da unten massiert. Nach genau fünf Minuten komme ich. Echt! Nach mir könnte man Eier weichkochen. Auf die Sekunde in fünf Minuten mache ich auf Wecker und läute!“ Wir mussten wieder kichern.

„Mit dem Duschkopf berührst du dich nicht?“

„Neee! Nur der Wasserstrahl massiert mich.“

Ich darf hier nicht aufschreiben, was ich damals über Masturbation erzählte. Nein! Das geht nicht.

Mamas Macke

Sommer, Sonne, ein heißes Gespräch ... um nicht überzukochen, haben wir unsere Zauberkästchen. Schon hielten meine Freundinnen jede ein Smartphone in der Hand. Ich holte mein Handy aus dem Rucksack. Was hat sich in den letzten fünf Minuten auf der Welt Schönes zugetragen? Was war mit unseren Freunden los? Welche App barg Neuigkeiten? Wir streichelten unsere Smartphones, und sie strahlten vor Freude.

Ich erzählte Emma von meiner Geburtstagstorte. „Warte!", sagte ich. „Ich schicke dir per WhatsApp ein Foto. Habe die Torte auf dem Teppich abgeblitzt."

Emma antwortete über WhatsApp zurück: „Schoki? Mag ich!"

Ich schickte ihr ein paar Emojis.

„Sollen wir am Abend ins Kino?", kam von Emma.

„Besser nächste Woche", tippte ich. „Wegen des Geburtstags habe ich nichts geschafft. Muss an den kommenden Abenden unseren Schulaufsatz schreiben."

Hin und her gingen unsere Nachrichten, bis ich den Kopf vom Smartphone hob und sah: Emma hockte neben mir. Im Sitz hatte sie das rechte Bein nach vorne gestreckt, das linke hinter dem Po angewinkelt. Ich klopfte auf ihre nackte Schulter: „Warum reden wir nicht einfach von Mund zu Mund, Süße?" Wir lachten und steckten die Smartphones in die Taschen.

Emma hat schlechte Noten, ist aber ein sehr kluges Mädchen. Sie guckte mir in die Augen. „Bist du verliebt?"

„Hä?" Ich wusste aber, warum sie das fragte.

„Du bist so anders ... noch gestern warst du traurig."

Ich erzählte ihr von der Torte und meiner Lacherleuchtung. „Mein Jammern wird Felix auch nicht zurückbringen! Ab jetzt möchte ich an jeder traurigen Sache immer ihre lustige Seite sehen. Nur noch lachen."

Emma bückte sich ganz nach vorne, sodass ihr Kinn das Knie berührte. „Gute Entscheidung!"

„Ich habe heute sogar meine Mama zum Grinsen gebracht!", sagte ich.

„Arbeitet sie schon?"

„Noch nicht."

Nach dem Tod von Felix hat meine Mama zu arbeiten aufgehört. Seitdem hat bei uns nur mein Papa das Geld verdient. Mit Mühe.

Emma wechselte bei ihrer Dehnungsübung das Bein. „Vielleicht sollte sie wieder mit diesem Feng Shui anfangen."

Vor dem Tod von Felix war meine Mama ständig in der Stadt unterwegs gewesen – sie ist freiberufliche Innenarchitektin. Hat sich auf Feng Shui spezialisiert.

Iva hatte sich aus ihrer Tasche die Sonnencreme geholt und unsere letzten Sätze aufgeschnappt. „Was ist dieses Fengsdingsbums?" Auch Laura und Noemi hörten auf, an ihren Smartphones zu fummeln.

„Eine chinesische Lehre. Sie zeigt dir, wie du harmonisch in deiner Umgebung leben kannst."

„Echt?"

„Feng Shui haben die Chinesen entwickelt, um ihre Grabstätten zu planen", sagte Noemi. Sie wusste alles. Über den Job meiner Mama sogar mehr als ich. Streberin. „Damit dort die Lebensenergie Qi fließt."

„Lebensenergie im Grab?"

„Nach dem chinesischen Taoismus ist die Lebensenergie überall", sagte ich. „Wenn sie in deiner Wohnung frei fließt, lebst du dort gut und harmonisch. Deswegen musst du alle Möbel und Gegenstände richtig aufstellen. So hat's mir meine Mama erklärt."

„Glaubst du an so was?"

„Eigentlich nicht. Meine Mama aber schon. Sie misst die Lebensenergie aus und richtet danach deine Wohnung ein. Zeigt dir, wo du den Kühlschrank hinstellen musst und so. Damit du dich darin so gut fühlst, wie ein Chinese in seinem Grab."

„Waaas?"

„Ein Kühlschrank ist halt ein Grab für tote Tiere", sagte Laura. Ich musste kichern. Und das ganz, ohne es mir vorgenommen zu haben. Aha! Sogar über Lauras schwarzen Humor konnte ich jetzt lachen. Freundinnen sind Glück.

„Will deine Mutter das jetzt nicht mehr machen?", fragte Iva. „Dieses Feng Fui?"

„Feng Shui, du Blödi!" Jetzt kicherten wir alle.

„Keine Ahnung. Mein Papa hat vor kurzem gejammert, dass das Geld nicht reicht. Meine Mama will über ihre Arbeit aber immer noch nicht reden. Sie trauert um Felix."

Meine Freundinnen schwiegen. Es war ihnen schon immer unangenehm gewesen, mit mir über den Tod von Felix zu reden. Ich habe solche Gespräche auch nicht gesucht.

„Ich find's sowieso nicht gut, wenn meine Mama wieder zu arbeiten anfängt."

„Wieso denn nicht?"

„Ihr kennt sie doch! Als sie noch arbeitete, war sie in München von Wohnung zu Wohnung unterwegs und hat den Leuten über mich erzählt. Statt den Kühlschrank richtig hinzustellen."

Noemi lachte. „Erinnerst du dich, als ich, du und deine Mutter beim Einkaufen Marie mit ihrer Mutter getroffen haben?"

„O Gott!", sagte ich. „Sei still!"

Doch so gütig ist Noemi nicht. Gleich hat sie den Mädchen die Geschichte erzählt, bei der ich vor Scham in den Boden des Kaufhofs hatte versinken wollen.

„Maries Mutter hielt einen runden Nähkorb in der Hand", legte Noemi los. „,Ach, der ist aber hübsch!', rief Lias Mama so laut, dass alle im Kaufhof sich zu uns drehten und die Ohren spitzten. Bei Lias Mutter wusste ja schon die ganze Stadt, dass sie lustige Geschichten erzählt. ,Einen solchen Nähkorb hatten wir auch mal', rief Lias Mutter. ,Als Lia aber ganz klein war, hat sie in der Nacht das Klo mit unserem Schlafzimmerschrank verwechselt. Sie machte den Schlafzimmerschrank auf, öffnete den Nähkorb, hockte sich drauf und pinkelte hinein. Plötzlich hat sie gekreischt: Mama! Pipi pieckst Popo! Eine Nadel hatte sie in den Po gestochen. Die Arme!'"

Alle Mädchen lachten und Noemi fügte hinzu: „Der ganze Kaufhof lag flach vor Lachen. Nur Lia stand rot da wie ein Radieschen."

Iva klopfte mir auf die Schulter. „Mach dir keinen Kopf deswegen, Baby! Mütter sind so. Meine quatscht auch alle mit Geschichten über mich voll."

„Meine Mutter ist ganz krass", sagte ich. „Sie muss mit jedem reden. Egal mit wem. Egal wo!"

Emma strich über meinen Handrücken. „Deine Mutter ist super! Du bist ein bisschen ungerecht."

Ich seufzte. „Klar bin ich ungerecht. Trotzdem ist es mir lieber, wenn meine Mama nicht mehr arbeitet."

„Wir sollten Fußball gucken", sagte Iva. „Sonst sind die Jungs sauer."

Wir warfen einen Blick aufs Spielfeld. Die Jungs schielten tatsächlich die ganze Zeit zu uns und Annika, statt richtig zu spielen. Von der 11b waren keine Mädchen da.

Wir mussten uns zusammenreißen. Die Jungs würden es uns nach dem Spiel nicht verzeihen, wenn wir nicht wüssten, wer die wichtigsten Tore geschossen hatte.

Gleich merkten die Jungs, dass wir ihnen zuguckten, und gaben alles. Karsten schmiss einen lebensgefährlichen Fallrückzieher, traf aber nicht den Ball und landete schwer auf dem Hintern. AUTSCH! Die anderen Jungs lachten.

Sie spielen ganz anders, wenn sie sich von uns beobachtet fühlen. Fußballartistik auf höchstem Niveau. Sie schmeißen einen Fallrückzieher nach dem anderen und dribbeln allein, nur, um den Ball nicht abgeben zu müssen. Gerade bleibt Fabi mit dem Ball plötzlich stehen und daddelt ihn in der Luft, statt aufs Tor zu zielen. Voll der Bühnenauftritt. Jeder will, dass wir ihn bewundern. Und wir tun auch so, als ob wir sie bewundern würden.

Deswegen dürfen wir nicht die ganze Zeit an den Smartphones fummeln oder reden. Doch heute zog noch etwas anderes unsere Aufmerksamkeit vom Fußball weg.

Die Glücksgöttin

Jayden und Annika hatten angefangen, sich zu streiten: Promi Big Brother. Denn die beiden waren DIE Promis in unserer Schule. Leider hörten wir nur die Fetzen ihres Streits. Hat Jayden Annikas YouTube-Konkurrentin BieneLiene bei ihrem letzten Post einen hübschen Kommi geschrieben? Der Zoff hörte sich so an, als ob Annika sich darüber aufregte. Typisch.

Plötzlich sprang Annika auf, kreischte: „Blöder Ami!", packte ihre Handtasche und stolzierte davon.

Was? Schluss mit der berühmtesten Liebesgeschichte unserer Schule? Ist Jayden jetzt Freiwild geworden? Wir strafften unsere Rücken, rückten die BHs zurecht und holten unsere Lippenstifte heraus.

Leider konnten wir uns auf Jayden nicht mehr konzentrieren. „Das Spiel ist zu Ende!", rief Noemi.

„Wer hat gewonnen?", fragte Emma.

„Hä?" Wir guckten uns an. Dann zu den Jungs, die auf uns zukamen. Verdammt! Wie war das Spiel ausgegangen? Keine wusste es. Ja, sollten wir unsere Jungs bejubeln, oder nicht? Zum Glück sind Mädchen gute Leserinnen von Gesichtsausdrücken.

„Pummel lächelt“, sagte Emma und beantwortete damit unsere Frage, wer gewonnen hatte.

„Hurraaa!“, kreischten wir aus einer Kehle. „Gewonnen!“ Wir hüpften hoch und skandierten weiter: „11a, 11a, 11a – gewonneeen!“

„Ihr habt uns gar nicht unterstützt, und jetzt macht ihr euch noch lustig über uns?“, kreischte Maxi.

„Wieso? Habt ihr denn nicht gewonnen?“

„Waaas? Verloren haben wir!“

„Echt?“

Louis und die anderen Jungs aus seiner Klasse kamen auch zu uns.

„Worüber habt ihr denn geredet, dass ihr den Fußball verpasst habt?“, fragte Louis und grinste wie üblich. Komisch, dass er dabei gerade mich ansah. Er wusste doch, ich wollte mit ihm nicht reden.

„Äääääh …“ Klar konnten wir nicht sagen, wir haben über die O-Dusche und andere Orgasmen gesprochen. Warum fragte er das? Konnte er von den Lippen ablesen? Wusste er, worüber wir gesprochen hatten? Wollte er mich wieder in eine peinliche Lage bringen? Zum Glück hakte er nicht nach.

Fassungslos starrten uns unsere Jungs an. „Ihr habt hier eine Stunde lang gehockt und habt gar nicht mitgekriegt, wie das Spiel ausgegangen ist?“

„Doch, doch!“

Flo schüttelte den Kopf. „Typisch Mädchen!“

„Mädchen haben hübschere Sachen im Kopf als Fußballergebnisse“, sagte eine sanfte süße Stimme hinter uns. Wir drehten uns um. Grüne Augen. Ein großer Mund mit Zähnen wie Perlen. Dieser Mund hat Tausende Mienen auf Lager. Zuckersüß! Jayden!

„Lia!", sagte Jayden und lächelte mich mit einem exklusiven Lächeln an. Hä? Nur für mich? Wollte nach Louis mich jetzt auch Jayden verspotten? Sicher hat Louis ihm erzählt, wie er mich früher oft geprankt hatte. Jetzt war Jayden sauer wegen Annika und wollte sicher an Mädels Rache nehmen, oder? Sonst hätte er eine meiner hübschen Freundinnen angesprochen, nicht mich.

„Wollen wir zum Seehaus radeln?" Was? Träumte ich? Jayden wollte mit mir allein sein? Mit einer, die früher mal wie ein Junge aussah? Oder war das nur ein perfider Plan, um mich fertig zu machen? Wir kommen zum See und er sagt: „Und jetzt, hopp, hopp, rein, hässliches Entlein!"

Hilflos sah ich die Mädchen an. Noemi hatte den Mund weit auf. Iva grinste. Laura fasste sich ans Gesicht. Emma zwinkerte mich an und nickte nahezu unauffällig zu Jayden, als ob sie sagen wollte: „Greif zu, Sweety!"

Plötzlich wollte mir die Stimme nicht gehorchen. Mein „Jaaa" krächzte ich raus wie eine alte Hexe ihren Kampfruf. Sofort änderte ich meine Stimme und sagte noch mal „Jaaa!", diesmal aber quiekend wie ein Ferkel.

Emma bekam einen Lachanfall. Und wisst ihr was, ihr Süßen: Ich auch! Ja! Vielleicht zum ersten Mal im Leben konnte ich über mich selbst lachen. Meine Lachgebote funktionierten. Darüber freute Emma sich riesig. „Tralala!", sang sie und fing an, um unsere Sachen zu hüpfen wie ein Indianerhäuptling ums Lagerfeuer. Ich hüpfte mit.

Jayden guckte uns kurz etwas verlegen an und ging zur Stelle, wo er vorhin mit Annika gesessen hatte. Wollte seine Sachen holen. Ich riss mich zusammen. Durfte das zarte Anbandeln mit Jayden nicht sofort wieder abschießen. Lustig ist lustig, aber das Leben mit Jayden zu zweit war sicher lustiger. Aber was wollte er gerade von mir? Ach, ja. Plötzlich verstand ich: Sicher wollte er, dass ich ihm Nachhilfe in Mathe gab. Ich war die beste. Schon war er mit seinem kleinen schwarzen Rucksack zurück. Jack Wolfskin. Frisch gekauft.

Ich guckte zu dem Stück Rasen, auf dem vor kurzem Jayden und Annika zusammen gehockt hatten. Vor einer Stunde waren sie noch ineinander verliebt gewesen, und jetzt fing dort das Gras schon an, über ihre Liebesgeschichte zu wachsen.

„Lia, du Glücksgöttin!", flüsterte Emma mir ins Öhrchen. „Wie hast du's geschafft?"

„Mit meinem Lächeln", sagte ich. Was soll's? Wenn Gott mit mir ausgehen will, dann stehe ich halt dazu. Etwas anderes blieb mir sowieso nicht übrig. Jayden und ich stiegen auf die Fahrräder und fuhren los. Der Sonne am Seehaus entgegen.

***

Unsere Fahrradtour mit dem Kaffee am Seehaus verflog wie ein Traum – keine andere Erinnerung hatte ich dran, als dass der Traum schön war.

Obwohl wir im Englischen Garten in der Nähe von Bogenhausen waren, hatte Jayden mich nach Haidhausen in unsere Straße begleitet. In München war schon die Nacht reinmarschiert. Sicher hatte Mama auf unserem Straßenseite-Balkon gewartet. Sie durfte Jayden nicht kennenlernen. Sonst würde sie vom Balkon laut wie ein Muezzin rufen:

„Du bekommst doch bald deine Tage, Lia! Warum hast du keine Tampons mitgenommen?"

Meine Mama wusste über meine Zeiten besser Bescheid als ich. Bevor sie Jayden traf, musste ich ihn sehr behutsam auf seine zukünftige Schwiegermutter vorbereiten. Meiner Mama war nichts peinlich.

Zum Glück fragte Jayden nicht, warum wir nicht bis zu unserem Haus radelten. Sicher wollte auch er schnell nach Hause.

Zum Abschied küsste er mich auf die Backen, ich sammelte plötzlich meinen ganzen Mut zusammen und fragte: „Haben Annika und du Schluss gemacht?"

Jayden guckte mich mit seinen Pistazieneis-Augen an. „Zwischen mir und Annika ist's jetzt vorbei, Honey." Er strich mit seinen Fingern eine Haarsträhne aus meinem Gesicht und fügte hinzu: „Zeit für neue Abenteuer!"

***

Am Abend in der Badewanne fiel mir Ivas Technik ein. Ich ließ nur so viel Wasser einlaufen, dass mein Rücken schön warm war, nahm die Duschbrause in die Hand und ließ den Wasserstrahl zwischen meine Beine rieseln. Doch egal, wie ich den Strahl mit dem Ring an der Duschbrause einstellte, er kitzelte mich nur im Schritt. Plötzlich kitzelte es mich so schön und sanft, dass ich kichern musste.

Mal hatte ich in einem Blog gelesen, man könne sich selbst nicht kitzeln. Mit dem Duschstrahl ging's bei mir aber. Ein paar Minuten lang ließ ich den Wasserstrahl hinein prasseln und kicherte. Zu laut. Plötzlich BUMM, BUMM an der Tür. „Lia, alles in Ordnung bei dir?" Meine Mama!

„Alles super, Mama!", brüllte ich. „Ich masturbiere nur!" Quatsch! Klar habe ich's nicht gesagt. „Mir ist nur etwas eingefallen, und ich musste lachen!"

„Schön für dich!", rief Mama. „Ich muss auch immer lachen, wenn ich die Duschbrause in der Hand halte!"

Hä? Was wollte sie damit sagen? Zum Glück hatte ich vorhin von der Dusche keinen Orgasmus bekommen. Ich bin dabei sehr laut.

Trotzdem war ich nach dem Baden in schöner Stimmung, als ich in mein Zimmer kam. Wenn ich mich in den letzten Wochen in meinem Zimmer hatte streicheln wollen, schloss ich immer die Tür ab, stellte bei Spotify Geiles Leben von Glasperlenspiel auf Wiederholung und volle Lautstärke und streichelte mich.

Jetzt hatte ich den Song laufen lassen. UPS! Hatte hier keine Tempos. Ich wollte auf dem Bettlacken aber keine Flecken hinterlassen, damit meine Mama dann nicht vor meinen Freundinnen sagt: „Hey, Lia, was hast du wieder im Bett getrieben? Das Bettlaken ist voll fleckig."

Die Tempos bewahrt meine Mama im Küchenschrank auf. Ich lief in die Küche am Wohnzimmer vorbei, die Tür war offen. Mama sagte gerade laut zu meinem Papa: „Jetzt hört Lia wieder diesen Song." Sie kicherten. Das traf mich wie ein Schlag. Irgendwie scheinen dich deine Eltern doch gut zu kennen.

Plötzlich wurde mir aber etwas Anderes bewusst: Vielleicht zum ersten Mal nach dem Tod von Felix haben sie laut gekichert. „Gut so, Lia!", sagte ich mir. „Deine Masturbation hat einen guten Einfluss auf deine Umgebung."

Trotzdem ließ ich in meinem Zimmer einen anderen Song laufen. Let it go von James Bay. Langsamer als Geiles Leben aber schön. Klar voll laut. Eine super Kulisse, während ich mich streichelte und mir dabei „neue Abenteuer" vorstellte. Wollte Jayden sie mit mir erleben?

Die Käferfalle?

Am Montag habe ich möglichst lang vor der Schule versucht, mein Fahrrad abzusperren. Scannte dabei unauffällig die Umgebung. Jayden tauchte leider nicht auf.

Nur Pummel radelte an. Sein Fahrrad hatte doppelt so dicke Stangen wie meins. Mein Fahrrad würde Pummels Gewicht nicht tragen können. Er riss im Fahren den Lenker hoch, um mit der ihm eigenen Grazie das Vorderrad über die Bürgersteigkante zu bringen. Das war aber zu viel für sein Fahrzeug. BUMM! Das Vorderrad knäulte sich. Das Fahrrad brach unter Pummel zusammen. Zum Glück landete er auf den Füßen.

„Scheiße!", rief er.

Er versuchte, den doppelten Achter an seinem Vorderrad zu richten. Ich lief zum Pausenhof, bald sollte es läuten.

***

Statt Jayden stand aber nur Louis im Hof. Neben dem Sandkasten. In unserer Schule war früher ein Kindergarten untergebracht, den hatte ich noch besucht. Von unserer Kita war hier aber nur noch der Sandkasten in der Ecke des Schulhofs stehen geblieben, gleich neben den Parkplätzen der Lehrer.

Zu Kindergartenzeiten stand gleich hinter dem Sandkasten eine Rutsche und nicht der winzige uralte VW-Käfer unserer Deutschlehrerin Frau Kolb.

Louis guckte sich vorsichtig um, ich hüpfte hinter die Papiercontainer. Musste unbedingt sehen, was er aussheckte. Er zog ein Maßband aus der Tasche und maß die Seiten des Sandkastens aus.

Das war mir zu bunt. „Was machst du da?“, rief ich. Mit meiner strengsten Stimme. Louis würde ich keine einzige nette Silbe schenken. Plötzlich fiel mir ein, dass ich ihn ein ganzes Jahr lang nicht angesprochen hatte. Jetzt aber schon zum zweiten Mal innerhalb kürzester Zeit. Auch dieser Ruf war aus mir spontan herausgekommen, bevor ich mich erinnern konnte, dass ich mit Louis nicht redete.

Mein Ruf ließ ihn vor Schock hochhüpfen. „Huhu, Lia! Ich … äääh … ich messe meine Erinnerungen aus.“

„Wie bitte?“

Er guckte mir unschuldig in die Augen. „Erinnerst du dich, wie wir im Kindergarten in diesem Sandkasten gespielt haben? Du hast immer gewollt, dass ich die Burg für eine Prinzessin baue.“

„Quatsch!“, sagte ich. Klar konnte ich mich aber erinnern. Louis war erst mit fünf in den Kindergarten gekommen, also in unserem letzten Jahr vor der Schule. Dieses eine Jahr waren Louis und ich in der Kita unzertrennlich gewesen.

Hmmm ... Was für eine blöde Erinnerung! Zum Glück läutete es. Ich lief in die Schule. Warum musste mich der Typ ständig in Verlegenheit bringen?

***

Sicher war Jayden schon in seiner Klasse. Machte nichts. Spätestens in der Pause würde ich ihn sehen. Vor der Tür traf ich Annika. Sie ging vor mir rein, schlug mir die Tür aber vor der Nase zu.

Ich blieb davor stehen und glotzte ins Holz. Spinnte die?

„Komm, Lia, lass dich drücken", sagte Pummel, der gerade von hinten ankam. Er umarmte mich. „Lass dich drücken" war Pummels Standardspruch. Damit tröstete Pummel uns, wenn wir traurig waren. Mädchen und Jungs.

„Hast du das Fahrrad repariert?"

„Nö! Muss ein neues Vorderrad kaufen." Er öffnete die Klassentür, hielt sie für mich auf und zeigte mir mit einem kleinen Knicks den Weg hinein. Pummel war nach Jayden der einzige Junge in der Schule, der solche Sachen machte. Mein Jayden-Kopfkino lief jetzt ohne Pause, trotzdem musste und wollte ich lachen. Bei Pummels 120 Kilo sah der Knicks komisch aus. Zum Glück lachte Pummel bei solchen Sachen immer mit.

Die Klasse grüßte mich, als ob ich die ganze Zeit schon da gewesen wäre, also gar nicht. Jeder beschäftigt. Nur Emma lächelte mich an. Ich hockte mich zu ihr, in unsere Reihe nach hinten. Kuss, Kuss. Pummel versuchte, sich im Gang zwischen den Stühlen durchzuzwängen, dabei fegte er Annikas Rucksack vom Stuhl runter.

„Blöder Fettsack!", kreischte Annika. Das würde zu Pummel sonst nie jemand sagen. Pummel war der liebste Junge in der ganzen Schule.

KLINGELING. Blume schwebte herein und brachte einen Blumenladen mit. Unser Physik- und Klassenlehrer riecht nach Blumen. Duft kannst du das nicht mehr nennen – Blume riecht wie eine Blumentonne. Sicher kippt er sich jeden Morgen eine Literflasche Parfüm hinters Hemd.

„Ihr Parfüm riecht super!", hatte Annika Blume bei einem Klassenausflug gesagt. Obwohl wir anderen im Bus dachten, dass ein Krieg mit chemischen Waffen ausgebrochen war.

Unserer Annika lässt Blume eine Menge durchgehen, so wie jeder Lehrer bei uns. Nur die Lehrerinnen packen Annika etwas strenger an. Alle anderen beneiden unsere Klasse um den YouTube-Superstar Annika, nur wir beneiden uns nicht. Annika ist eine neidische, arrogante und verlogene Oberzicke. Ach, Lia, du wolltest doch lustige Sachen denken und erleben, fiel mir plötzlich ein. Wenn du aber schlecht über andere denkst, lachst du nicht mehr. Und so entstand mein fünftes Lachgebot.

Das fünfte Lachgebot

Weg mit Annika! Wegen Jayden war sie heute mies drauf. Auslachen sollte ich sie deswegen nicht. Trotzdem verspürte ich ein warmes Gefühl ums Herz, als ich sie heute ansah. Bin ich auch ein schadenfrohes Biest?

***

„Wie ist's gestern mit Jayden gelaufen?", flüsterte Emma während des Matheunterrichts. Zum Glück saßen wir in der letzten Reihe links hinten, am weitesten von Blume entfernt, und konnten in den Unterrichtsstunden gut flüstern.

„Jayden hat mir erzählt, wie's in New York war", flüsterte ich zurück. „Sonst erinnere ich mich an nichts. Nur dass es schön war. Wir haben Kaffee getrunken und radelten bis in die Nacht durch den Englischen Garten. Hin und wieder machten wir eine Pause und chillten."

„So wenig habt ihr gemacht?" Emma machte ein enttäuschtes Gesicht. „Keinen Sex?" Ich stieß sie in die Seite, und wir kicherten. Laut. Blume guckte uns streng an. Erst nach fünf Minuten konnten wir uns weiter unterhalten.

„Mir geht das nicht in den Kopf", sagte ich. „Warum ich? Er fliegt doch nur auf hübsche Mädchen wie Annika."

„Du bist hübsch, Sweety“, sagte Emma.

„Quatsch!“, sagte ich. Emma war meine beste Freundin und sehr lieb. Sie würde mir nie sagen, dass ich unschön bin. „Jayden hat mich nach Haidhausen begleitet“, erzählte ich weiter. „Bis in unsere Straße!“

„Charmant“, sagte Emma. „Der wohnt doch in Bogenhausen. Wäre zu Hause schneller als du.“ Da hatte sie recht. Welcher Junge würde das schon tun? Meistens sagten sie „tschüss“, und weg waren sie.

„Und?“, fragte Emma. „Habt ihr euch zumindest geküsst? Richtig meine ich.“

„Nein“, sagte ich. „Wir sind doch nicht zusammen.“

„Der will dich, Sweety!“

„Meinst du?“

„Sicher!“

„O Süße! Was mache ich, wenn er meine Mama trifft?“

„Jetzt sei nicht so ungerecht zu deiner Mama“, sagte Emma. „Sie macht sich jetzt umso mehr Sorgen um dich, seit Felix ... UPS!“ Emma fasste sich an den Mund. Hatte die Erwähnung von Felix wie immer vermeiden wollen, um mich nicht traurig zu machen. Ich war jetzt aber anders. Das fühlte ich. „Früher war deine Mama doch super lustig mit ihren Sprüchen“, fügte Emma hinzu.

„Nicht lustig“, sagte ich. „Peinlich. Nur hat sie jetzt so um Felix getrauert, dass sie keine Zeit für ihre Sprüche hatte. Wenn sie damit aber wieder anfängt? Was mache ich dann?“ Ich wollte echt, dass es meinen Eltern wieder besser ging. Hoffte aber, meine Mutter würde nie mehr so laut und indiskret werden, wie früher auf unserem Straßenseite-Balkon, von dem sie mir Sachen nachrief wie: „Lia! Tu bitte nächstes Mal dein schmutziges Höschen in den Wäschekorb und nicht auf den Tisch!"

„Quatsch!", sagte Emma, die Prophetin. „Du wirst noch lernen, über die Sprüche deiner Mama zu lachen." Das glaubte ich aber nicht.

***

Auch was gestern passiert war, konnte ich immer noch nicht glauben. Jayden und ich im Englischen Garten? Allein? Eine Frage war extrem wichtig: Wie ging's weiter zwischen uns?

In der großen Pause lief ich mit den Mädchen in den Schulhof. Um den Sandkasten war die ganze Schule versammelt. Was war dort los? Jayden sah ich nicht. Wir drängten uns durch die Meute zum Sandkasten. Viele von ihnen kreischten vor Lachen. Der VW-Käfer stand jetzt nicht mehr auf seinem angestammten Parkplatz. Der Käfer hockte tief im Sandkasten. Als ob er eingebuddelt worden wäre. Passte millimetergenau rein. Wie ausgemessen.

Frau Kolb stand wie erstarrt vor ihrem Käfer. Emma kreischte vor Lachen. Fabi kam zu ihr und flüsterte ihr etwas ins Ohr. Emma lachte aus und beugte sich zu mir. „Weißt du, wer das gemacht hat, Sweety?"

„Louis", sagte ich.

Erstaunt guckte sie mich an. „Ja! Mit Jayden und den anderen Jungs! Sie sind in der kleinen Pause raus. Einer hat die Schultür bewacht, die anderen haben den Käfer reingetragen."

Zum Glück erstattete Frau Kolb keine Anzeige. Blume und ein paar andere Lehrer trugen den VW-Käfer wieder auf seinen Parkplatz. Jayden und Louis ließen sich immer noch nicht blicken. Vielleicht guckten sie sich das Kino aus einem der Fenster über dem Schulhof an. Ich hob den Kopf. Sah ich dort etwas? Als ob ein Spiegel von oben mit Sonnenstrahlen meine Augen blendete.

***

Nachdem wir ausgelacht hatten, steuerten die Mädchen unsere gewohnte Bank am Sportplatz an. Ich wollte im Schulhof bleiben. Sicher würde auch Jayden rauskommen. Die Frage war nur: Allein? Mit einem seiner schönen Lächeln im Gesicht – nur für mich? Oder wieder Hand in Hand mit Annika wie in den Wochen zuvor.

Emma bemerkte sofort mein Zögern. „Lass dir Zeit, Sweety“, sagte sie. „Nichts läuft dir davon.“

Sie hatte recht. Wenn ich ganz allein ohne unsere Clique im Schulhof geblieben wäre, wär's peinlich. Als ob ich ihm nachlaufen würde. Hmmm ... vielleicht konnte ich mein Fahrrad reparieren. Zum Schein meine ich. Ich musste unbedingt wissen, ob Jayden im Schulhof mit Annika sprach. Sie stand rechts von uns mit zwei anderen YouTuberinnen aus der zwölften Klasse.

Jayden hatte ich bis jetzt immer noch nicht gesehen. War er am Ende krank? Oder mit Louis unterwegs? Fabi und die anderen Jungs aus Jaydens Clique waren am Sandkasten. Emma nahm mich an der Hand und zerrte mich zum Sportplatz.

An unseren Bänken packte Iva eine Tonne Zwetschgenstreuselkuchen aus. „Meine Oma ist aus Tschechien gekommen und nur am Backen", sagte sie.

„Der Kuchen schmeckt wie Liebe", sagte Laura plötzlich ganz poetisch. Wir sahen sie an. Sie wurde rot. Noemi auch. Komisch.

Plötzlich regnete es von der Kastanie über uns. Wir stoben auseinander. Eine riesige Maschinenpistole aus Plastik beschoss uns mit Wasser. „Huhu! Bitches!", rief eine quiekende Stimme von oben.

„Ich bringe ihn um!", rief Noemi. Sie drohte mit der Faust gegen die große Maschinenpistole und das Gesicht dahinter. „Rico, du Ratte! Na warte, wenn du nach unten kommst."

„Ich komme nicht nach unten, Bitch!", brüllte ihr Bruder Enrico, der Fünftklässler. „Hol mich!" Er schmiss ihr eine Wasserbombe vor die Füße, ein Kondom mit Wasser gefüllt. PATSCH! Noemi stand klitschnass da. „Prank!", kreischte Rico von oben.

Keine von uns hatte Lust, ihm in die Baumkrone nachzuklettern. Außerdem hatten wir Angst, dass er dabei stürzte.

„Ich sage das unserer Mama!", rief Noemi.

„Dann zeige ich Mama dein Tagebuch!"

„Mein Tagebuch ist hier, du Vollidiot!", brüllte Noemi und zeigte ihm ihr Smartphone.

„Ich hab dich gehackt, Baby!", kreischte Rico. „Prank!" Er schmiss eine zweite Wasserbombe vor Noemi. Wir traten den Rückzug an. Die Pause war sowieso um.

Übers Wasser hüpfen

Nach dem Unterricht ergoss sich die Sonne über mich, ich wurde endgültig zum Glückskind: An den Fahrradständern wartete Jayden auf mich. Emma, Noemi und Laura setzten sich kichernd von mir ab. Wegen ihres Gekichers wünschte ich sie auf den Todesstern.

„Wollen wir zur Isar fahren, Honey?“

„Nein!“ Habe ich selbstverständlich nicht gesagt. „Ja!“

Seine zweite Frage kam eine Stunde später auf den Kieselsteinen des Isar-Ufers: „Willst du mit mir gehen, Honey?“

„Ich weiß nicht“, sagte ich. Keine Ahnung, was da in mich gefahren war. War ich von Ivas Zwetschgen auf Drogen oder was?

Jayden riss die Augen auf: „Waaas?“

„Sorry!“, sagte ich zum Glück. „Nur ein Scherz! Klar will ich mit dir gehen!“ Dann überlegte ich, wie ich ihn nennen sollte. Wenn er schon „Honey“ zu mir sagte. Vielleicht „Bärli“. Bären fahren doch voll auf Honig ab.

„Du kannst Jay zu mir sagen, Honey. So nennen mich meine Freundinnen.“

***

Seitdem waren wir jeden zweiten Tag nach der Schule zusammen zur Isar geradelt. Wenn ich mit Jayden zusammen war, dachte ich nur an ihn und an uns.

Abends hing unsere Clique um den Brunnen am Weißenburger Platz rum. Manchmal ging ich mit Jayden hin, doch nachmittags wollte Jayden an der Isar üben. Er konnte einen flachen Stein übers Wasser so oft hüpfen lassen, dass wir's nicht zu zählen schafften. Um die Sprünge festzuhalten, musste ich Jayden beim Ditschen mit seiner Kamera filmen. „Der Weltrekord sind 88 Sprünge", sagte er. „Das schaffe ich bald, Honey. Mit 89 Sprüngen komme ich ins Guinness-Buch der Rekorde."

„Ja, Jay!", sagte ich mit so viel Bewunderung in meiner Stimme, wie's nur ging.

Gleich bei seinem ersten Steinehüpfen-Auftritt hatte ich Wikipedia konsultiert. „Die Wasseroberfläche und der flache Stein müssen einen Winkel zwischen 0° und 45° bilden, damit der Stein springt", sagte ich. Jayden sah mich aber nur verständnislos an. Das fand ich süß. Er war nun mal ein Praktiker. Ich bin anders. Wenn ich etwas mache, dann möchte ich jeden Hintergrund dazu erfahren.

Vielleicht mochte er aber keine naturwissenschaftlichen Sachen, dachte ich. Jayden war so wie ich im sprachlichen Zweig. Ich probierte es mit Geschichte und Literatur. „Bei Homer lässt Herkules sein Schild übers Wasser hüpfen."

Aber auch jetzt änderte sich Jaydens verdutzter Blick nicht. „Ich schaffe jetzt 60 Sprünge. Super, oder?"

Früher hatte meine Mama öfter vor Papa ihre Witze gerissen. „Du kannst von einem Mann nicht erwarten, dass er hell ist." Wenn Felix dabei war, hat sie ihm sein Haar durchgewuschelt und gesagt: „Das gilt nicht für dich, Felix! Du bist noch kein richtiger Mann!"

Jayden war sicher hell. Nur schien er sich nicht besonders für Physik und Herkules zu interessieren. Er freute sich aber, wenn ich ihn beim Ditschen filmte. So filmte ich ihn. Stundenlang.

Die Belohnung kam immer. So auch an diesem Nachmittag. Nach einer Stunde Steinewerfen schlenderte Jayden zu mir. Ich hockte auf meinem großen rosa Handtuch. Lächelnd guckte er von oben auf mich hinunter: Groß, schlank. Hängte mir seine großen grünen Augen wie zwei Smaragde um den Hals. Sagte nichts.

Ich schnitt mein schönstes Lächeln: Nur für dich, Jay! Er kniete sich zu mir, streckte die Hand aus und fuhr mir durch die Haare. Ich wimmerte vor Wonne. Sich das Haar kämmen zu lassen, ist ja meine Lieblingsbeschäftigung. Er bückte sich und küsste mich auf die Lippen. Zuerst ganz leicht, dann fester, unsere Zungen berührten sich. Jayden richtete sich wieder auf. „Are you ready, Honey?"

Hmmm. Bei dieser Frage kam ich mir ein bisschen vor wie eine Rakete beim Countdown: Three, two, one … fire! Vergaß es aber sofort. Jayden sah mich an – lange, tief. Ich verlor mich in der grünen Wiese seiner Augen. Meinen Rücken hinauf krabbelten Tausende von Ameisen. Eine Ameisenarmee. Nie hätte ich mir träumen lassen, dass Liebe solche starken Gefühle verursacht. Ich konnte die Ameisen auf meiner Haut spüren. Echt!

„Du hast Ameisen auf dem Hals", sagte er.

„Nö!", sagte ich. „Dort habe ich nur meinen Kopf!" Doch gleich sollte sich zeigen, dass er nur „am Hals" hatte sagen wollen. Sein Deutsch war noch nicht perfekt. Aber süß!

„Hier", sagte er, streckte die Hand noch mal aus, strich mir über den Hals, zeigte mir seine Finger. Zwei rote Ameisen krabbelten darauf.

„Scheiße!", rief ich und sprang hoch. War doch kein Liebeskribbeln gewesen, sondern echte Ameisen. Ich dumme Nuss hatte mich direkt auf einen Ameisenhaufen gehockt. Plötzlich juckte alles. Ich hüpfte und klopfte mich am ganzen Körper ab.

„Du musst alles ausziehen!", sagte Jayden. „Isch bin der Ameisenbär. Isch lecke alle Ameisen von deinem Körper weg."

Ich zog mich bis auf meinen Badeanzug aus. Zum Glück leckte er mich nicht wirklich ab. So weit waren wir noch nicht. Er fuhr aber mit seiner Hand über meinen ganzen Körper und fegte die Ameisen weg. Dabei wurde ich heißer und heißer – mein Gott! Ich kochte! War das Ameisenbekämpfung oder eine erotische Massage? Mir jagten Schauer durch den Unterbauch.

Trotzdem war ich noch nicht bereit, mich in die Liebe mit Jayden ganz fallen zu lassen. Wegen meiner Geschichte mit Chris vor einem Jahr wollte ich mir mit Jayden Zeit lassen. Drei Monate mussten es schon sein, oder? Bevor Jayden und ich zusammen schliefen.

Bis dahin war nur Kuscheln und Küssen angesagt. Nicht das volle Programm.

An der Isar gab's jetzt im Sommer sowieso überall Leute. Bis jetzt hatte Jayden nicht gedrängt, doch auf einmal war alles anders. „Übernachtest du am Freitag bei uns?", fragte er mich plötzlich.

Seine Frage verstand ich zuerst nicht. Selbstverständlich hatte ich schon ein paar Mal dran gedacht, dass mit Jayden sicher alles schön wäre. Doch so schnell? Seit unserem Ausflug zum Seehaus im Englischen Garten nach dem Fußballspiel der Jungs waren erst zwei Wochen vergangen.

Eigentlich gefiel mir an ihm, dass er so schnell war – ein Zupacker. Alles ZACK, ZACK. Eine Übernachtung bei ihm schon nach zwei Wochen war mir dann aber doch zu schnell. Sicher roch sein Bett noch nach Annika.

„Du hast den schönsten Mund der Welt!", sagte Jayden, während ich überlegte. Was sollte ich ihm zu der gemeinsamen Übernachtung antworten? Ich musste an meine Geschichte mit Chris vor einem Jahr denken.

Das erste Mal

Eines Morgens vor einem Jahr nach einer Party bei Pummel, war ich kurz davor, der Welt „lebe wohl" zu sagen. Nicht wegen Felix, Felix hatte damals noch gelebt. Wegen Pummels Badezimmer. Besser gesagt, wegen der Sache, die in Pummels Badezimmer passiert war.

Nach dem Casting-Streich von Louis hatten sich nur Emma und Chris nicht über mich lustig gemacht. Mein Erlebnis in Pummels Badezimmer toppte aber sogar die Casting-Show.

Pummel hatte sturmfrei gehabt. Zu seiner Party war ich zusammen mit Emma aufgebrochen. Eigentlich hatte ich nicht hingehen wollen, um mir die blöden Anspielungen wegen der Casting-Geschichte zu sparen. In dieser Zeit konnte keiner mit mir normal reden, jeder schmiss nur Witze. Das nervte.

Außerdem beschäftigte mich auch damals die große Frage: Warum gerade ich? Leider nicht, warum gerade ich geliebt werde, sondern, warum man gerade mich nicht liebt. Warum schossen sich meine Mitschüler so auf mich ein? Nicht einmal Leni wurde so gehänselt, als Karsten ihr Liebesgedicht für unseren hübschen Sportlehrer Schnuckl in ihren Smartphone-Notizen fand. Leni hatte das Handy auf ihrem Platz unversperrt liegen lassen, als sie auf die Toilette ging.

Karsten hatte Lenis Liebesgedicht der ganzen Klasse vorgelesen. Die Jungs lachten Leni aus. Sie lief heulend aus der Klasse und ließ sich ein paar Tage krankschreiben.

Als Leni zurückkam, erwähnte niemand mehr diese Geschichte. Mich hatten meine Mitschüler wegen des Castings aber wochenlang gehänselt. Übrigens ist Schnuckl ein Spitzname. Nicht einmal in Bayern kann ein Sportlehrer Schnuckl heißen. In Wirklichkeit heißt Schnuckl Schlupfköter.

Warum also gerade ich? Auch meine beste Freundin Emma wusste keine Antwort. Sie hatte mal ihren Freund Fabi gefragt, aber der hatte nur gelacht. Hatten die Jungs etwas gegen mich? Klar haben die Hänseleien auch die Mädchen angesteckt. Niemand in unserem Jahrgang nahm mich mehr ernst. Bis eben auf Emma und Chris.

Louis hatte sich hin und wieder entschuldigen wollen, ihn hatte ich nur böse angesehen und war weggegangen. Chris tröstete mich.

Ich wollte nur wieder in unserer Clique ankommen, von meinen Mitschülern ernst genommen werden, und landete stattdessen im Badezimmer von Pummels Haus. Leider nicht allein.

Viele Mädchen haben Angst vor ihrem ersten Mal. So schlimm ist es gar nicht. Das Zahnziehen ist schlimmer. Und dauert viel länger. Chris drängte mich in die Ecke neben dem Wäschekorb, zerrte mir im

Stehen die Jeans und mein Höschen zu den Knien runter. Nicht mal geküsst haben wir uns – keine Zeit.

Er versuchte, in mich einzudringen, doch meine Beine und Füße waren von der nur halb ausgezogenen Jeans aneinander gekettet wie mit Handschellen.

„Bist du da so eng?", keuchte er.

„In der Hose immer!", sagte ich. Leider konnte ich damals über den guten Spruch nicht lachen. Sicher hätte ein Lachanfall Chris in die Flucht geschlagen. Ja! Damit mich die anderen wieder ernst nahmen, hätte ich lachen sollen. Einem Lachenden kann niemand etwas antun.

Sicher hätte ich das große Ereignis, mein erstes Mal, spätestens dann abbrechen sollen, als Chris an mir mit seinem Gäbelchen herumstocherte wie an einem Schnitzel und meine zusammengekniffenen Beine zu überwinden versuchte. Ich hatte aber Angst. Würde Chris nicht irgendwelche blöden Geschichten über mich erzählen, wenn ich jetzt flüchtete? Dann wäre ich in der Schule ganz durch. Ach, was solls's. Viele Mädchen hatten's schon hinter sich: Iva, Noemi … Wie sie zumindest erzählten. Nur Emma und ich waren noch Jungfrauen.

Ich zog mir die Hose ganz aus. Alles ging rasend schnell weiter: Chris bewegte sich nur ein einziges Mal hoch, dann einmal runter und schon röhrte er wie die Hirsche im Naturpark Poing.

„Super!", sagte er danach. „So gut war's noch nie." Er zog sich meine Hose an. Ach, Quatsch! Das habe ich mir jetzt ausgedacht. Hätte er's damals getan, hätte es aber einen weiteren Schicksalsschlag verhindert, der mich gleich treffen sollte.

Chris zog sich also SEINE Hose an und sagte: „Muss mir das zweite Bier holen!" Als ob ich sein erstes Bier gewesen wäre. Und weg war er. Ein schneller.

Ich verschloss mich im Badezimmer und duschte. Mein erstes Mal hatte überhaupt nicht wehgetan. Ich sah auch kein Blut an mir, obwohl ich noch vor etwa fünf Minuten eine Jungfrau gewesen war. Rein körperlich ging's mir bestens.

Oh, wie ich mich damals unter der Dusche in Pummels Badezimmer tröstete: Endlich dieses blöde erste Mal hinter mir, das ein Mädchen mehr belastet als das Abi. Dabei war's ein Klacks: HUSCH, HUSCH und entjungfert – keine Sorgen mehr damit. Klar: Von Romantik keine Spur. Romantik hat aber in dieser Welt sowieso nichts zu suchen, oder?

So hatte ich mir zugeredet, während ich mir unter der Dusche die Haut von den Knochen schrubbte. Keinen Hauch von Chris wollte ich mehr an mir haben.

Geduscht und angezogen hockte ich mich auf die Kloschüssel und weinte. Warum hatte ich nicht darüber lachen können? Klar, damals hatte ich noch nicht mein wichtigstes Lachgebot: Du sollst an jeder noch so traurigen Sache ihre lustige Seite finden.

Frisch geduscht kam ich nach unten. In der Küche stand Chris mit ein paar Jungs. Jeder eine Flasche Bier in der Hand. Chris erzählte ihnen gerade etwas, verstummte aber, als er mich sah.

Ich hoffte, er würde mich jetzt nicht vor allen küssen wollen oder umarmen. Ich hatte keine Lust mehr auf ihn. Die hatte ich vor meinem ersten Mal mit ihm aber auch nicht gehabt.

Bevor Chris reagieren konnte, schlüpfte ich ins Wohnzimmer. Auf der Sitzgarnitur drängten sich sicher zwanzig Mitschüler. Wie eine Erdbeer-Pflückkolonne auf einem Lastwagen. Im großen Fernseher von Pummels Eltern guckten sie sich einen Prank bei YouTube an. Ohne zu ahnen, dass der beste Prank ihres Lebens bereits im Anmarsch war.

Ich stellte mich in den Türrahmen und schaute mit.

***

Im Video spielte ein Mann mit seinem kleinen Sohn im Spiederman-Kostüm. Im ersten Stock einer Wohnung. Das Erdgeschoss konnte man unten hinter einem Geländer sehen. Die Frau kam heim, begrüßte die beiden, lief eine Treppe hoch in ein Stockwerk darüber. Der Mann tauschte seinen Sohn gegen eine als Spiderman angezogene Puppe, legte sich auf den Rücken, hob die Füße, legte die Puppe drauf und wartete, bis seine Freundin die Treppe wieder runter lief. Dann federte er die Puppe mit den Füßen hoch und spielte der Frau vor, dass ihm sein kleiner Sohn aus den Händen gerutscht wäre. Die Puppe flog übers Geländer und patschte im Erdgeschoss auf den Boden. Die Freundin kreischte vor Schmerz auf und lief nach unten. Um dort festzustellen, dass es nur eine Puppe war, mit der ihr der Freund einen Prank gespielt hatte. Der Mann lachte sich schlapp, die Frau kreischte weiter vor Schock.

***

Unsere Jungs brüllten vor Lachen, die Mädchen lachten nicht. Wir schüttelten die Köpfe.

„Dem würde ich in den Arsch treten!", rief Emma. Sie war zwischen Fabi und Pummel auf dem Sitzsofa eingequetscht.

„Das war doch lustig!", sagte Fabi.

„Blödsinn!", sagte Emma. Plötzlich sah sie mich. „Lia!", rief sie. „Kannst du mir die Chips reichen?" Die Chipstüten lagen auf der Fernsehbank. Skandinavische. Ohne Zusätze. Ich trottete hin, bückte mich ... hinter mir explodierte plötzlich eine Lachbombe. Mist! Wohl weil ich ihnen meinen Po hingestreckt hatte. Doch das war nur die halbe Wahrheit.

Emma befreite sich aus der Quetschung von Fabi und Pummel, sprang zu mir und zerrte mich ins Badezimmer im Erdgeschoss. „Zieh die Hose aus!", sagte sie. Ich gehorchte. Das Gesäß meiner Jeans offenbarte das Böse: Chris hatte sich auf meinem ganzen Hintern ausgebreitet. Besser gesagt seine Nachkommen.

Den Spitznamen, den ich dafür in der Schule bekam, würde ich selbst nie in den Mund nehmen. Klar hatte Chris der ganzen Schule erzählt, wer der großzügige Samenspender war. Er – der Held, ich – endgültig unten durch.

Erst Felix hatte mich mit seinem Tod gerettet. Ja – „gerettet" ist das richtige Wort. Auch wenn ich, um Felix wieder zu uns zu holen, mit Chris in jedes Badezimmer in München gehen würde. Und immer wieder! Das bringt Felix leider nicht mehr zurück.

Zum Glück wechselte Chris kurz darauf die Schule. Und ich habe beschlossen, dass ich noch Jungfrau war. Das mit Chris war doch gar nichts! Wie konnte so was mickrig Ekliges einen Zustand ändern, den ich siebzehn Jahre lang gepflegt hatte?

Nach der Party bei Pummel, lief ich heim und schoss dabei mit meinem Smartphone Tausende Fotos. Das Fotografieren hat mich schon immer vor blöden Gedanken gerettet: Bild toppt Wort. Zuletzt schoss ich ein Selfie vor einem Bestattungsinstitut. Hab's aber nicht bei Instagram gepostet – das Blitzen hatte mir gutgetan.

Das nächste Mal

Jetzt mit Jayden an der Isar dachte ich an die Zeit vor einem Jahr. Wenn ich schon nach der Geschichte mit dem Casting gelernt hätte, über fiese Sachen zu lachen, wäre es nicht zu meinem ersten Mal mit Chris gekommen. Schon damals hätte ich mein nächstes Lachgebot finden können:

Das sechste Lachgebot

Lasse die Leute nicht allein
über dich lachen! Lache mit
ihnen!

Doch nach Lachen war mir jetzt an der Isar mit Jayden wirklich nicht. Wollte er schon nach ein paar Tagen Zusammensein mit mir ins Bett?
„Ich möchte damit noch warten", sagte ich. „Okay?"
„Irgendwann musst du das machen, Honey!" Sicher hat ihm niemand meine Story mit Chris erzählt. Da-

vor hatte ich Bammel. Jayden war erst nach meinem Badezimmererlebnis an unsere Schule gekommen. Und nach dem Tod meines kleinen Bruders. Der Tod von Felix hatte alle Lästermäuler gestoppt.

Na ja, vielleicht haben schon alle meine Peinlichkeit vergessen. Mein Vater sagt oft: „Lia, du musst dir keine Sorgen darüber machen, was die anderen über dich denken. Die anderen haben keine Zeit dafür. Sie machen sich selbst ständig Sorgen darüber, was du über sie denkst.“

Jayden umarmte mich und zog mich eng an sich. Wange an Wange, Brust an Brust, Bein an seine drei Beine.

„Wir warten damit, okay?“, flüsterte ich.

„Alles klar!“, sagte Jayden. „Könntest du mir mit Mathe helfen? Louis meint, du warst in Mathe die Klassenbeste.“ Hmmm ... Louis würde ich nie los werden.

„Ich bin die Beschte!“ Hey, Lia! Gut gesagt! Ich gefiel mir immer besser.

„Isch weiß, Honey!“

„Kommst du zu mir?“

„Besser, wir verlustigen uns bei mir“, sagte Jayden. Wir verlustigen uns? Mit Mathe? Jayden hatte Humor. Vielleicht hätte ich aber speziell diesen Satz ernst nehmen sollen.

„Gut“, sagte ich.

***

Am nächsten Tag läutete ich an der Haustür von Jaydens Eltern. Eine Villa in Bogenhausen. Meine Eltern können sich nur eine Mietwohnung leisten. Schon das ist in München eine große Errungenschaft.

Schritte hinter der Tür. Jaydens Mutter? Sein Vater? Die Tür ging auf. Vor mir stand Jayden. Splitternackt. Mit einem strahlend weißen Frotteehandtuch über der Schulter, in dessen Ecke eine rote Krone gestickt war.

Gleich würde er, „tataaa!" rufen und eine Pose schmeißen. Zum Glückt nicht! „Entschuldige, Honey!", sagte er nur. „Habe gerade geduscht."

UPS! Ich habe nicht einmal, „hallo", gesagt, ich war sprachlos. Jayden führte mich ins Wohnzimmer und verschwand mit einem kleinen Versprechen, das mir etwas Angst einjagte: „Bin gleich da!" Wie würde er zurückkommen? Nackig und mit einem Kondom über den Kopf gezogen? Trotz der blöden Situation musste ich kichern.

Die Wohnung war modern eingerichtet, hell, alles auf seinem Platz, kein Körnchen Staub. Sicher hielten sich Jaydens Eltern eine Putzfrau.

Zwei große Fotos an den Wänden von Helmut Newton. Nackte Frauen. Originale, vom Künstler signiert. Ich kenne Newton. Mein Papa ist Fotograf und sammelt Fotobände. Ich möchte auch Fotografin werden. Deswegen poste ich jeden Tag ein Foto bei Instagram, mit einem schönen und weisen Spruch. Wenn mir einer einfällt. Wenn nicht, dann klaue ich einen im Netz.

Gerne gucke ich mir die Fotos in Papas Büchern an. Jetzt die von Newton an der Wand, aber nur vor lauter Verwirrung. Ich war immer noch im Schock über Jaydens Aufmachung. Warum hatte er sich nicht das

Handtuch um die Hüfte geschlungen, wenn er schon duschen musste? Gerade als ich kommen sollte?

Andererseits konnte ich diese Geschichte auch von ihrer lustigen Seite sehen, oder? Mit „der Schüler kommt nackt zur Mathenachhilfe" könnte ein guter Witz anfangen. Zum Glück tauchte Jayden kurz darauf hübsch angezogen auf.

„Mein Vater sagt immer, ihr Amerikaner seid prüde!", sagte ich. „Und jetzt hast du mir nackig aufgemacht." Ich hatte es ansprechen müssen. Mutig von mir, oder? Mein Papa sagt aber auch oft: „Wenn du Fragen hast, dann frage."

„Meine Mutter ist Schwedin", sagte Jayden.

„Alles klar!"

Super: Jayden war angezogen. Endlich konnten wir uns auf Mathe konzentrieren. Trotzdem schien Jayden eher mir Nachhilfe geben zu wollen, als von mir welche zu bekommen. In Biologie. Meine Brüste interessierten ihn mehr als Trigonometrie. „Mach mir den Kosinus, Honey!" Obwohl er in der zwölften Klasse noch nicht den Satz von Pythagoras kannte. Meinen Erklärungen hörte er nicht zu. Wollte nur meine Kurven diskutieren. Seine Tangente an sie legen.

Immer wieder musste ich Jaydens Hand schnappen, sie festhalten, bald befreite sie sich aber und HUSCH! Schon flitzte seine Hand unter meine rosa Bluse. Die habe ich meiner Mama geklaut. Sonst lief sie voll peinlich angezogen herum, doch diese Bluse war schön.

Unter der Bluse versuchte Jayden, meinen BH zu öffnen, an meinem Rücken. Zum Glück hatte ich den BH-Verschluss vorne, zwischen den Brüsten. Auch wenn er sich nicht allzu gut im Gelände orientieren konnte, würde er bald den Verschluss finden. Und dann gnade mir meine nicht mehr vorhandene Unschuld.

„Hallo!" Jaydens Vater kam heim. Ich wollte singen vor Freude. Anzug, weißes Hemd, Schlips. Gepflegt. Ich nahm mir vor, meinen Vater und meine Mutter vor Jayden zu verstecken, damit er sie nicht mit seinen Eltern vergleichen konnte. Meine Eltern lebten in Welten voller Naturwolle und Turnschuhe.

„Wie geht's dir, Annika?", fragte Jaydens Vater. Ich drehte mich um, so verwirrt war ich. Zum Glück stand Annika nicht hinter mir.

„Das ist Lia, Papa", sagte Jayden.

„Aaaah … entschuldige!" Er fragte mich, was ich gern mache und so. Hörte mir aber nicht richtig zu. Ich merke sofort, wenn man mir nicht zuhört. Nach ein paar Minuten verschwand er in seinem Arbeitszimmer.

„Hier gibt's jetzt zu viel Traffic, Honey!", sagte Jayden. „Komm! Du bringst mir oben in meinem Zimmer Mathe bei."

„Ich möchte dir aber meine Hypotenuse noch nicht zeigen", sagte ich und bekam einen blöden Lachanfall. Verdutzt guckte Jayden mich an, lachte nicht mit. Sein Blick steigerte mein Lachen. Seit ich mich mit dem Lachen neu erfunden hatte, passierten mir Lachanfälle öfter. Früher hätte ich einen solchen Satz wie den mit der Hypotenuse nie gesagt. Noch als ich lachte, hoffte ich, ihn nicht verletzt zu haben.

„Willst du mich in den Kopf stoßen, oder was?", fragte Jayden. Ich heulte wieder los. Sein Deutsch war nahezu perfekt, hin und wieder gab's bei ihm aber einen süßen Versprecher. Gekränkt sah er mir beim Lachen zu. Wollte nicht mitlachen. Schade. Ich sollte mich echt zusammenreißen.

„Entschuldige", sagte ich. „Das heißt ‚vor den Kopf stoßen', nicht ‚in den Kopf stoßen'."

Seine Miene wurde immer düsterer. „Machst du dich über mich lustig?"

Das wollte ich nicht. „Sorry!", sagte ich, warf mich auf ihn und küsste ihn. Lange. Das hatten wir schon drauf. Ich fühlte, wie er sich wieder entspannte.

„Ich liebe dich wirklich", sagte ich. „Brauche aber noch etwas Zeit, okay? Jetzt muss ich sowieso heim! Wir bekommen Besuch", log ich.

„Machst du bei der Film-AG in der Schule mit?", fragte Jayden mich in der Tür. „Im Kurs gibt's nur Jungs. Wir sind zu wenige. Wenn ein paar Leute abspringen, findet die AG nicht statt." Wie süß doch sein Akzent war! Klar konnte ich ihm jetzt nichts mehr abschlagen. Wenn mein Vater von meiner Mama etwas will und sie „nein" sagt, bittet er sie gleich um etwas anderes und bekommt's immer. Solche Tricks versteht meine Mama nicht.

„Ich frage die Mädchen", sagte ich.

Und so sollte bald mein Leben mit der versteckten Kamera und mit lustigen Videos anfangen. Das Lachen begann zu rollen, bis die Lachlawine eine von uns unter sich begrub.

Leben und lesen lassen

Am Mittwoch unseres ersten Film-AG-Treffs hatte ich keine Lust, in die Schule zu gehen. Die halbe Nacht hatte ich So was kann auch nur mir passieren von Mhairi McFarlane gelesen, war dabei erst um halb vier eingeschlafen. Habe die Liebesgeschichte leider nicht bis zum Ende geschafft. Gleich nach dem Aufwachen konnte ich aber an nichts Anderes denken: Würden Georgina und Lucas zusammenkommen? Ich fand mich voll in Georgina wieder: Sie schlitterte von einer Peinlichkeit in die nächste.

Warum du in solchen dringenden Fällen in die Schule musst, verstehe ich nicht. Was kann schon wichtiger sein, als die Frage, wie eine Liebesgeschichte ausgeht? Das ist doch die wichtigste Frage überhaupt. Auf jeden Fall viel wichtiger als der Unterricht. Ich lese gern. Die Geschichte zwischen Georgina und Lucas hat mich aber frontal erwischt – wenn man's so sagen darf. Das einzig Blöde war, dass mich der Held Lucas wieder an Louis erinnerte. Und nicht nur weil beide mit einem „L" anfingen. Ich musste Louis wegmeditieren: Hopp, hopp und weg mit dir, du Schurke, du Beschwörer meiner größten Peinlichkeiten!

Mama guckte mir beim Packen meiner Schulsachen zu. Langsam schien auch sie am Leben Spaß zu bekommen. Sicher würde sie den Tod meines kleinen Bruders nie überwinden können, doch sie bemühte sich wieder. Auch um mich. Leider fand ich das nicht so gut.

„Ich fange wieder an zu arbeiten, Lia. Ist das okay für dich? Werde viel in der Stadt unterwegs sein und nicht mehr so viel Zeit für dich haben."

Also war's jetzt so weit – bald würde ich wieder zum Stadtgespräch werden. Was sollte ich Mama sagen? Sie sollte arbeiten, damit sie nicht weiter Trübsal blies. Ich musste Opfer bringen. „Das ist schon okay, Mama!"

Sie guckte mich komisch an, fragte plötzlich: „Hast du einen Freund, Lia?"

„Nö", log ich. Von Jayden durfte ich Mama nicht erzählen. Sonst würde das sofort die ganze Nachbarschaft erfahren.

Ich stellte mir vor, wie ich mit Jayden durchs Viertel ging und hinter uns Mamas Freundinnen tuschelten, laut, dass es die ganze Straße hören konnte und Jayden sowieso.

„Das ist Lias neuer Freund! Amerikaner! Hübsch wie dieser Leonardo ... äääh ... wie heißt der nur?"

„Da Vinci?"

„Neee ... äääh ... der heißt, wie dieses Auto ... Ka... Kabriolett ... Kabrio?"

„DiCaprio?"

„Ja! Die Kabrio! Hübscher Kerl!"

Was Schauspieler angeht, lebten Mama und ihre Freundinnen noch im letzten Jahrtausend.

Die Schonzeit ist vorbei, Lia!, sagte ich mir. Jetzt geht's wieder los. Zum Glück fiel mir gleich mein Lachgebot ein: Wollte ich ab jetzt nicht jeder Sache nur ihre lustige Seite abgewinnen? Na also! Würde ich's aber auch schaffen, Mamas Geschichten über mich lustig zu finden? Sicher! Oder?

Das Wichtigste war sowieso: Mein neu gefundenes Lachen zog meine Mama aus ihrer Trauerfalle heraus. Langsam, aber immer mehr.

***

In der Früh vor unserem ersten Film-AG-Kurs meldeten die Mädchen und ich uns bei Blume an. Unser duftender Klassenlehrer leitete den Filmkurs. Er freute sich. „Wir treffen uns um 16 Uhr im Physikkabinett." Heute würde das Physikkabinett wie ein Rosengarten duften, denn Blume roch nach einem Strauß mit tausend Rosen.

***

In der Pause würde ich nicht zum Lesen kommen. In der Mittagspause vor dem Nachmittagsunterricht und der Film-AG wollte ich mich aber auf die Bänke hinter unseren Sportplätzen verziehen und dort statt Mittagessen mein Buch verschlingen.

Leider regnete es in der Früh. Mittags würde draußen sicher alles nass sein. Die ganze Welt hatte sich gegen mich verschworen, damit ich das Ende der Geschichte nicht erfuhr.

Doch in der Schule erlebte ich eine hübsche Überraschung. Wir bekamen endlich die schon seit langem angekündigte Leseecke. Gleich am Ende des Flurs neben unserer Aula.

In der Leseecke konntest du in gemütlichen Sesseln schmökern. Wenn du unterrichtsfrei hattest.

Über den Ort des Lesens wachte Schreier, unser Englisch-Lehrer. Das war nicht so gemütlich, Schreier war ein zum Leben erwachtes Verbot. Am liebsten hängte er überall in der Schule seine laminierten Verbotsschilder auf: „Im Flur ist Laufen und Spielen verboten", „In der Schule sind Haustiere verboten", „In der Schulkantine darf nicht laut geredet werden".

Wenn Schreier nicht unterrichtete, streunte er durch die Schule und überlegte, was noch verboten

93

werden konnte. Wo könnte er eins seiner laminierten Verbotsschilder aufhängen? Irgendwann würde er überall Schilder anbringen mit „In der Schule sind Schüler verboten!"

Das wäre schön!

Die anderen Lehrer und unsere Schulleiterin versuchen öfter, Schreier seine Verbotsschilder auszureden. Doch Schreier labert sie so lange voll, bis sie nachgeben. Mit ihm will niemand diskutieren. Er lässt nie locker, bis die Schulleiterin seufzt und sagt: „Na gut!" Und SCHWUPP! Schon hängt in der Schule ein neues Verbotsschild.

An der Leseecke hatte Schreier sich richtig ausgetobt. Eine ganze Wand war mit von Schreier eigenhändig hergestellten Schildern bedeckt:

Essen verboten!

Schlafen verboten!

Sprechen verboten!

Telefonieren verboten!

In der Leseecke ist nur das LESEN erlaubt!

Handys waren den Schülern sowieso in der ganzen Schule verboten. In der Leseecke durften aber nicht einmal die Lehrer telefonieren. Noch viele andere Verbotsschilder hingen dort, doch das schönste verkündete:

Bitte vor dem Lesen die Hände waschen!

Vor dem Regal mit Buchspenden der Eltern stand am ersten Tag der Leseecke eine Kiste mit weißen Baumwollhandschuhen. Auch die Kiste war mit einem laminierten Schild versehen:

Beim Lesen Handschuhe tragen!

Diese Kiste wurde auf Geheiß der Schulleitung kurz darauf entfernt. Mit Handschuhen zum Lesen konnte Schreier sich nicht durchsetzen.

Egal! Ob in Handschuhen oder ohne – in der Mittagspause und vor der Film-AG würde ich mich in der Leseecke verkriechen und hier mein Buch zu Ende lesen. Schöne Aussichten! Beglückt lief ich in die Klasse.

***

Auch im Unterricht lachte das Leben laut: Unser Klassensprecher Nikos war mit einem großen Pflaster am linken Auge aufgetaucht.

„Hast du dich verletzt?", fragte ihn Frau Müller, unsere Deutschlehrerin.

„Ja!", sagte Nikos. „Das Augenlid musste genäht werden."

„Was ist passiert?"

„Ich habe mich rasiert!"

„Am Auge?"

„UAAAH!" Leben, lieben, lachen.

***

Schon in der Mittagspause wollte ich die Leseecke ansteuern. Vor unserer Klasse gabelten Jayden und Fabi Emma und mich auf. Jayden trug ein hübsches blaurotes Karohemd und kurze Diesel-Jeans. Fabi trotz Sommer eine lange Levi's. Auf seinem schwarzen T-Shirt prangte in weißen Buchstaben „Ich habe nicht Tourette, ich bin einfach unfreundlich."

„Wir sehen uns heute im Film-AG, Honey, okay?“, sagte Jayden. „Ich muss mit Fabi etwas erledigen.“

Jedes andere Mal wäre ich traurig gewesen, dass Jayden mit mir nichts machen wollte. Jetzt konnte ich nur noch an mein Buch denken. Plötzlich musste ich mich aber fragen: Habe ich gerade ein Abenteuer in meiner eigenen Liebesgeschichte für eins im Buch getauscht?

Emma war dagegen sauer. „Fabi verbringt langsam mehr Zeit mit deinem Freund als mit mir“, sagte sie. „Wir wollten zusammen Eis essen. Das hat er mir versprochen.“

„Was machst du jetzt?“, fragte ich. „Gehst du in die Kantine?“

„Nö!“, sagte Emma. „Bin nicht hungrig. Hatte schon Obst. Warmes esse ich vor der Film-AG zu Hause.“

„Kommst du in die Leseecke mit?“

Emma zuckte mit den Schultern. „Mach ich, Sweety! Ich kann dort dehnen!“ Emma las wenig. Meist nur Schullektüre. Ich las viel. Trotzdem passten wir gut zusammen.

„Wenn Schreier dich dort bei deinen Dehnübungen erwischt, macht er Anti-Dehnungen-Terror.“

„Der kann mich mal“, sagte Emma. „Ein Schild mit ‚Dehnen verboten‘ hängt dort nicht, hi, hi ...“ Vor Schreier hatten alle Angst, sogar unsere Schulleiterin, nur Emma nicht.

„Du bist super“, sagte ich in einem Anfall von Zuneigung und umarmte sie.

Wir trabten die Treppe runter. „Was heißt überhaupt Tourette?“, fragte Emma.

„Das ist so 'n Syndrom. Tourette-Kranke müssen ständig sehr unanständige Sachen sagen. Sie schimpfen ziemlich übel."

„Warum trägt Fabi dann so was auf dem T-Shirt? Will er mich verarschen? Er weiß doch, dass ich unfreundliche Menschen nicht ausstehen kann." Das stimmte. Wenn bei Facebook oder Instagram jemand mit einem Hasskommi kam, sperrte Emma ihn sofort.

„Er meint's lustig."

„Ich lach mich tot", sagte Emma. Sie fasste sich aber gleich am Mund. „Ups! Entschuldige, Lia!"

„Kein Problem!" Mein süßer kleiner Bruder Felix würde wohl immer über das wachen, was meine Freundinnen zu mir sagten. Ich nahm Emma an der Hand und zerrte sie zur Leseecke.

***

In der Leseecke wartete ein Wunder auf uns: Alle Verbotsschilder waren weg. An der Wand hing jetzt nur ein einziges laminiertes Verbotsschild von Schreier: „In der Lesecke sind Smartphones auch für Schüler erlaubt."

Kein Verbot? Sogar eine Erlaubnis? Ziemlich untypisch für Schreier. Emma stand vor dem Schild, mit ungläubiger Miene, und las den Spruch laut vor. „Ist das wahr?", fragte sie. „Ist Schreier ein Menschenfreund geworden?"

„Kann sein. Vielleicht macht er eine Therapie? Oder er hat bei Facebook schon so viele Hasskommis gepostet, dass er jetzt Reue zeigen will."

„Hi, hi, hi …"

Ja! Unglaublich aber wahr: Endlich durften wir! In der Leseecke hockten schon fünf andere Schüler mit Smartphones in der Hand. „Sicher hat Frau Kobert das Schreier befohlen", sagte ich. Frau Kobert war unsere Schulleiterin. „Viele Schüler lesen nur eBooks. Deswegen hat man in der Leseecke Smartphones erlaubt."

„Logisch!", sagte Emma. „Super! Dann kann ich meine Nachrichten checken. Komm! Wir müssen schnell zwei Plätze besetzen." Von überall rückten Schüler an. Die frohe Kunde hatte sich schon in der ganzen Schule verbreitet. Endlich! Nach Jahren unsinnigen Handy-Verbots durften wir unsere Smartphones in der Schule verwenden. Zwar nur in der Leseecke, aber immerhin.

Wir legten uns in zwei der ergonomischen Lesesessel. Schon waren alle Plätze besetzt. Einige Schüler hockten sich auf die Lehnen ihrer Kameraden.

„Hey! Können wir uns bei euch auf den Schoß hocken?"

„Abmarsch, Junghühner!" Emma und ich mussten ein paar freche Sechstklässler vertreiben. Voll auf Pubertät die Jungs. Einen solchen würde ich nie in meine Nähe lassen. Auf meinen Schoß schon überhaupt nicht.

Emma holte ihr iPhone raus, ich auch. Bevor's ans Lesen ging, wollte ich schnell gucken, was sich in der Welt tat.

Doch das Brüllen eines Orks ließ uns hochschrecken. „Was soll das? Seid ihr wahnsinnig geworden?", brüllte Schreier. Er stand vor der Leseecke. „Wie könnt ihr's wagen, in der Schule Handys zu benutzen? Und noch dazu in der Leseecke?"

Alle Schüler bis auf Emma sprangen auf, versteckten ihre Handys und wollten flüchten. „Alle hierbleiben!", kreischte Schreier. „Ich schreibe eure Namen auf. Damit keiner seinen Verweis verpasst!"

Emma zeigte auf den Aushang. „Sie haben hier doch Smartphones erlaubt!"

Doch Schreier tobte wie auf Tollwut. „Das ist Betrug! Bist du so blöd, das zu glauben! So etwas Dummes habe ich noch nie erlebt."

Ein Mädchen aus der Fünften weinte. Aber auch das stoppte Schreier nicht. Er kreischte weiter Emma an. „Wo ist nur dein Hirn? Was hast du im Kopf? Nur Mist, oder? Eine so dumme Gans wie du ist mir noch nie untergekommen!"

Mit offenem Mund starrten Emma und ich ihn an. Solche Sachen hatte ein Lehrer zu uns noch nie gesagt. Emma zerrte mich davon. „Komm!", sagte sie. „Sonst drehe ich ganz durch."

Wir drehten Schreier den Rücken zu und gingen davon. „Hier bleiben!", brüllte er uns nach.

Emma drehte sich um. „Ich werde Sie anzeigen! Ich habe alles aufgenommen. Dass Sie sich nicht schämen. Ein Mädchen aus der Fünften zum Weinen zu bringen. Das wird Folgen haben. Sie Held, Sie! Sie sollten als Lehrer ein Vorbild sein und hier nicht Tobsuchtsanfälle vorführen."

Das stoppte Schreiers Schreie sofort. Mit offenem Mund glotzte er uns an. Wir drehten wieder ab. Mutig war Emma, doch ich merkte wie ihre Stimme gezittert hatte.

Sie zerrte mich auf unsere Bänke auf dem Sportplatz. Zum Glück regnete es nicht mehr. Draußen
schien die Sonne.

Unfreundliche Arschlöcher

Unterwegs zum Sportplatz fuchtelte Emma aufgeregt mit den Händen. „Dass er das wagt, mich anzuschreien! Alter, bin ich wütend!"

„Vergiss den!", sagte ich. Innerlich kochte ich aber genauso vor Wut.

Meine Lachgebote fielen mir ein. „Ich find's schon fast witzig, wie der abging."

„Das ist nicht witzig!", rief Emma. „Ohne Scheiß! Ich könnte so ausrasten! Dieses unfreundliche Arschloch von Lehrer!"

Noch nie habe ich Emma so aufgeregt gesehen. Normalerweise war sie die Ruhe in Person. „Ich platze vor Wut. Echt, Alter!" Auch Alter hatte sie noch nie gesagt.

Am Ende des Sportparks tauchten Jayden und Fabi auf. Fabi immer noch in seinem schwarzen T-Shirt, mit dem weißen Schriftzug auf der Brust.

„Hi Lia!", sagte Jayden und küsste mich.

„Hey Emma", sagte Fabi. Emma starrte sein T-Shirt an. „Alles klar?", fragte Fabi.

„Was trägst du da?", fragte ihn Emma endlich. „Is' Tourette nicht so 'ne Macke, dass man die andern als Fotzen beschimpft und so? Weißt du, was ich nicht ausstehen kann?"

„Was?", fragte Fabi.

„Unfreundliche Arschlöcher!"

Fabi warf die Hände in die Luft und schüttelte den Kopf. „Der Spruch ist doch witzig!"

„Weißt du, was ich noch mehr hasse als unfreundliche Arschlöcher?", fragte Emma.

Fabi wurde es immer unbehaglicher. „Äääh … was denn?"

„Unfreundliche Arschlöcher, die krass witzig sein wollen."

„Aber …"

„Verpiss dich", sagte Emma.

„Hey!", sagte Jayden. O Gott! Musste er sich gerade jetzt einmischen? Emma stand auf Rot. Was machte ich, wenn sie meinen Freund verprügelte? Emma drehte sich zu ihm um und ballte die Fäuste.

Doch Jayden setzte plötzlich sein schönstes Lächeln auf und sagte: „Hey! Ich bin voll freundlich!" Diese blöde Ansage erwischte mich unvorbereitet. Obwohl ich noch vor einer Minute genauso wütend gewesen war wie Emma, kreischte ich vor Lachen auf.

Emma guckte mich an, zuerst ziemlich sauer, auf einmal kicherte sie aber auch. Sie drehte sich zu Fabi, der immer noch zur Säule erstarrt neben unserer Bank stand. „Sorry, Baby!", sagte sie zu ihm. Sie erzählte Fabi und Jayden von unserem Erlebnis mit Schreier in der Leseecke.

„O Alter!", sagte Fabi. „Krass!" Dabei guckte er Jayden an. In diesem Moment war mir klar, sie wussten, wer den Streich gespielt hatte.

„Habt ihr die Schilder in der Leseecke ausgetauscht?"

„Neee!", sagte Jayden. „Das war Louis!"

Emma seufzte. „Wer sonst?"

„Beschwerst du dich jetzt wirklich über Schreier bei der Schulleiterin?", fragte Fabi.

Emma winkte ab. „Das bringt doch nichts! Die Schulleiterin sagt: ‚Emma, Liebes! So schlimm war's sicher nicht. Du übertreibst!' Ich habe mich schon einmal über Schreier beschwert. Zum Glück haben wir ihn jetzt nicht mehr als Lehrer."

„Ich kann's bezeugen", sagte ich.

„Lassen wir das", meinte Emma. Fabi hockte sich zu ihr und umarmte sie. „Das T-Shirt trägst du aber nicht mehr, oder?", fragte Emma ihn.

Fabi lachte. „Okay!"

Die Film-AG

Meine Freundinnen würden in den Filmkurs mitkommen: Emma, Iva, Noemi und Laura. Bis jetzt nahm nur Annika daran teil. Früher hatte sie sich für ihren YouTube-Kanal selbst gefilmt. Was Annika konnte, konnten wir auch, oder?

***

In der letzten Zeit nahm Jayden Annikas YouTube-Videos auf. Auch jetzt. Nach ihrem Streit und Schluss im Park hatten sich die beiden schnell wieder vertragen. Annika brauchte Jayden für das Filmen. Dafür half sie ihm, seinen YouTube-Kanal bekannter zu machen. Jayden hatte nur ein paar Hundert Abonnenten. „Du verstehst das, Honey, oder?", fragte mich Jayden.

„Klar verstehe ich das", sagte ich. Mich störte es wirklich nicht, dass sie sich sahen. Ich bin nicht eifersüchtig. Trotzdem übte Annika sicher jeden Morgen vor dem Spiegel ihre böseste Miene, die sie mir dann in der Schule schenkte. Ich lächelte sie immer an.

Wegen meines Lachgebots musste ich ständig lächeln. Das schien Annika aber noch mehr zu reizen. Dass sie wütend war, freute mich. Wir Mädchen sind schon etwas biestig veranlagt, oder?

Mehr Probleme als Annika bereitete mir Louis. Louis hatte Jayden das Filmen beigebracht. Das wussten wir alle. Er filmte schon, seit er zwölf war, unter dem YouTube-Nicknamen Filmkeks. Doch das erwähnte ich bei Jayden nur einmal. „Louis hat mir nichts beigebracht", sagte Jayden zerknirscht. „Er kann doch nicht so gut filmen wie ich, Honey!" Ich hab's so stehen lassen.

Von den Jungs besuchten den Kurs Fabi, Pummel, Karsten, Detlef und Monte. Detlef und Monte waren in Jaydens Klasse, also eine über uns – in der Zwölften.

Monte mochte ich auch nicht besonders. Als Iva an unsere Schule gekommen war, fragte sie Monte, woher denn sein Spitzname komme. „Ich fahre mit meinem Vater jedes Jahr nach Monte Carlo", sagte er. „Dort spielen wir in den Casinos." Doch jeder andere Schüler wusste, Montes Spitzname kam von den Pudding-Desserts mit Schoko-Geschmack, die er noch in der Sechsten tonnenweise futterte. Monte war ein schmieriger Angeber. Und Detlef ein Vollidiot.

Zu Detlef fällt mir nichts Anderes ein. In der Sechsten hatte er mit Monte und ein paar anderen Jungs in unserem „dunklen" Flur hinter der Kantine auf Mädchen gewartet und sie ihrem „Pressing" unterzogen. Die Jungs haben sich an den Armen verhakt, eine Kette gebildet und vorbeigehende Mädchen darin „eingewickelt". Dabei haben sie die Mädchen begrabscht.

Erst ein paar Verweise hatten dem Blödsinn ein Ende gemacht.

***

Kurz vor der Film-AG trafen wir die anderen bei unserem Bäcker. Der hatte die leckersten belegten Brötchen der ganzen Stadt. Ich kaufte mir dort oft ein Thunfisch-Sandwich. Heute hatte ich das Mittagessen vergessen.

„Hey! Ein Weltwunder!", rief Pummel. Er zeigte auf die ausgestellten Flaschen auf der Theke. Zwischen Cola und Fanta stand dort Himbeerlimonade. „Die habe ich seit Jahren nicht gesehen. Diese Limo ist der Hammer! Super!" Pummel kaufte sich gleich eine Flasche.

„Kauf dir doch mehrere!", sagte Karsten.

Pummel schüttelte den Kopf, sodass sein langes schwarzes Haar wie beim Headbangen durch die Luft flog. „Nur eine Limo zur Feier des Tages. Weil die Mädels mitmachen! Lass dich drücken, Lia! Ich freue mich so!" Ich umarmte Pummel. Wir mussten ihn ständig umarmen, sonst war er traurig.

***

Deswegen fing das Filmen mit der Himbeerlimonade an. Im Physikkabinett holte Pummel sie aus seinem Rucksack. „Komm rein und schade nicht!", sagte er und machte die Flasche mit einem Taschenmesser auf. Die Limo sprudelte wie ein Geysir heraus, dank der Frühsommerhitze und dem Durchschütteln in Pummels Rucksack. Verdutzt starrten Pummel und Blume den Geysir an, der bis zur Decke reichte.

Pummel schnitt gern blöde Mienen, vor allem wenn er die Lehrer nachahmte, doch sein Gesichtsausdruck jetzt toppte alles. Ich schoss vor Lachen gen Decke, danach die anderen, zum Schluss Pummel.

Das siebte Lachgebot

*Geh unter Leute. Leute machen
lachen.*

Nur Blume, der Herrscher über das super modern eingerichtete Physikkabinett, konnte nicht lachen. „Was für eine Sauerei, was machen wir damit? Was für eine Sauerei …" Bis zum Ende des Kurses putzten wir.

„Wusste nicht, dass das Filmen einen solchen Spaß macht", sagte Emma zum Schluss und wir prusteten wieder los.

„Ich drehe mit den Jungs ein Video", erzählte Jayden Blume am Feierabend. „Können wir das hier nächste Woche zeigen?" Blume nickte.

Komisch: Mir hatte Jayden von dem Film mit den Jungs nichts erzählt. Es musste aber ein totaler Blödsinn sein, da Pummel kicherte.

***

Nach dem Kurs radelten wir alle zur Isar. Auch Louis. Zum Glück mischte er sich in meine und Jaydens Gespräche nicht ein.

Vorletztes Jahr hatte Louis bei uns in der Klasse ständig irgendwelche Streiche gespielt. Die Laborschuhe unseres Chemielehrers an den Boden genagelt, Schilder bei unserem Verkehrstraining vertauscht und anderes.

In der Neunten haben aber alle Jungs nur Blödsinn gemacht, ständig Mandarinen durch die Klasse geschmissen oder Stinkbomben platzen lassen und Reißzwecke mit dem Nagel nach oben auf unsere Stühle gelegt. Wie die Blöden freuten sie sich, wenn ein Mädchen vor Schmerz und Schock kreischte. Immer wieder. Als ob's das Lustigste auf der Welt wäre.

Einmal hatte jemand das Toilettenpapier in den Mädchenklos mit einer scharfen Substanz besprüht. Welches Mädchen hätte so etwas schon verbrochen? Das haben sicher die Jungs gemacht. Jetzt mit siebzehn hatten die sich zum Glück etwas beruhigt. Ob aber Louis sich beruhigt hatte, wagte ich zu bezweifeln.

„Was habt ihr gedreht?", fragte ich Jayden an diesem Spätnachmittag an der Isar. Er grinste nur und ließ Steine übers Wasser hüpfen. Heute guckten wir ihm alle zu. Nicht nur ich.

„Lass dich überraschen, Honey!"

Auch Fabi schwieg vor Emma. Wieder wurde sie auf ihren Freund sauer, weil er mehr auf Jayden hörte als auf sie. Zwischen Emma und Fabi schien es immer mehr zu kriseln. Wie lange das bei ihnen noch einigermaßen laufen würde? Das fragte ich mich oft.

Emma versuchte Pummel etwas über Jaydens Film zu entlocken, normalerweise verrät Pummel uns alles, wenn wir etwas Druck ausüben. Schon ein Bussi auf die Backe löste Pummels Zunge wie ein Wahrheitsserum. Doch auch er wollte nichts verraten. Jayden besaß eine große Autorität bei den Jungs. Das freute mich. Damals.

Bis zum nächsten Tag hatten wir's vergessen. So erfuhren wir Mädchen erst eine Woche später, was die Jungs gedreht hatten. Und ich erfuhr, dass es für Flecken, die deine Geschichten verursachen, keinen Fleckentferner gibt.

Mama mia!

Heute kam Noemi morgens in die Klasse mit dem Lachen der Jungs im Rücken. „Dreh dich um", sagte Laura.

Noemi zeigte uns den Rücken. An ihrer Jeansjacke hing, mit Tesafilm hingeklebt, ein großer Zettel. „BITSCH" stand darauf. Mit einem „S".

„Diese Ratte!", sagte Noemi. „Ich bring ihn um!" Ich stellte mir ihren Bruder vor, den kleinen Gangster Rico, und musste wieder lachen.

„Findest du das lustig?", fragte Noemi.

„Ich lache nicht über dich", sagte ich. „Ich lache über deinen Bruder."

„Du kannst mich mal", sagte Noemi. Sie lief aus der Klasse und schlug die Tür hinter sich zu. UPS. Hatte ich zur falschen Zeit gelacht? Meine Freundinnen wollte ich nicht verletzen.

„Noemi ist heute schlecht drauf", sagte Emma. „Nicht deine Schuld."

„Ich hole sie", sagte Laura und lief Noemi nach.

Noch vor der Schulglocke kamen sie zurück. Noemi umarmte mich. „Sorry, Lia! Ich freue mich, dass du wieder lachst."

In der Hofpause stürmte Noemi in den Hof wie ein Drache in den Kampf. Wir hinter ihr her. Wenn jemand Noemi in den Weg gekommen wäre, hätte sie ihn mit Feuer angespuckt.

Rico belagerte mit ein paar anderen Gangstas aus der Fünften die Recyclingtonnen. Alle die Hosen so tief wie die Colts von Revolverhelden.

Noemi klebte ihm eine. „Auwei!", kreischte Rico und hielt sich die Backe. Die anderen Gangstas stoben auseinander, als ob Al Capone selbst mit der Maschinenpistole aufgetaucht wäre.

„Weißt du, wofür die ist?", brüllte Noemi.

„Für die Bitch?"

„Nö!", sagte Noemi. „Dafür, dass du ‚Bitch' falsch geschrieben hast. Du bringst Schande über die ganze Familie. Noch ein falscher Buchstabe und ich stopfe dich in die Tonne." Sie zeigte zu den Tonnen mit Kunststoffsachen. „Zu Plastik! Durch die kleine Öffnung da! Hast du mich verstanden?"

Rico schluchzte. „Das sage ich Mama!"

„Nur zu!", sagte Noemi. Sie warf die Hände in die Luft und drehte sich zu uns. „So sind die harten Jungs!"

„Bekommst du jetzt keinen Stress mit deinen Eltern?", fragte Iva sie unterwegs zu unserer Bank am Sportplatz. „Wenn ich meinen Bruder schlagen würde …"

„Die Ratte würde doch zu Hause nie erzählen, dass sie ihrer Schwester einen Zettel mit ‚Bitch' auf den

Rücken geklebt hat. Da würde ihn sofort jeder unserer Brüder auch verprügeln. Italiener schützen ihre Frauen."

***

Nach der Schule wartete ich an den Fahrradständern auf Jayden. Die Mädels waren schon heimgeradelt. Doch statt Jayden tauchte die Katastrophe schlechthin auf: Meine Mama! Plötzlich nicht mehr in Trauer, nicht mehr dunkel angezogen wie das ganze Dreivierteljahr seit Felix' Tod.

Das wäre super gewesen, doch meine Mama hat's wieder mal übertrieben: Pumps, hautenge schwarze Leggings, darüber ein weites rosa Football-Shirt, vorne mit dem Aufdruck Miami Dolphins Football Girl. Meine Lachrevolution zeigte Wirkung. Doch statt mich zu freuen, sehnte ich mich nach den Zeiten, als Mama Trauer trug. Vor dem Tod von Felix hatte Mama öfter solche „heißen Klamotten" getragen. Voll peinlich.

Ihre Pumps hatten lange dünne Stöckelabsätze. Scharf wie Betonbohrer. Meine Mama machte damit Löcher in die Gehsteigkacheln, als sie auf mich zuging. „Zuging" ist aber das falsche Wort. Meine Mama wackelte auf mich zu. Ein Jahr lang hatte sie keine Pumps getragen, immer flache Schuhe. Ist etwas aus der Übung gekommen. Warum lief sie gerade jetzt auf den höchsten Absätzen, die es zu kaufen gab? Auf Wolkenkratzern unter den Schuhen.

Mamas große Brüste spannten das Dolphin-Trikot bist zum Bersten. O Gott!

113

„Lia!“, rief sie. „Ich habe mir neue Sachen gekauft! Geil, oder?“ Habe ich mich verhört? Hatte meine Mama gerade „geil“ gesagt?

Jetzt musste schnell gehandelt werden, bevor Jayden auftauchte. Wenn er meine Mama so aufgedonnert sah, wäre das mein Ende. Himmel! Ich sterbe, ich sterbe …

Ich versuchte meine Mama wegzuzerren. „Wo ist dein Auto?“

„Auto?“, sagte sie. „Ich fahre doch in Haidhausen kein Auto. Ich bin zu Fuß gekommen. Musste sowieso das Laufen in den Pumps üben. Ich hab so was noch nie getragen.“

„Warum trägst du das dann jetzt?“, kreischte ich und zog sie von der Schule weg. „Was machst du hier?“

„Ich wollte dich überraschen, Lia!“, sagte meine Mama.

„Hallo!“, sagte Jayden in unseren Rücken. Na gut! Die Guillotine war gefallen. Kopf ab, Lia! Jayden starrte meine Mama an.

„Ich bin ein Fan der Dolphins“, sagte er zu ihr. Dann guckte er mich an. „Deine Schwester? Stellst du uns vor?“ O Gott, o Gott, o Gott … Meine Mama wurde etwas rot im Gesicht. Nicht vor Scham, vor Freude! Wie peinlich!

„Dadadas … ist meine Mutter“, stotterte ich.

„Freut mich sehr, damit ich Sie kennenlerne!“, sagte Jayden in seinem saubersten Deutsch.

„Dass ich Sie kennenlerne“, wollte ich ihn korrigieren, ließ es aber.

„Hey, Oida, kommst du mit?“, an den Fahrradständern tauchten Detlef und Monte auf. Bald würde die

Peinlichkeitsbombe die ganze Schule in Schutt und Asche legen. Wenn zu uns jetzt noch Louis stieß, würde ich einfach zu atmen aufhören, und damit basta. Louis? Warum fiel mir gerade jetzt Louis ein?

Jayden drehte sich zu Detlef und Monte. Meine Mama nickte anerkennend und streckte hinter Jaydens Rücken den Daumen hoch. Das aber erst dann, als Jayden sich schon wieder zurückdrehte. Er hat's gesehen! Jessesmaria! Jayden hat Mamas hochgestreckten Daumen gesehen! Meine Mutter wurde wieder rot, diesmal vor Scham. Ich auch. Mein Tod nahte.

Zum Glück merkte sie langsam doch, dass sie mich mit den schlimmsten Methoden folterte. „Ich muss los!", sagte sie und reichte Jayden die Hand. „Freut mich, dich kennengelernt zu haben."

„Die Freude ist meinerseits!", sagte Jayden. Irgendwie hatte meine Mama ihn auch aus dem Konzept gebracht. Normalerweise machte er nicht in jedem Satz Fehler.

Mama stöckelte davon. Wir alle starrten ihr nach. Schwang sie tatsächlich ihre Hüften in den engen Leggings? Oder hatten mich nur meine Sinne getäuscht?

Plötzlich rutschte ihr rechter Stöckelabsatz zwischen die Kacheln auf dem Weg und blieb dort hängen. Das Ganze erinnerte mich an etwas, was ich in einem alten Film gesehen hatte, aber nein – es war wirklich. Ihr langer Absatz brach beim nächsten Schritt ab. Das gab's doch nicht.

Meine Mutter stürzte fast. Jetzt erinnerte ich mich gut an den Film. Damals hatte die Schauspielerin auch den zweiten Absatz abgebrochen und sich beide

Pumps wieder angezogen, nur diesmal ohne Stöckelabsätze. Die Pumps hatten sich zu normalen flachen Schuhen gewandelt.

„Mama!", bettelte ich im Geist. „Mach das bitte nicht!" Ihre Pumps würden ohne Stöckelabsätze wie richtige Clown-Schuhe aussehen. Die Schuhspitzen hoch gen Himmel gereckt.

Mama drehte sich nicht um, zog im Gehen beide Schuhe aus und schmiss sie in einen Mülleimer am Wegrand. Nur so im Vorbeigehen, ganz unspektakulär, als ob sie dort eine Bananenschale reingeworfen hätte. Barfuß tappte sie weiter, ohne sich ein einziges Mal umzugucken. Plötzlich sah ihr Gang ganz natürlich aus.

„Sorry!", sagte ich. HUCH! Wie ich mich für meine Mama schämte.

„Du kannst doch nichts für deine Mutter!", sagte Jayden.

Das fand ich doch etwas komisch. Als Jayden mit meiner Mama geschäkert hatte, dachte ich fast, er findet sie sympathisch. Jetzt schämte ich mich doppelt für meine Mama.

Am Tag, an dem meine Mama vor der Schule in dem schmalsten Minirock der Welt auftauchte, würde ich mich in der Luft auflösen. Klar musste es bald passieren, jetzt, wo meine Mama endlich wieder leben wollte. Sicher wegen mir.

Tante Rosa fiel mir ein und wie sie vor kurzem meinen Eltern zugeredet hatte, sie sollten sich wegen mir zusammenreißen. Meine Mutter hatte sich zusammengerissen. Schlimmer hätte es nicht kommen können. Dachte ich. Falsch, wie sich später herausstellte.

An der nächsten Kreuzung bog meine Mama links ab und verschwand.

„Obergeiles Luder, was?", brüllte Detlef von den Fahrrädern, der derbste Depp der Schule. „'ne neue Lehrerin? Die möchte ich in der Sexualkunde haben, he, he ... Arsch wie 'n Fußballtor!"

Jayden lachte. Auch sein Lachen störte mich jetzt etwas. „Das war Lias Mutter", rief er. Ich wollte im Boden versinken.

„Lias Mudder?", rief Monte. „Boah!"

„Voll krass!", rief Detlef. Ich stand nur da und malte mich rot. Bis in die Fußspitzen. Ich konnte nichts mehr sagen. Alle meine Worte hatten Selbstmord begangen.

Fingerübungen

An diesem Nachmittag habe ich an der Isar versucht, auf meinem Tablet ein Buch zu lesen, während Jayden über den Fluss Steine hüpfen ließ. Ich musste mich vor den Gedanken an Mamas Show vor der Schule in andere Welten retten.

Das verstand Jayden nicht. „Na, wenn dir ein blödes Buch wichtiger ist als ich, Honey." Bei seinem Steinewerfen brauchte er Publikum.

Also guckte ich ihm zu. Er war sowieso wichtiger als alles andere. Warum sollte ich mich wegen meiner Mama grämen? Ich hatte mir doch versprochen, nur noch zu lachen. Und Jayden schienen Mamas Peinlichkeiten nicht übermäßig zu stören.

„Meine Mutter ist manchmal voll peinlich", sagte ich.

„Zumindest ist sie nicht so steif wie mein Vater."

Um weitere Verstimmungen zu vermeiden, fotografierte ich ihn. Streng diagonal! Seinen Kopf setzte ich in die rechte obere Ecke, die Füße zeigten in die linke untere, der Arm beim Wurf in die linke obere.

Dieses Foto gefiel ihm am besten, also postete er es gleich bei Snapchat. „Avantgarde!", sagte ich stolz. „Der Diagonalblick. Das hat mir mein Papa beigebracht!" Endlich konnte ich mit meiner Familie angeben. Jaydens Anblick heilte Wunden. Nur ein bisschen traurig war ich, weil er den Namen der Fotografin unter dem Bild nicht zitierte.

Jayden kehrte zum Fluss zurück, hob einen flachen Stein auf. Und plötzlich hüpfte mein Herz synchron mit den Steinen, die er über die Wasseroberfläche springen ließ. Vor Glück, dass wir zusammen waren. Ein toller Typ! Sogar meine Mutter hatte er berauscht. Wer konnte das schon?

***

Jayden war wirklich einmalig: Am Abend im Kino half er mir aus der Jacke. Das kannte ich nur aus Filmen aus den 50ern, die ich früher mit meiner Mama geschaut hatte. Manche mögen's heiß zum Beispiel. Plötzlich fiel mir ein, wie oft meine Mutter und ich zusammen beim Filme-Gucken gelacht hatten. Meine Mama hatte damals nur Komödien schauen wollen. Bevor Felix ... jetzt Schluss mit den tragischen Gedanken, Lia!

Obwohl meine Mama noch am Nachmittag ihren peinlichen Auftritt gehabt hatte, ging plötzlich mein Herz für sie auf. Hatte ich mich vor der Schule schlecht verhalten? Sie wollte mich doch nur überraschen. Mir Freude machen.

Jayden riss mich aus meinen Gedanken. Der Film lief schon. Jayden nahm meine Hand und spielte mit meinen Fingern. Nur meinen Finger streichelte er, doch ich fühlte mich, als ob er mich am ganzen Körper streicheln und massieren würde. Langsam, sanft … hie und da küsste er mich, ich fühlte es – als ob meine Finger mein ganzer Körper wären … BUMM!

Die Welt ging in Flammen auf. Riesige Roboter machten Jagd auf Menschen. Zum Glück nur auf der Leinwand. Welchen Film guckten wir überhaupt? Ach, egal! Ich schloss die Augen und tauchte wieder in das Fingerspiel mit Jayden ein.

Manchmal strich er über mein Bein. Das ließ mich fast aufstöhnen. Nur bewegte sich seine Hand immer mehr zu meinem Schritt. Das wollte ich aber nicht. Noch nicht. Ich zog seine Hand wieder zurück, legte sie auf mein Bein, ein Stück über meinem Knie, und hielt sie dort fest. Noch ein paar Anläufe, dann ließ er das zum Glück. War er nach dem Film etwas zerknirscht? Jayden, Baby! Alles kommt zu seiner Zeit! Er duftete schön – männlich.

***

Jayden holte mir immer alles, worauf ich Lust hatte. „Magst du was, Lia?“

„Ja, das Blaue vom Himmel!“

„Kein Problem, Lia! Gleich bin ich zurück!“

Während Fabi Emma öfter sagte: „Hol's dir selber!“

Jayden hielt mir die Türen auf und lachte mich mit seinem großen Mund an.

Oft trug Jayden meine Tasche. Als wir am Tag nach unserem Kinobesuch zum Burger King gingen, überholte er mich, verdrängte mich nahezu vom Eingang, und trat vor mir in den Laden. Ich schmunzelte und zog ihn auf. „Solltest du mich nicht vorlassen? Normalerweise bist du galanter."

„Das wäre aber nicht galant, Honey!", sagte er und zeigte mir wieder sein breites Lachen. „In fremde Räume muss der Mann immer als erster gehen. Damit dort die Lady nicht etwas auf die … äääh … Glocken bekommt."

Wow! War ich seine Lady? Wie berauscht fühlte ich mich, und es störte mich überhaupt nicht, dass Ladies keine Glocken trugen.

Aufpassen

Jayden musste für seinen Französisch-Test lernen. Dabei durfte ich sogar lesen. Beim Französischlernen musste ich ihm nicht zuschauen wie beim Steinewerfen. „Warum lerne ich andere Languages?", schimpfte er. „Ich kann mich auf der ganzen Welt mit Englisch ... äääh ..."

„Verständigen?", half ich ihm.

„Ja! Ich bin ein Amerikaner, mich verständigt die ganzen Welt."

„Versteht", sagte ich.

„Waaas?"

„Man sagt nicht ‚mich verständigt man', man sagt ‚mich versteht man'." Das machte ihn aber noch wütender. „Ist das nicht egal?", fragte er schroff.

Ich nahm mir vor, Jayden nicht mehr zu korrigieren. Nur in Ausnahmefällen. Wenn ich nicht widerstehen konnte und so.

Trotzdem setzte er sich an der Isar auf sein Badetuch und paukte französische Vokabeln. Dabei runzelte er die Stirn vor Anstrengung. Lautlos wellten sich beim Lernen seine schönen Lippen. Lernen war für Jayden

Schwerstarbeit. Komisch. Die anderen Mädchen und ich lernten gern.

Bei jedem neuen französischen Wort malte Jayden mit der Hand ein anderes Luftbild. Das war süß! Plötzlich hob er den rechten Zeigefinger. Ich war mir sicher, welche Vokabel er gerade lernte. „Welches Wort lernst du jetzt?", fragte ich ihn.

„Regarder!", sagte Jayden – AUFPASSEN. Ich hatte recht gehabt. „Voll blöd!", sagte Jayden. „Regard heißt auf Englisch betrachten."

„Betrachten und aufpassen sind fast gleich", sagte ich. „Ich glaube, das Wort hat eine ähnliche Bedeutung auf Englisch und Französisch …"

„Quatsch!", sagte Jayden.

„Wenn du doch betrachtest …"

„Ach, lass das, Honey!" Theoretische Gespräche führte Jayden nicht gern. Ich denke dagegen gern über Sprache nach. Will manchmal auch meine Fotos in Worte fassen, scheitere aber oft daran.

Jayden schaut mich an. Ich halte mein iPhone in der Hand. Seine schönen grünen Augen werden groß wie Seerosenblätter. Ich blitze ihn ab.

Welchen Filter soll ich für dieses Wunderaugenfoto nehmen, bevor ich's bei Instagram poste? Sierra? Der Filter hellt dich auf, Baby, und macht dich zu deinem eigenen Kontrast. Was schreibe ich aber dazu? Nichts fällt mir ein, was meine Gefühle zu dir gut ausdrücken würde. Meine Liebe!

Ich jage das Bild durch Sierra. Nur fällt mir kein Begleittext dazu ein. Vielleicht bin ich ein Bild- und kein Wortmensch.

Ich springe auf, bücke mich zu Jayden. Schon paukt er wieder sein Französisch. „Darf ich das bei Instagram posten, Jay?"

Er lächelt mich an. „Du hast mich ganz hübsch gemacht, Honey!"

„Du bist hübsch!" Das tut Jayden gut. Mir würde es übrigens auch guttun, wenn man mir das sagen würde. Auch wenn's nicht stimmt.

„Darf ich?", fragte ich noch mal.

„Klar!", sagte Jayden.

***

Und schon flog das Bild auf den virtuellen Flügeln von Instagram in die Welt, damit's meine Freundinnen begutachten konnten. Mit einem sehr kurzen aber knackigen Begleittext: „Jayden."

UPS. Vielleicht hätte ich doch schreiben sollen: „Jayden – with Lia in Love." PLONG. Das erste Herzchen stand da. Von Emma. Dann gleich eins von Laura und eins von Noemi. Ach, dann lasse ich das so. Nach einer Stunde strotzte das Bild vor Liebe – 66 Herzchen.

Doch nur ein einziger Kommentar darunter: „Krass hübscher Junge! Voll das Model! Gratuliere, Schatz!" UPS! Meine Mama war bei Instagram. Und gleich mit dem peinlichsten Kommi, den man überhaupt schreiben konnte. Ihre Jugendsprache! Mama! Was machst du? Das konnte doch nicht wahr sein! Ich löschte das Foto. 66 Herzchen weg!

Daneben lachen

Wieder Mittwoch. Zum zweiten Mal im Filmkurs. Wir verdunkelten das Physikkabinett. Süß, wie Jayden den Beamer und das Notebook startklar machte. Louis half ihm, den fand ich aber nicht süß. Trotz der Jalousien und des ausgemachten Lichts sahen wir uns gut.

Jayden grinste die ganze Zeit. Hin und wieder musste ich zu Louis schauen. Vielleicht war die Film-AG keine so gute Idee?

Jayden und Louis waren gleich groß. Jetzt konnte ich sie gut vergleichen, während sie an Notebook und Beamer werkelten. Nur hatte Jayden seine ungewöhnlichen grünen Augen und Louis blaue … Auf einmal stutzte ich. Um die Augenfarbe zu erkennen, herrschte hier im verdunkelten Physikraum zu wenig Licht. Woher wusste ich also, dass Louis blaue Augen hatte? Klar! Ich hatte ihn jetzt öfter gesehen. Wieso merkte ich mir das aber? Und warum hatte ich die beiden überhaupt verglichen? Plötzlich fiel mir noch eine Geschichte mit Louis ein.

***

In der Sechsten hatte ich bei einer Schulfeier vor der versammelten Schule ein Gedicht vortragen müssen. Louis hockte in der ersten Reihe. Wenn ich ihn ansah, schnitt er mit Absicht ganz komische Gesichter, um mich zum Lachen zu bringen. Ich durfte nicht zu ihm schauen, hatte Angst, vor der ganzen Schule einen Lachanfall zu bekommen, guckte ihn trotzdem ständig an. Um zu sehen, ob er immer noch seine Grimassen schnitt. Eine Zwangshandlung.

Nach der Veranstaltung lief ich zu ihm, wollte ihn vermöbeln. „Warum machst du das?", kreischte ich.

„Sorry!", rief Louis. „Ich bin blöd! Ich kann nichts dafür!" Erst da bekam ich meinen Lachanfall. Damals hatten Louis und ich zusammen noch gut lachen können. Es war jetzt Jahre her. Schade. Ach, was dachte ich wieder?

***

Im Gegensatz zu Jayden sah Louis diesmal sehr ernst aus, obwohl er sonst ein Lachbeutel war. Plötzlich flüsterte er Jayden ins Ohr. „Wollt ihr den Film echt zeigen?" Oder hatte ich mich verhört?

„Klar!", sagte Jayden. Louis kniff die Lippen zusammen und half weiter. Jayden hatte eine Wahnsinnswirkung. Auch alle Jungs machten, was Jayden sagte – der geborene Anführer. Hatte ich mich so wie die anderen verführen lassen? Ach, Quatsch! Ich war in Jayden verliebt.

Emma und ich hatten hören können, was Louis Jayden zugeflüstert hatte – wir hockten in der ersten Bank. Emma hat aber nicht richtig zugehört. Sie hatte

sich im Sitzen den linken Fuß auf den rechten Ober-
schenkel gelegt, drückte mit der Hand auf das linke
Knie und wippte mit dem linken Bein: Rauf und runter.

***

Thai-Boxen hat Emma gemacht, schon seit sie drei
war. Ihre ältere Schwester war von ein paar Männern
vergewaltigt worden. Deswegen schickte ihre Mutter
Emma in eine Kampfsportschule. Emma fuhr auch zu
Wettkämpfen. Damit sie gut kicken konnte, dehnte
sie. Auch den Spagat übte sie bei jeder Gelegenheit,
was die Jungs oft zu derben Witzen veranlasste. Aber
nur auf Entfernung.

Vor Emma haben die Jungs Angst: Wenn früher jemand in der Klasse mit einem blauen Auge oder einer
anderen Verletzung auftauchte, fragte man ihn: „Hat
dich Emma verprügelt?" Gleichzeitig fühlten sie sich
von ihr angezogen. Jungs scheinen das zu mögen.
Niemand ist so kampfbereit wie Emma. Außerdem ist
Emma hübsch und hat eine wunderbare Sportfigur.
Meine beste Freundin.

***

Nach Louis Geflüster war ich umso gespannter auf
den Film. Gebannt guckten wir die Leinwand an. Iva
kaute sich ihre dunkelvioletten Nägel ab – sie ist die
Neugierigste von uns allen. Noch in der Früh waren
ihre Dracula-Fingernägel spitz und lang, nach der

Filmvorführung würden sie nur noch ein Torso sein. Sicher hatte sie Louis auch gehört.

Die Spannung wuchs. Nur das Tippen von Jaydens Fingern auf der Notebook-Tastatur war zu hören. BUMM! Mit einem Knall flog die Tür auf. Eine Gruppe von Terroristen lief herein. Nein! Stimmt nicht! Das habe ich mir nur ausgedacht, weil die Spannung so unerträglich war. Nur Pummel war reingerollt. Beim Hinsetzen pupste er und sagte: „Kikeriki!" Wir lachten nicht. So gespannt guckten wir zur Leinwand. Gekränkt sah Pummel uns der Reihe nach an. Normalerweise kugelten wir uns bei seinen Witzen vor Lachen.

Jayden und Louis fingen an, ihren Film hinzubeamen. Hatten sie das Video zusammen gedreht? Sicher! Wie immer. Im Film traten Jayden und Louis aber nicht auf. Die anderen Jungs aus der AG spielten darin: Als Mädchen verkleidet.

***

In Mädchenkleidern sangen die Jungs zuerst im Chor All You Need Is Love von den Beatles. Albern, aber lustig! Wir Mädchen mussten kichern.

Fabi spielte Gitarre. Er hatte einen Jogginganzug an. Auch das fanden wir zum Schreien komisch. Fabi war der unsportlichste Typ der ganzen Schule. Trotzdem ging Emma mit Fabi – Gegensätze ziehen sich an.

Die Jungs sangen falsch. Umso mehr lachten wir. Nach dem Song legte Fabi die Gitarre ab und machte Dehnübungen. Zuerst Hocken in der Grätsche. Dabei redete er mit quiekender Stimme. „Heute kuscheln wir nicht, Schatzi. Heute muss ich stretchen! Oh, oh …“ Er stöhnte und fasste sich ständig im Schritt an. „Hier muss ich viel stretchen!“

Ich drehte den Kopf nach rechts. Emma hatte die Stirn gerunzelt, den großen Mund klein gemacht, die Mundwinkel nach unten gezogen. „Idiot!“, sagte sie laut.

Fabi drehte sich zu ihr, warf die Hände hoch und zischte: „Ist doch nur Spaß!“ Doch Emma guckte ihn nicht mehr an.

Die Kamera nahm sich Monte vor: Ausgestopfte Brüste und Hüften, eine Perücke aus hellblondem Haar, schwarze Jeans. An meinem schwarzen Jack-Wolfskin-Rucksack trage ich einen kleinen Plüschbären, das Lieblingskuscheltier meines Bruders Felix, als er ganz klein war. Das wusste aber nur Emma, dass das Bärchen Felix gehörte. Sonst würde es nicht mal der schmierige Monte gegen mich verwenden. Wegen des Kuschelbärs an seinem Rucksack, den er über der Schulter trug, wusste sofort jeder im Kurs Bescheid.

Plötzlich erinnerte ich mich, dass ich vor einem Jahr bei der Party von Pummel, bei meinem Chris-Debakel im Badezimmer, eine schwarze Jeans getragen hatte. Mein Herz schlug gegen meinen Brustkorb: BUMM! BUMM! Das würde Monte nicht bringen, oder?

Nur Blume verstand nichts davon. Er kannte uns nicht so, wie wir uns kannten. Deswegen tippte er auf seinem Tablet rum, guckte nur hin und wieder dem Film ohne Interesse zu.

Monte schmiss einen Bauchtanz, schwenkte die Hüften in der schwarzen Jeans hin und her und drehte sich langsam um. Er bückte sich und streckte uns den

Hintern entgegen, mit etwas Weißem bespritzt. Die Jungs heulten vor Lachen auf. Auch Jayden lachte, nur Louis nicht. Louis stand auf und ging raus.

In diesem Moment wusste ich, dass meine Schonzeit nach Felix' Tod vorbei war. Jayden lachte aus, sah mich an, er weitete wieder seine wundergrünen Augen. Plötzlich, nur ganz kurz, sekundenkurz, kamen sie mir wie die Augen eines anderen vor. Eines bösen Aliens? ... HUCH! Schon war dieses Gefühl vorbei.

Jayden runzelte die Stirn, als wollte er mich etwas fragen. Seine Frage konnte ich hören, auch wenn sie von ihm nicht ausgesprochen wurde: „Warum mit Chris und mit mir nicht?" Rächte er sich mit dem Film an mir, weil ich bei ihm nicht übernachten wollte? Habe ich mich in den Falschen verliebt?

Blume verstand Bahnhof, inspizierte lieber sein Smartphone.

Wir Mädchen guckten uns immer öfter an. Tiefe Fragezeichen in die Stirn gerunzelt. Was sollte das? Die Jungs brüllten bei jeder neuen Nummer im Film vor Lachen. Nach einem meiner Lachgebote sollte ich mit ihnen lachen. Das hatte ich ursprünglich auch gewollt. Doch bei diesem Film konnte ich's nicht. Die meisten Szenen im Video waren einfach nur fies.

Noemi wurde von Detlef gespielt. Das hatte Noemi wirklich nicht verdient. Detlef ist der Vollidiot der Schule. Aber nicht nur das: Man sieht's ihm auch sofort an. Nicht einmal den Mund muss er dafür aufmachen.

Niemand versteht es, wie Detlef es in die zwölfte Klasse eines Gymnasiums geschafft hat. Jetzt trug er einen schwarzen Minirock, das „X" seiner Beine darunter fürchterlich. In einer Hand schwenkte er einen Holzlöffel, in der anderen hielt er eine Packung Spaghetti. Auf der Brust ein Schild mit „Spaghettifresserin".

Detlef ahmte Noemis Stimme nach, redete aber wie ein achtjähriger Gangsta-Rapper aus Neuperlach: Schlechtes Ausländerdeutsch. „Du machen mir den Pizza! Festerrr Giulio! Mama mia!" Dann stöhnte er, wie eine Frau beim Geschlechtsverkehr. Oder besser gesagt: Wie ein Vollidiot denkt, wie eine Frau beim Geschlechtsverkehr stöhnt.

Dabei sprach Noemi das beste Deutsch von uns allen. Ihre Eltern waren Lehrer. Im Unterschied zu Jayden hatte Noemi keinen Akzent und machte keine Fehler, weil sie in Deutschland geboren worden war.

Karsten aus unserer Parallelklasse stellte Iva dar: knapp bekleidet, mit riesigen Brüsten – eine Prostituierte aus Osteuropa. Iva wurde rot, sie zeigte Karsten den Mittelfinger. „Fack you!", rief sie.

Blume hob den Kopf. „Na, na", sagte er. Der einzige im Kurs, der immer noch nichts kapierte.

Der Film sollte uns nicht zum Lachen bringen, er sollte uns verletzen. Nur Annika kam sehr gut weg: als Model auf einem Laufsteg, wieder von Monte gespielt. Darüber freute Annika sich sogar. Das sah ich ihr an. Warum machte Jayden mich so fertig und Annika nicht? Diese Frage tat weh, obwohl ich schon seit zwei Wochen an jeder schlechten Sache nur ihre lustige Seite finden wollte.

Doch das Fieseste stellten die Idioten mit Laura an: Mit vierzehn hatte Laura sich in einem Lesbenforum im Netz als lesbisch geoutet. Unter demselben Nickname wie in einem Forum zu Minecraft.

Einige Mädchen in der Schule zockten genauso viel wie die Jungs. Auch Laura hatte damals viel Computerspiele gespielt. Als ob sie sich vom Leben davonspielen wollte. Jetzt zockte sie nicht mehr so viel wie früher, las eher.

Damals hatte ein Junge aus unserer Schule Lauras Outing-Kommentar im Lesbenforum entdeckt und davon in der Schule erzählt.

Jetzt wurde Laura von Fabi gespielt, nicht in einem Jogginganzug, wie vorhin, als er seine Freundin Emma spielte, sondern in hellen Kleidern. Wir wussten sofort, wen er zeigte. Laura als eine Tunte, mit hoher quiekender Stimme, mit übertriebenen Gesten. Fabi als Laura saß am Tisch mit einer Kaffeetasse in der Hand, mit abgespreiztem kleinem Finger und quiekte: „PFUI. Jetzt habe ich meine süße kleine Zunge verbrannt. HUCH! OH! AH!"

Unfair! Laura verhielt sich nie tuntig, das war nicht ihre Art. Laura war ein stilles Mädchen, das nie etwas Böses gemacht hatte. Warum machten die Schweine sie so fertig? Das verdiente sie nicht! Die Jungs lachten. Nur Louis war immer noch auf der Toilette. Warum lachten sie? War das lustig?

Was Mädchen an den Jungs stört

Laura lief aus dem Physikkabinett. Noemi hinter ihr her. In letzter Zeit war's umgekehrt gewesen. Endlich ließ Blume den Film stoppen.

Noemi und Laura fanden wir im obersten Stock in unseren Toiletten. Unsere Zuflucht, wenn's draußen kalt war. Hier kam nie jemand her. Deswegen war's hier auch sauber.

Die Mädels hockten auf dem Boden. Noemi hielt Laura umarmt, tröstete sie. „Ich weiß doch nicht, ob ich lesbisch bin", jammerte Laura. „Ich möchte aber nicht so sein wie im Film."

Ich hockte mich zu ihr und streichelte ihren Kopf. „Klar weißt du das nicht. Du bist erst siebzehn."

„Es ist auch egal, ob jemand lesbisch ist oder nicht", sagte Emma. „Komm, Laura! Wir zeigen's den Arschlöchern."

„Ja!", sagte ich. „Nächstes Mal lachen wir!" Plötzlich stieg in mir eine mächtige Wut auf die Jungs auf. Denen sollten wir's so richtig zeigen. Damit sie sich ihre Scherze besser überlegten.

Noemi half Laura aufzustehen. Laura wusch sich das Gesicht und trocknete sich mit Tempos ab. Wir zückten unsere Waffen und schlenderten ins Physikkabinett zurück – wie Revolverhelden.

Im Physikkabinett stritt Iva ganz allein mit den Jungs. „Das war doch nur Gaudi, oder?", sagte Louis ständig, der schon zurückgekehrt war. „Was war denn drin?" Hä? Wollte er uns vormachen, dass er den Film nicht gesehen hatte? Heuchler! Sicher hatte er den Film gedreht. Er und Jayden. Tat es ihm leid? Das glaubte ich nicht. Ihm nicht!

Auch Pummel sah unglücklich aus. „Ich wusste nicht, dass es so böse kommt", brabbelte er.

„Jetzt bleibt cool, Ladies", rief Jayden. „Wir können doch nichts dafür, dass ihr keinen Spaß versteht!"

„Spaß?", rief Iva. „Wenn jemand dich schlägt, ist das Spaß?"

„Das war doch voll witzig!", kreischte Fabi. „Was habt ihr denn?"

„Das war nur dumm und nicht witzig!"

„Das sagt ihr immer, weil ihr keine Witze versteht!"

„Ist es witzig, jemanden zu verletzen?"

„Typisch Mädchen! Voll mit 'nem Stock im Arsch!"

„Ihr Jungs seid nur blöd!"

„Idioten!"

„Streberinnen!"

Jetzt brüllten wir alle durcheinander. „Ruhe!!!" Vor Schreck hüpfte ich.

War das wirklich Blume? Blume hatte noch nie gebrüllt. Blumen brüllen nicht, fiel mir ein. Trotz des

Streits musste ich kichern. Emma guckte mich an und schüttelte den Kopf. Langsam war's an der Zeit, ihr meine Lachabsichten zu erklären. Auch von meinen Lachgeboten hatte ich ihr nichts erzählt. Ich kam mir damit selbst albern vor. Das Lachen half aber. Dank des Lachens wurde mein kleiner Bruder Felix immer mehr zu einer lustigen, schönen Erinnerung. Und das würde auch ihn freuen. Sicher!

***

„So kommen wir nicht weiter", sagte Blume. „Hier geht es um ein grundsätzliches Problem zwischen Mädchen und Jungs." Blume unterrichtete auch Ethik und sprach gern über den Kampf der Geschlechter. Seine Frau war ihm davongelaufen. Sicher nicht deswegen, weil er ein Mann war, sondern weil er Blume war.

„Wisst ihr was", sagte Blume. „Die Mädchen und die Jungs setzen eine Liste mit zehn Punkten auf. Die Mädchen schreiben, was sie an den Jungs am meisten stört und die Jungs, was ihnen an den Mädchen nicht gefällt."

„Echt?"

„Wieso denn?"

Ich musste an meine Lachgebote denken. „Warum gerade zehn Punkte?"

„Damit es gerecht ist", sagte Blume. „Sonst schreibt eine Gruppe viel mehr Einwände auf als die andere."

Blume schickte uns Mädchen ins Nebenzimmer, damit wir dort die Liste verfassten. Annika entschuldigte sich, dass sie nach Hause müsse. Hier unsere Liste:

Was Mädchen an Jungs am meisten stört

1. Wenn sie blöd und unreif sind und man mit ihnen kein vernünftiges Wort reden kann.
2. Wenn sie andere verletzen, nur weil sie's lustig finden.
3. Wenn sie in Deo baden und sich mit Gel und Wachs voll zukleben.
4. Wenn sie ständig mit Kraftausdrücken um sich schmeißen, die coolen Macker spielen und ihre wahren Gefühle nicht zeigen.
5. Wenn sie auf unsere Brüste starren und nur das eine wollen.
6. Wenn sie ständig rülpsen und furzen und dann darüber lachen, als ob es ein super Witz wäre.
7. Wenn sie mit anderen Mädchen flirten, obwohl sie eine Freundin haben.
8. Wenn sie laut grölen und die Hose auf halb acht hängen haben.
9. Wenn sie denken, ein Mädchen zu schubsen, ist schon Gespräch genug.
10. Wenn sie ungepflegt sind, sich betrinken und beim Pieseln das ganze Klo bespritzen.

Was Jungs an Mädchen am meisten stört

Unsere Liste hatte Noemi vorgelesen. Die Liste der Jungs las Jayden vor:

Was Jungs an Mädchen am meisten stört

1. Dass sie keinen Spaß verstehen und keinen Humor haben.
2. Dass sie launisch sind. Sie wissen selbst nie, was sie wollen. Von uns erwarten sie aber, dass wir's wissen.
3. Dass sie ständig über ihre komischen Gefühle reden möchten.
4. Dass sie alles eklig oder peinlich oder derb finden, was wir machen oder sagen.
5. Dass sie bei jedem Stress zu heulen anfangen und voll hysterisch werden. Manchmal kannst du kein vernünftiges Wort mit ihnen reden.

6. Dass sie nur im Doppelpack auftreten. Du ver-
    abredest dich mit einer und sie bringt ihre
    Freundin mit. Sogar aufs Klo.
7. Dass sie ständig aus einer Mücke einen Elefan-
    ten machen und sich über Lappalien aufregen.
8. Dass sie sich ohne Ende schminken, voll tussi-
    haft rüberkommen wollen und ständig jam-
    mern, dass sie dick sind.
9. Dass sie spießig und Streberinnen sind.
10. Dass man mit ihnen nicht ablachen kann, weil
    Ihnen alles zu blöd vorkommt.

„So was Idiotisches habe ich noch nie gehört", sagte
Iva, nachdem Jayden die Liste vorgelesen hatte. Warum gerade Jayden? Einige der anderen Jungs konnten
besser vorlesen. Sicher hatte Jayden sich auch hier
durchgesetzt. Er war nun mal der Anführer der Clique.
Das war mir früher nicht klar gewesen. Bei uns Mädchen gab's keine Anführerin. Wir Mädchen sind de-
mokratisch: Alle machen das, was ich sage. Quatsch!
Nur ein Scherz.

„Wir müssen Schluss machen", sagte Blume. „Denkt
über die Listen nach und überlegt, ob das alles gerecht
ist, was ihr geschrieben habt. In Ethik reden wir darüber."

Mädchen gegen Jungs

Vor der Schule fingen wir wieder an zu streiten. Jayden war mein Freund. Würde dich aber dein Freund öffentlich so bloßstellen? „Hey, Lia! Komm runter!", sagte ich mir. Dich hat doch in dem blöden Video Monte gespielt, nicht Jayden. Doch Jayden hatte gefilmt. Ich wusste nicht, wie ich mich verhalten sollte.

Auch Emma war auf Fabi sauer. Er fasste sie an der Schulter. Sie wollte ihm gleich eine ballern. Fabi grinste aber nur. Emma hatte mir mal gesagt, an Fabi gefalle ihr, dass er keine Angst vor ihr habe wie die anderen Jungs. Na ja, Jayden und Louis zeigten auch nie Angst vor irgendwas.

„Hey! Sei locker, Baby!"

„Ich bin nicht dein Baby, du Vollpfosten!"

„Kannst du das nicht cool angehen, Baby?"

„Wenn du noch mal ‚Baby' zu mir sagst, verpasse ich dir eine!", brüllte Emma. „Ich mag dein Machogehabe nicht und dass du ständig auf hart machst."

„Ich bin auch ständig hart, he, he …" Die anderen Jungs brüllten vor Lachen. Jayden klopfte Fabi anerkennend auf die Schulter. Fabi gefiel das.

Wieder mal zeigte sich, dass die Jungs über andere Sachen lachten als wir. Fassungslos starrten wir sie an. Wissen Jungs nie, wann genug ist?

***

Damit sollten wir uns aber nicht die Köpfe zerbrechen. Zuerst mussten wir den Jungs zeigen, dass sie im Unrecht waren. Als Spielverderber wollten wir uns von den Idioten nicht verkaufen lassen. Beim Streit hielten sich nur Louis und Pummel etwas zurück. Louis grinste wieder – was sonst? Seine Verstimmung wie weggeblasen – und hörte sich entspannt den Streit an. Sah aus, als ob er einen lustigen Film schauen würde. Der Typ war manchmal nicht zu ertragen.

Pummel dagegen sah aus, als ob man ihm verboten hätte, Krapfen zu essen. Wenn er jetzt eine von uns an seine Brust hätte drücken wollen, hätte er eine Ohrfeige bekommen. Sicher wunderte er sich, dass wir sein Pupsen nicht witzig fanden.

„Ich versteh euch nicht, Ladies!", sagte Jayden. „Warum könnt ihr nicht über euch selbst lachen?"

„Kannst du über dich selbst lachen, Arschloch?", sagte Noemi. Waaas? Hatte Noemi zu Jayden tatsächlich Arschloch gesagt? Wir guckten sie verdutzt an. Bis jetzt hatten alle Mädchen Jayden vergöttert. Andererseits wussten wir auch alle, wie Noemi mit ihren vielen Brüdern umging. „Arschloch" klang noch ziemlich mild, im Vergleich zu dem, was sie manchmal zu ihren Brüdern sagte. Aber zu Jayden?

Noemi guckte zu mir, ob ich damit einverstanden war. Ausnahmsweise schon. Ich musste noch gut

142

überlegen, was ich von meinem Schwarm Jayden halten sollte. Was kannst du aber groß überlegen, wenn du verliebt bist?

„Meine Oma ist lustiger als ihr!", brüllte Emma. Sie konnte manchmal richtig ausflippen. Dann würde sie die Jungs verprügeln und damit basta. Bei dem Gedanken musste ich wieder lachen, das schien Emma zum Glück zu entspannen. Sie zwinkerte mir zu.

„Solche Filme wie den heutigen können wir ohne Ende drehen", sagte Iva.

Die Jungs lachten blöd. „Probiert's! Sicher bekommt ihr in der Schule gute Noten dafür!"

„Das machen wir doch!", sagte ich plötzlich.

„Was machen wir?", fragte Emma. Jetzt guckten meine Freundinnen zur Abwechslung mich an.

Ich fühlte mich von meiner Idee berauscht. „Wir drehen Videos und lassen andere Menschen entscheiden, wer lustiger ist. Ihr Jungs oder wir Mädchen."

„Und wie sollen's andere Menschen entscheiden?"

„Ganz einfach", sagte plötzlich eine Stimme, die in unserem Streit bis jetzt nicht zu hören gewesen war: Louis. „Wir Jungs machen einen Kanal bei YouTube auf, und ihr Mädchen einen anderen. Am Ende des Schuljahrs, also vor den Sommerferien, gucken wir, wer die meisten Likes angesammelt hat. Jungs oder Mädchen?"

„Cool!", sagte Jayden und lachte.

„Das wäre ungerecht", sagte ich. „Ihr habt schon eure Leute bei YouTube. Keine von uns hat aber bei YouTube je etwas gepostet."

„Dann machen wir einen Kanal zusammen auf", sagte Louis. „Mädchen gegen Jungs!"

„Ja!“, rief Jayden. „Dafür drehen wir Jungs unsere Filme, ihr dreht eure und wir posten sie auswechselnd.“

„Das heißt ‚abwechselnd‘“, sagte Noemi.

„Waaas?“, sagte Jayden und guckte Noemi böse an. „Ach, egal! Einmal in der Woche posten wir Jungs, einmal in der Woche ihr. Wir am Mittwochabend. Ihr am Sonntag ...“

„Wir posten jeden Donnerstag“, sagte Louis. „Die Mädchen haben keine YouTube-Erfahrung. Sie sollten einen Tag mehr zum Ansammeln der Likes bekommen. Wir posten also an jedem Donnerstag, sie an jedem Sonntag.“

„Von mir aus“, sagte Jayden.

Emma, Iva, Laura, Noemi und ich überlegten, suchten nach dem Blick und einem Zeichen der anderen. Sollten wir uns auf dieses Spiel wirklich einlassen?

Annika war schon weg. Von den Jungs standen hier nur noch Jayden, Louis, Pummel, Fabi, Detlef und Monte. Karsten war auch heimgelaufen.

„Ich will gegen die Mädchen keinen Krieg führen!“, sagte Pummel mit trauriger Stimme. Die kannten wir bei ihm nicht.

„Das ist doch kein Krieg!“, sagte Louis. „Nur ’n Spiel! Wie ... Fußball. Zwei Mannschaften gegeneinander. Wir bleiben doch alle befreundet, auch wenn eine Mannschaft gewinnt und die andere verliert.“ Hier musste ich nicken, auch wenn ich Louis bei nichts recht geben wollte.

„Fußball?“, fragte Pummel, kicherte plötzlich und strahlte. Alle guckten ihn an. Wenn Pummel kichert, beben die Alpen. „Wenn wir so was wie Fußball spielen, dann bin ich der Schiri!“

„Super“, sagte Emma. „Du bist der Schiedsrichter und schaust, dass die Jungs nicht schummeln.“

„Hä?“, sagte Detlef. „Wir schummeln doch nicht!“

„Du nicht!“, sagte Emma. „Du bist zu blöd dafür!“ Detlef sagte nichts, glotzte sie nur an. Emma konnte thaiboxmäßig schnell durchgreifen und war wegen des Films und wegen Fabi immer noch am Kochen.

„Die Teams bleiben aber so, wie wir jetzt sind“, sagte Fabi. „Oder? Wenn die Mädchen Annika dazunehmen und Annika für sie Werbung in ihrem Kanal macht …“

„Wir wollen Annika nicht“, sagte ich. „Wir schlagen euch auch ohne Annika.“

„Wir müssen ein paar Regeln aufstellen!“, sagte Jayden.

„Welche Regeln denn?“

„Wir dürfen alles filmen!“, sagte Jayden. „Auch uns gegenseitig mit versteckter Kamera!“

„Nööö!“, sagten wir Mädchen.

„Dann macht’s doch keinen Sinn?“, sagte Louis. „Ohne versteckte Kamera ist es albern. Ganz YouTube ist voll von Filmen, die mit versteckter Kamera gefilmt wurden.“

„Okay“, sagte ich. Die Mädchen schickten mir fragende Blicke. Als ob sie sagen wollten: „Was soll das, Lia?“ Ich nickte ihnen zu. „Das schaffen wir!“

„Niemand von uns darf sich in der Schule oder zu Hause über die Aufnahmen beschweren“, sagte Jayden. „Und, bitte! Keine Anzeigen bei der Polizei!“

„Polizei? Warum sollten wir zur Polizei laufen?“

„Das hab ich nur zum Sicherheit gesagt. Damit alles klar ist! Wenn ein Film gedreht ist und bei YouTube gepostet, bleibt das gepostet. Niemand kann das Film löschen. Beim Filmen ist alles erlaubt."

„Ja, aber wenn's bei YouTube die Lehrer oder unsere Eltern sehen …"

„Guckt jemand von den Erwachsenen jeden Tag Videos bei YouTube?"

„Nö!"

„Wie sollen die uns in diesen Millions Videos finden?" Keiner korrigierte Jayden mehr.

„Wenn jemand petzt?"

„Das macht niemand. Na ja, Risiko gibt's immer. Habt ihr Angst?"

„Nö!"

„Also abgemacht?"

„Noch etwas!"

„Was?"

„Was gewinnen die Sieger?"

Was? Sollen wir auch etwas gewinnen? Laura meldete sich zu Wort. Wie in der Schule mit erhobener Hand. Sie war die größte Streberin von uns allen. „Äääh … wenn wir verlieren, bringen wir euch eine Woche lang die Brotzeit in die Schule."

„Quatsch!"

„Das ist doch kindisch!"

„Ich esse nur Schinken und ihr lauter Gemüse und Biozeug", sagte Detlef. „Nö … das will ich nicht."

Wir dachten nach, bis unsere Stirne vor Anstrengung glühten und den Jungs Schweißtropfen die Backen runterliefen. Wir Mädchen schwitzen nicht. Zumindest offiziell nicht.

„Ich habe ’ne Idee!“, sagte Monte und kratzte sich an einer Stelle, die ich in einem Buch nicht erwähnen möchte. „Wenn wir Jungs mehr Likes ansammeln, schmeißen die Mädels für uns ’nen Striptease!“

„Quatsch!“, sagte Louis.

„Nie im Leben!“, rief Noemi.

„Sie trägt ihren BH mit Schaumstoff ausgestopft, he, he!“, kreischte Detlef. „Jetzt hat sie Angst, sich nackt zu zeigen! He, he …“ Detlef brüllte vor Lachen.

„Dein Schädel ist mit Schaumstoff ausgestopft“, sagte Laura. „Und ich kann dir jetzt ein ganz großes Geheimnis verraten.“

„Äääh … was?“

„Unsere Brüste wachsen noch! Du bist aber blöd. Und das bleibt dir.“

„Äääh … äääh …“

„Du sabberst, Dödel!“, sagte Noemi und zeigte mit dem Zeigefinger auf Detlefs Brust.

„Hä? Ich heiße Detlef!“

„Sag ich doch, Dödel!“

Sie grinste und streifte mit den Fingern leicht über Lauras Handrücken. Wurden die Fäden der Freundschaft zwischen Noemi und Laura immer fester gewebt? Wie zwischen Emma und mir? Das war jetzt aber nicht die Frage. Die Frage lautete: Strippen oder nicht strippen?

Emma guckte Fabi an, ich Jayden. Auch wenn wir auf sie sauer waren, wollten wir ihre Meinung dazu hören. Sie schauten weg. Hatten unsere Freunde kein Problem damit, dass wir uns für alle Jungs ausziehen würden?

„Das ist doch Kinderkram!", sagte Louis. „Wir sollten uns einen anderen Wettpreis überlegen."

„Warum denn?", fragte Dödel, der früher mal Detlef geheißen hatte. „Strippen ist super." Jayden nickte.

„Ach", sagte Emma, die Kämpferin. „Was soll's! Die verlieren sowieso."

„Wir müssen uns beraten", sagte ich und führte die Mädchen an den Zaun unseres Schulhofs.

„Wir haben doch keine Chance gegen die!", sagte Laura.

Auch Noemi zeigte sich nicht begeistert. „Die Jungs verbringen bei YouTube den halben Tag, Louis filmt schon seit Jahren. Wie sollen wir gegen sie gewinnen?"

„Seid nicht so ängstlich!", sagte Iva. „Schlimmstenfalls zeigen wir ihnen halt ein paar Brüste."

„Du hast gut reden", sagte Laura. „Du hast welche!" Das klang wieder mal so blöd, dass wir kichern mussten.

„Sie wollen uns ganz nackt sehen", sagte Noemi. „Nicht nur Brüste!"

„Wir rasieren uns vor dem Strip", sagte Iva. „Dann sehen sie nix." Wir heulten vor Lachen auf.

Zwischen zwei Lachern rief Iva: „Schaut, wie blöd die glotzen!" Die Jungs guckten ziemlich verwirrt zu uns. Wir ließen uns durch den Lachanfall noch mehr durchschütteln. Damit sie noch blöder glotzten. „Sicher fragt sich jeder von ihnen, ob wir gerade über ihn lachen", sagte Emma.

„Gut so!", sagte Noemi. „Wir zocken!"

„Meinst du, wir spielen das blöde Spiel?", fragte Laura, immer noch nicht überzeugt. Laura hatte schon immer die größten Ängste von uns. Nicht ohne Grund, wie sich bald zeigen würde.

„Ja!", sagte Noemi und bescherte mir eine neue Erleuchtung in Sachen Lachen: Lachen macht Mut. Das gemeinsame Lachen hatte Noemi überzeugt. So fiel mir das achte Lachgebot ein:

Das achte Lachgebot

Wenn du Angst hast, lache!
Lachen macht Mut!

„Wir lernen eine Menge dabei", sagte ich. „Wenn wir jetzt aufgeben, behalten die Jungs recht. Dass wir Spaßbremsen sind."

„Hey! Laura!", sagte Emma. „Wie willst du's ihnen sonst heimzahlen? Wenn wir sie mit ihren eigenen Waffen schlagen, passen sie nächstes Mal besser auf. Bevor sie uns wieder in den Dreck ziehen." Ich nickte.

Dass Jayden erlaubt hatte, mich so vorzuführen, tat schon weh. Dass er aber in Kauf nahm, dass ich mich vor Monte ausziehen musste? Mein Jayden? „Machen wir's also oder nicht?", fragte ich.

„Okay!", sagte Laura.

„Was wollen wir aber gewinnen? Was müssen die Jungs machen, wenn sie verlieren?"

„Putzen?"

„Nööö! ... Das wäre zu leicht!"

„Ich habe 'ne Idee", sagte Emma. „Wir haben doch vor den Ferien unser Schulsommerfest, oder?"

„Logisch! Wie jedes Jahr!"

„Die Jungs müssen auf dem Schulsommerfest vor der ganzen Schule auf der Bühne Liebesgedichte vortragen."

„Liebesgedichte?"

„Von wem?"

„Von Fackjugöhte?"

„Hi, hi, hi …"

„Nein!", sagte ich. Emma und ich konnten uns manchmal gegenseitig die Gedanken lesen. „Selbst geschriebene Gedichte!"

Emma nickte. „Die Blödmänner müssen selbst dichten."

„Das kriegen die nicht hin", sagte Laura. „Die Jungs können doch nicht mal reden." Wir lachten wieder.

Die Idee mit den Gedichten gefiel uns gut. Als Karsten damals in unserer Klasse Lenis Liebesgedicht an Schnuckl der ganzen Klasse vorgelesen hatte, fanden die Jungs das oberpeinlich. Wenn es ein Liebesgedicht eines der Jungs gewesen wäre, hätte er sich in den Boden vergraben und bis nach Australien gebuddelt. Deswegen hatten die Jungs damals bei Lenis Gedicht vor Lachen gejohlt. Uns Mädchen hatte das Liebesgedicht gefallen.

„Alles klar!", sagte ich. Wir kehrten zu den Jungs zurück.

„Ihr müsst bald Liebesgedichte schreiben", sagte Emma. Wir klärten sie auf.

Doch die Jungs schienen mit dieser Aufgabe kein Problem zu haben. Sicher wähnten sie sich schon als Sieger.

„Locker", sagten Dödel und Monte.

„Gern, Honey", sagte Jayden und sah mich an. Ich guckte weg. Leicht wollte ich's ihm nicht machen. Er sollte büßen. Was, wenn er aber stattdessen wieder etwas mit Annika anfing? In meinem Bauch schnürte jemand einen Knoten und zog ihn zusammen.

„Euch macht es nichts aus, ein Liebesgedicht zu schreiben?", fragte Noemi.

„Und es dann vor der ganzen Schule vorzutragen?", fragte Emma etwas verwundert.

„Nö, Schnucki!", sagte Fabi. Emma zeigte ihm den Mittelfinger. Grinste aber dabei. Auch ich war Jayden immer weniger böse wegen des Videos. Vielleicht hatte er auch recht, sauer zu sein. Mit Chris war ich damals gleich ins Badezimmer geschlüpft. Mit Jayden wollte ich nicht, obwohl wir schon seit zwei Wochen zusammen waren.

Sicher haben die Jungs mit dem Video mächtig übers Ziel hinausgeschossen, so sind die Jungs nun mal. Jayden hat mich aber nicht dargestellt. Mich hatte Monte gespielt, das Schwein.

„Wer macht den Kanal bei YouTube auf?", fragte Louis. In technischen Sachen waren die Jungs sicher praktischer. „Ich kann's einrichten, wenn ihr wollt."

„Da muss aber eine von uns dabei sein", sagte ich.

„Warum machst du das nicht mit mir?", fragte Louis und sah mich an.

„Auf keinen Fall", sagte ich nicht, weil's Jayden sagte. Ich war ihm dankbar dafür. Aha! War er eifersüchtig auf seinen Freund Louis? Bis jetzt hatte ich Jayden von Louis' Streich nichts erzählt. Warum sollte ich mich vor ihm wegen Gran Canaria lächerlich machen? Vielleicht war's auch nicht schlecht, wenn Jayden dachte, ich könnte mit Louis etwas anfangen. Ein bisschen Eifersucht schadete nicht, oder?

„Lia kann's nicht machen, weil ich unseren Kanal erstelle", sagte Jayden. Louis wollte protestieren, ließ es aber. Jayden konnte besser als Louis um seine eigenen Sachen kämpfen. Früher war's mir nicht sympathisch gewesen, wenn jemand alles an sich reißen wollte. Bei Jayden war das aber etwas Anderes, oder?

„Warum kann das Lia nicht machen?", fragte Laura.

„Lia und ich sind zusammen", sagte Jayden. „Wegen dem Kontrolle ist es besser, wenn die zwei Admins nicht groß befreundet sind." Da hatte er recht. Obwohl ich auf ihn mächtig sauer war, freute ich mich. Trotz des Streits hatte Jayden gesagt, wir beide seien zusammen.

„Wer von uns versorgt also den Kanal?", fragte Emma.

Wir Mädchen guckten Laura an. Sie hatte früher viel Onlinespiele gezockt und kannte sich von uns am besten im Netz und den sozialen Netzwerken aus. Wir hatten zwar alle einen Account bei Snapchat und Instagram und einige auch noch bei Facebook. Wir sind mit dem Netz aufgewachsen. Große technische Kenntnisse besaßen wir aber nicht.

„Na gut!", seufzte Laura.

„Wie nennen wir den Kanal?", fragte Emma.

„Mädchen gegen Jungs?" Sagte das Noemi?

Louis hob den Zeigefinger und bewegte die Hand energisch nach links und rechts. Eine komische Nein-Geste. „Damit das fair bleibt, dürfen wir niemandem von unserem Spiel was sagen. Nur einmal pro Woche ein Video von euch und eins von uns. Keiner von uns kommentiert die Videos. Sonst gibt's keine gerechte Bewertung mehr für die Filme. Die Leute sollen denken, die Filme kommen vom gleichen Team. Okay?"

„Klar!"

„Deswegen dürfen wir das auch nicht ‚Mädchen gegen Jungs' nennen."

„Wie nennen wir's also?"

„All You Need Is Laugh", sagte ich im Bann meiner Lachgebote und des Songs, den die Jungs gesungen hatten, bevor sie uns verspotteten. „Love" durch „Laugh" ausgetauscht, da mir momentan das Lachen sowieso mehr Trost spendete als die Liebe. Außerdem würden wir bei diesem Kanalnamen nie vergessen, dass die Jungs mit diesem blödsinnigen Spiel angefangen haben. Wenn wir vor den Sommerferien unseren Sieg feierten. Plötzlich rumorte es in meinem Bauch: Konnten wir überhaupt gewinnen?

„Lustig", sagte Louis. Wollte er sich bei mir einschleimen? Keine Chance, Freundchen.

Jayden nickte, und so taten es auch die anderen Jungs. Meine Freundinnen sowieso.

Nur Pummel schmollte noch etwas. „Mir würde viel besser gefallen: Make Laugh, Not War!", sagte er, doch er fügte sich, zog zwei Brezeln auf einmal aus der Tasche und biss abwechselnd hinein – einmal in die Brezel in der Rechten, einmal in die der Linken.

Iva runzelte die Stirn. „Warum machst du das?"

„Abwechslung!", sagte Pummel. „So schmeckt's besser!"

„Du sollst nur zu richtigen Esszeiten essen, klar? Nicht ständig dazwischen etwas futtern."

„Du hast recht", sagte Pummel, seufzte und steckte die Brezeln in die Tasche. Iva war die einzige, von der er sich in Sachen Essen etwas sagen ließ.

„Wer postet das erste Video?"

„Ihr!", sagte Emma. „Am Donnerstag in einer Woche! Wir posten dann am Sonntag nach euch. Ihr habt schon solche Videos gefilmt. Wir müssen das erst lernen." Ab da würden wir uns jeden Abend lustige Videos bei YouTube ansehen.

***

Wie nahmen meine Freundinnen die Abmachung auf? Aus Emmas Augen strahlten Mut und Entschlossenheit. So war sie immer. Nie mutlos. Wenn Emma sich für etwas entschied, dann zog sie das durch. Um jeden Preis. Wie ihren Kampfsport. Jede von uns hatte schon mal Gitarrenspielen angefangen, oder Ballett machen wollen oder Kunstturnen, oder was auch immer. Emma blieb dabei.

Iva machte gern jeden Blödsinn mit. Doch Lauras und Noemis Augen fragten mich: „Was machen wir da?" Oder fragte ich mich das selbst?

„Egal", sagte ich mir. „Dann strippen wir halt für die Jungs, sollten wir verlieren. Dabei geht auch nicht die Welt unter. Habe schon Schlimmeres erlebt."

Pummel war ganz ernst, als er seine Rechte gen Himmel hob: „Mögen die Spiele beginnen", sagte er. Und so wurde die Pranksaison eröffnet: Mädchen gegen Jungs! Ein Krieg brach aus. Auch wenn ich nur lachen und lieben wollte.

Himbeerfelder

Klar habe ich mich an dem Film-AG-Abend nicht von Jayden wie üblich mit einem Kuss verabschiedet. Ich sah ihn nicht einmal an. „Bis dann!", sagte ich zu allen und lief mit Emma davon.

Nach ein paar Metern schaute Emma sich um. „Der guckt ganz schön blöd in die Röhre." Dass jemand blöd in die Röhre guckt, ist Emmas Standardspruch. Irgendwann muss ich's ihr sagen, bevor sie in der Schule den Spitznamen Röhre bekommt.

„Soll er nur gucken!", sagte ich. Mein Herz pochte einen Trauermarsch, doch ich musste stark bleiben.

„Komm", sagte Emma und nahm mich an der Hand. Das machten wir gern. Einmal hatte Karsten uns deswegen als Lesben verspottet. Uns doch wurscht.

In der Achten hatten Emma und ich zusammen das Küssen geübt. Mit der Zunge und so. Das fand ich schön. Mit den Jungs war das Küssen etwas anders, mit Emma hatte ich's aber auch angenehm gefunden. Nur haben wir's jetzt nicht mehr gemacht. Wir waren auf Jungs aus.

Küssen gelernt habe ich aber schon in der Vierten. Mit wem? Man würde es mir sicher nicht glauben, aber so war's: Mit Louis. In der vierten Klasse. Kurz bevor seine Mutter starb.

***

Wir hatten mit der Klasse bei Glonn Himbeeren gepflückt. Louis' Arme waren schon ganz zerkratzt von den Himbeersträuchern. Blutige Striemen überall. Dafür hatte er sein Pappgefäß voll. In meinem war nur der Boden bedeckt. Ich traute mich nicht, meine Hand zwischen den Dornen nach oben in die Buschkronen zu strecken, um dort die großen Sonnen-Himbeeren zu holen.

Die Sonne prallte auf unsere Strohhüte. Louis und ich waren in der entferntesten Ecke des großen Himbeerfeldes gelandet. Ein Stück weiter fing ein Wald an. „Ich kann nicht mehr", sagte ich und hockte mich auf den Boden.

„Wir können dort im Wald im Schatten ausruhen", sagte Louis.

Ich schüttelte den Kopf. „Geht nicht. Ich habe keine Himbeeren gesammelt. Frau Borst sagt sicher, ich hätte nur gegessen." Louis sagte nichts, er schüttete die Hälfte seiner Himbeeren in mein Pappgefäß. Jetzt waren beide Kartons halb voll.

„Komm", sagte Louis, nahm beide Pappkartons und lief zum Waldrand. Ich hinter ihm her. Auf trockenem Moos unter einer Eiche machten wir es uns gemütlich.

Ich bückte mich zu Louis, küsste ihn auf die Lippen und sagte: „Danke!"

„Kannst du auch mit Zunge?“

„Ich weiß nicht“, sagte ich.

Wir probierten das. Eine halbe Stunde lang. Louis schmeckte nach Himbeeren.

***

Jetzt dachte ich an diese alte Geschichte. Plötzlich breitete sich ein Trauergefühl in meinem Körper aus. Das gleiche Gefühl, das ich verspürte, wenn ich um Felix trauerte. Als ob ich etwas unwiderruflich verloren hätte. Ja, damals waren Louis und ich dick zusammen. Da hatte er noch nach Himbeeren geschmeckt.

***

Beim Abschied von Emma machte ich mir schon Vorwürfe wegen Jayden. Sollte Jayden wieder mit Annika anbandeln, weil ich ihm die kalte Schulter zeigte, würde ich's mir nie verzeihen. Ich sagte nichts, doch Emma kann mich lesen. So wie ich sie.

„Keine Angst“, sagte Emma. „Morgen wartet er auf dich vor der Schule.“ In Sachen Liebe weiß Emma Bescheid. Emmas Vater war ein Versicherungsagent, der gern alleinstehende Frauen versicherte. Am liebsten direkt auf ihrem Sofa.

Einmal sogar eine Freundin von Emmas Mutter. Aus Versehen hatte diese Freundin eine Liebes-SMS an Emmas Mutter geschickt – statt an ihren Vater. Emmas Mutter schmiss ihn aus der gemeinsamen Woh-

157

nung raus. Damals war Emma drei Jahre alt gewesen. Seitdem hatte er Emma nie besucht, sie nie angerufen.

In der Grundschule war Emma deswegen sehr traurig gewesen. Jetzt ist sie nur gut gelaunt. Sie hat eine super Mama und eine coole Tante. Die klären sie ständig über Männer auf.

„Du solltest dich ihm aber nicht sofort an den Hals schmeißen", sagte sie. „Lass ihn etwas zappeln. Er hat dich verletzt. Nicht du ihn." Sicher hatte sie recht. Emma ist die beste Liebesratgeberin.

Alte Geschichten

Wie dreht man lustige Videos? Am Abend guckte ich mir Pranks bei YouTube an. Zu den häufigsten YouTube-Pranks gehörte: Der Freundin zu erzählen, dass man Schluss mit ihr macht. Mit versteckter Kamera filmt man ihre Reaktion darauf.

Das Mädchen fängt an zu heulen oder zu kreischen, und ihr Freund sagt: „Ha, ha, ha, nur ein Scherz! Siehst du? Dort! Kamera!" Solche Videos gibt's bei YouTube viele. Wollten die Jungs heutzutage nur eine Freundin haben, um mit ihr bei YouTube einen Als-Ob-Schluss zu machen?

Jungs schrieben in den Kommentaren zu solchen Videos: „Alter, lass sie das nächste Mal länger leiden :D"

Ein Mädchen brachte es in einem Kommentar aber auf den Punkt: „Haha, wie süß die ist. Ich glaube, sie hat in dem Moment etwas Schlimmeres erwartet, als dass dieser Idiot mit ihr nur Schluss macht. Bei diesem Typen würde ich nur Angst haben, dass er zurückkommt."

Meine Rede! Mit so einem Typen, der mir sagte, er mache mit mir Schluss, nur um 100.000 Likes bei YouTube zu bekommen, möchte ich auch nicht zusammen sein.

Ich rief Emma an. „Was machst du?"

„Ich gucke mir Pranks bei YouTube an", sagte Emma. „Voll der Schrott!"

„Finde ich auch. Die meisten machen nur nach, was andere schon gepostet haben. Einer Freundin zu erzählen, dass man mit ihr Schluss macht."

„Oder dass man ihr untreu gewesen ist. Immer wieder dasselbe. Jetzt weiß ich zumindest, was geht, wenn Fabi mir mal erzählt, er habe mit Jayden geschlafen."

Wir lachten.

„Wieso machen die aber alle denselben Mist nach?", fragte ich. „Warum denken sie sich nie etwas Neues aus?"

„So sind die Jungs halt! Sie haben immer ein Leittier. Das denkt für sie."

„Gute Nacht!"

***

Ich legte mich ins Bett und guckte mir am Tablet in der Cloud meines Vaters ein paar alte Videos mit Felix und mir an.

Felix tappt vor uns auf dem Bürgersteig, drei Jahre alt, guckt sich hin und wieder um. Unsere Mama ruft, „ich fange dich!", und sprintet los. Felix kreischt vor Lachen auf, versucht vor Mama zu fliehen. Unsere Mama wird langsamer, Felix auch, guckt sich nach unserer Mama um, mit seinem typischen Schalk in den Augen: „Na, fängst du mich?"

Ich lächelte. Zum ersten Mal guckte ich mir unsere alten Videos mit einem Lächeln an, weinte nicht dabei.

Mein Vater hatte Tausende von Videos gedreht, als wir klein waren. Viele habe ich noch nicht gesehen. Er fügte der Cloud auch immer wieder neue Raritäten hinzu, die er auf seinen alten Festplatten entdeckt hatte.

Erst als ich das Tablet weglegte, entdeckte ich das Video: Lia & Louis.

***

Meine Eltern und Louis mit seinen Eltern sind am Starnberger See. Louis und ich nackt. Waren wir da vier? Louis hüpft ständig um mich herum und macht komische Sachen. Will er mich zum Lachen bringen? Schon mit vier? Er packt seinen roten Plastikeimer, holt Wasser aus dem See und stellt sich vor mich. Würde er jetzt das Wasser auf mich schütten? Das wäre sein allererster Prank mit mir. Immer dabei, mir etwas anzutun.

Doch er tut die Hände mit dem Eimer hinter seinen Rücken, beugt sich vor, streckt seinen nackten Popo den Sonnenanbetern am Strand hinter ihm entgegen, hebt den Eimer so hoch, wie es hinter seinem Rücken geht und gießt sich das Wasser von oben auf den Po.

Die Erwachsenen hinter ihm lachen laut. Auch ich kichere vor Vergnügen. Ich laufe zum Wasser, Louis hinter mir her. Jetzt füllen wir beide unsere Plastikeimer, trippeln zu den Erwachsenen, strecken unsere Pos in ihre Richtung und gießen uns das Wasser drauf. Je mehr die Leute auf dem Strand lachen, umso mehr genießen wir unsere Show und holen immer neues Wasser aus dem See. O Gott! Wie peinlich.

Plötzlich erinnerte der Plastikeimer mich an eine andere Geschichte mit Louis. Auf einem Spielplatz.

Louis ließ mich im Sandkasten allein und lief zu unseren Papas, Äpfel zu holen. Sie spielten Schach mit großen Figuren auf dem Boden in einer Ecke des Spielplatzes. Ein größerer Junge kam zu mir gelaufen, riss mir meinen Eimer aus der Hand und spielte selbst damit. Ich hatte solche Angst, dass ich nicht einmal ein Wort sagte: Ich saß nur wie versteinert da und glotzte vor mich hin.

Louis kam zurück. Er fragte mich nichts, sah mich nur kurz an, sah sich um und lief weiter zu dem Jungen, der meinen Eimer gerade mit Sand füllte. Der fremde Junge war mindestens um einen Kopf größer als Louis. Kein Problem. Louis riss ihm einfach den mit Sand gefüllten Plastikeimer aus den Händen, hob ihn hoch und schüttete dem Jungen den Sand auf den Kopf. Der Junge heulte und lief zu seiner Mama. Sie sprang auf, doch ihre Nachbarin auf der Bank neben ihr sagte: „Ihr Sohn hat dem Mädchen da", sie zeigte auf mich, „den Eimer gestohlen." Die Mutter gab ihrem Sohn eine Ohrfeige. Schon damals wusste ich, dass man Jungs mit Gewalt nicht erziehen konnte. Das musste man subtiler angehen.

O Mann! Louis hat sich damals schon mit vier recht ritterlich verhalten, das musste ich zugeben. Warum musste er ein solches Scheusal werden?

***

Vor dem Einschlafen ging ich meine Lachgebote durch. Acht waren's. Noch zwei würde ich sicher finden, oder?

Lächle, auch wenn's nichts
zum Lächeln gibt!

Lächle, und es wird zurück-
gelächelt!

Jede noch so traurige Sache hat
ihre lustige Seite. Du musst sie
nur finden.

Wenn du keinen zum Scherzen
findest, scherze mit dir selbst!

Über andere denke entweder
schön, oder gar nicht! Oder
lache über sie!

Lasse die Leute nicht allein
über dich lachen! Lache mit
ihnen!

Der Schlaf fing mich in seinem Netz. Um mein siebtes Lachgebot zu üben, ging ich im Traum unter die Leute. Besser gesagt zu Jayden. Er war inzwischen Zahnarzt geworden, bohrte an meinen Zähnen, wollte nicht aufhören und bohrte und bohrte. Ich krümmte mich vor Schmerz, Jayden bohrte weiter. Mit pochendem Herzen wachte ich aus dem Alptraum auf. Sofort nahm ich mir vor, auch im Schlaf lachen zu lernen. Um mit dem Lachen Alpträume zu vertreiben.

Liebesdinge

Den Rest der Nacht konnte ich nur schlecht schlafen, guckte mir mein eigenes Kopfkino an. Kommen Jayden und ich wieder zusammen? Was mache ich, wenn er mich anspricht? …

Beim Frühstück war ich fest entschlossen, Jayden ein paar Tage zu schneiden. Egal, ob er mich ansprechen würde oder nicht. So wie Emma mir das empfohlen hatte. Tja, Junge! So kannst du Annika behandeln. Nicht mich!

„Was mache ich, wenn Jayden mich nicht anspricht?", chattete ich Emma in der Früh per WhatsApp an.

„Der spricht dich an, Sweety!", chattete sie zurück.

„Was, wenn er aber wieder mit Annika anbandelt?"

„Dann ist er ein Arschloch, und du wartest auf einen besseren."

„Du hast gut reden", tippte ich. „Fabi ist hinter dir her wie Darth Vader hinter Luke Skywalker."

„Jetzt nicht mehr", schrieb Emma. „Fabi wird immer komischer, seit er mit Jayden so dick ist. Wenn er's so weitertreibt, mach ich mit ihm Schluss, filme das mit versteckter Kamera und poste das bei YouTube. Dann glotzt er blöd in die Röhre."

O Gott! Wenn ich in die Schule kam und Jayden und Annika Hand in Hand vor mir liefen, dann würde ich sterben. Das war klar.

***

Wieder mal zeigte sich, dass Emma in Liebesdingen recht hatte: Jayden wartete auf mich vor der Schule. „Lass mich in Ruhe!", sagte ich, als er mich ansprach. Aber nur im Geiste. In der Realität warf ich mich ihm tatsächlich um den Hals und war glücklich. Alle Vorsätze vergessen. Er zerrte mich zum Sportplatz neben unserer Schule. Dort ist es in der Früh ruhiger.

„Du verstehst, Honey, wie enttäuscht ich war, als ich von dir und diesem Chris erfuhr. Mit ihm gehst du bei einer Party ins Bett …"

„Wir waren nicht im Bett", sagte ich. Was hatten alle mit diesem blöden Bett?

„Was?", sagte Jayden. „Hast du mit ihm nicht geschlafen?"

„Das schon, aber nicht im Bett!", sagte ich und heulte los. „Im Badezimmer!"

„In … äääh … dem Badewanne?", fragte Jayden. Die deutschen Artikel machten ihm immer zu schaffen. Er konnte nicht verstehen, dass ein Ding weiblich sein konnte. „Das ist noch schlimmer."

„Nö! Nicht in der Badewanne!"

„Wo denn dann? In der Kloschüssel?" Idiot!

„Nö, nur so!" Ich hatte wirklich keine Lust, bei meiner Geschichte mit Chris ins Detail zu gehen. Warum musste Jayden in meinem größten Unglück rumbohren wie in der Nacht an meinen Zähnen? „Das zählt nicht!", sagte ich. „Das war nur zwischen zwei Atemzügen. So kurz, als ob's gar nicht passiert wäre."

„Zwischen zwei Atemzügen?" Jayden lachte. „Ach, Honey! Ich liebe deine Sprüche!" Er umarmte mich.

„Liebst du mich auch?", fragte ich.

„Ja, Lia", flüsterte er in mein langes hellblondes Haar.

„Wirklich?" Ich hörte auf zu heulen. „Wer hat dir von Chris und mir erzählt?"

„Monte! Als er vorgeschlagen hat, dich zu spielen. Ich konnte nichts dagegen tun. Alle Jungs wollten das."

„Auch Louis?"

„Was hast du ständig mit Louis?", fragte Jayden. Das wunderte mich. Ich habe vor ihm Louis noch nie erwähnt. Warum fragte er das auch? War er mit Louis nicht mehr befreundet?

„Ich mag Louis nicht", sagte ich. Jayden drückte mich noch fester an sich.

Ein paar Minuten lang standen wir allein im Universum. Fest umarmt, aneinander gekuschelt. Ich spürte seinen Atem am rechten Ohr. Als ob er mir das Haar föhnen würde. Dann spürte ich noch etwas Anderes an meinem Bauch und schob mich ein bisschen weg von ihm. Bei den Jungs muss man keine Gedanken lesen. Ihre Gedanken materialisieren sich, wo sie nur können.

„Wir müssen in die Schule." Komisch, dass ich auch in meinen gefühlvollsten Momenten so praktisch bleibe. Das hat mir Emma schon öfter gesagt. Sicher nur ein Fluchtding. Damit ich vor lauter Gefühl nicht explodiere. BUMM und Lia weg.

Wir hetzten in die Schule. „Sollen wir dieses blöde Spiel echt weiterspielen?", fragte ich. „Mädchen gegen Jungs?"

„Das spielen wir auf jeden Fall, Honey! Das macht Spaß!" Jayden hielt mir die Eingangstür auf. Mit einer einladenden Geste wie für eine Königin. Typisch Jayden. Eine solch galante Kleinigkeit und schon fühlst du dich wie die Sonne, um die sich die Welt dreht.

Komisch nur, dass ich mich nach unserem Gespräch auch schuldig fühlte. Dabei hatte ich gedacht, Jayden hätte sich entschuldigen müssen. Was mir aber noch größere Sorgen machte: Lange würde ich mich nicht mehr rausreden können, wenn er mich drängte, bei ihm zu übernachten.

Das schwächste Glied in der Kette

Im Deutschunterricht sollten wir einen Aufsatz über Flüchtlinge und Integration schreiben. Vor Emma und mir hockte Johanna. Sie war „die deutscheste" von uns allen, obwohl sie in Deutsch einen Vierer hatte. Mit Flüchtlingen konnte Johanna schon überhaupt nichts anfangen. Einmal hatte Johanna sogar Noemi als „Ausländerin" beschimpft. Dabei war Noemi in Deutschland geboren und konnte Deutsch besser als Johanna.

In der Achten hatten wir in Deutsch einen türkisch stämmigen Aushilfslehrer. Er hatte Johanna zur Tafel gerufen und ließ sie einen einfachen Satz schreiben. Sie machte nur einen Fehler, was für Johanna eine große Leistung war. „Ich sehe, du hattest in der Siebten einen Vierer in Deutsch", sagte ihr der türkische Lehrer. „Dabei kannst du doch ganz gut Deutsch!" Er wollte ihr nur etwas Nettes sagen.

Doch Johanna hatte ihn trotzig angesehen und gesagt: „Ich bin Deutsch! Und Sie?"

Johannas Vater kannte ich schon in der Grundschule. Er schimpfte über Ausländer, Türken, Araber, Schwule und Emanzen. Eigentlich war Johannas Vater nur am Schimpfen. Auch beim Essen schimpfte er. Negativ wie ein Elektron. Bei Johannas Vater fing jedes Gespräch mit Schimpfen an.

„Wie geht es dir, Sepp?"

„Wie soll es mir schon gehen bei dieser Überfremdung hier?", antwortete Johannas Vater. „Bald laufen unsere Frauen und Töchter auch im Kopftuch rum."

„Und sind schwul!", sagte meine Mama spöttisch.

Doch Johannas Vater nahm sie ernst. „Ja, die Schwulen machen sich hier immer breiter."

„Ich kann mir diesen Dreck nicht mehr anhören!", hatte mal mein Vater gesagt. Meine Mutter nickte nur, obwohl sie meinen Vater hin und wieder für seine Ausdrucksweise tadelte.

Früher hatten sich mein und Johannas Vater hin und wieder zum Squashspielen getroffen. Irgendwann hatten meine Eltern den Kontakt zu den Mohrs aber abgebrochen.

Jetzt im Deutschunterricht sollte jeder etwas über Flüchtlinge sagen. Johanna wurde aufgerufen. „Flüchtlinge machen Deutschland kaputt", sagte sie. Frau Lindberg stotterte nur etwas. Früher hätte sich kein Schüler erlaubt, so etwas zu sagen. Jetzt ging alles. Plötzlich konnten wir harte und unfreundliche Sachen verzapfen. Wir sind nun mal mit Facebook, YouTube und Snapchat aufgewachsen. Nur bei Instagram geht's gesittet zu, weil dort vor allem Bilder gepostet werden.

Laura sprang auf, meldete sich nicht mal. „Flüchtlinge bringen Hoffnung ins Land, Flüchtlingshasser den Hass", sagte sie. „Wer macht dann das Land kaputt?" Wir klatschten. Sogar Annika.

Johanna setzte sich rot wieder hin, stopfte sich einen Twix in den Mund. Bald wird sie der Hass ihres Vaters ganz hässlich machen. Schon jetzt trug sie Hasspickel im Gesicht. Dick ist sie wie Pummel, nur nicht so gutmütig wie er, eher boshaft. Jedes Mal, nachdem sie mit uns gestritten hat, aß sie einen Schokoriegel. Sie verlor jeden Streit. „Frustfresserin", meinte Pummel.

„Warum frisst du so viel?", hatte ihn Karsten mal gefragt.

Pummel lachte. „Weil's mir schmeckt."

In der Pause kam Johanna zu uns und fragte, ob sie in der Film-AG mitmachen könne. „Das Boot ist voll", sagte Laura und schüttelte den Kopf. Noemi lachte laut auf und umarmte sie. Laura wurde leicht rot. Aha!

Laura redet nicht viel, aber wenn sie etwas sagt, dann sitzt das. Johanna ging zu ihrem Rucksack und holte einen Schokoriegel heraus. AAAH! Unser Ausatmen konnte man sicher auf der Straße hören. Wegen der Mädchen-gegen-Jungs-Geschichte wollten wir keine neuen Leute im Filmkurs haben. Johanna schon überhaupt nicht. Wir mussten uns auf die Jungs konzentrieren, damit sie am Ende nicht gewannen.

***

In der großen Pause liefen Emma und ich durch den Schulhof zu unserer Bank am Sportplatz. Jayden winkte mir zu, blieb aber mit Louis, Pummel und den anderen Jungs am Hydranten stehen und diskutierte mit ihnen. Die Beratung über ihr erstes Video? Sicher!

Die anderen Mädels kauften sich etwas in der Kantine. Wir waren am Sportplatz allein. Ich hockte mich auf die Bank. Emma hob ihr linkes Bein, legte den Fuß auf die Banklehne und federte.

„Du bist jetzt ganz anders, als noch vor ein paar Wochen, Li." Emma nannte mich oft „Li", weil's schön chinesisch klang und sie asiatische Kampfsportarten trainierte.

„Ich musste mich neu erfinden", sagte ich. „Ich kann nicht noch zehn Jahre lang meinem kleinen Bruder nachweinen." Ich erzählte ihr von meinen Lachgeboten.

„Das ist genauso wie bei mir", sagte Emma. „Als ich klein war, habe ich meinen Vater verloren. Später hat man meine große Schwester vergewaltigt …"

„Wie geht's Ina?" Emmas Halbschwester ist sechs Jahre älter als sie.

„Ina ist glücklich. Hat einen Freund."

„Super!"

„Mit deinem Lachen ist es wie mit meinem Sport", sagte Emma. „Mich hat erst der Sport gerettet."

„Gut, dass wir etwas machen."

Emma seufzte und wechselte das Thema. „Wieso hat Fabi mich in diesem Scheißfilm nur so lächerlich gemacht? Weil ich mit ihm noch nicht schlafen will?"

„Vielleicht", sagte ich. „Jayden wollte von mir, dass ich bei ihm übernachte. Ich hab's abgelehnt." Emma hatte ihr erstes Mal noch nicht hinter sich. Jetzt zögerte sie etwas. Ich befürchtete schon, sie würde mich fragen, warum ich mich so zierte. Ich hätte ja schon mit Chris geschlafen. Doch Emma war meine beste Freundin. Sie würde so was nie sagen. Sie verstand mich.

„Weißt du, Süße", sagte ich. „Ich habe mich schon öfter gefragt, warum die Jungs sich gerade auf mich so eingeschossen hatten. Bevor Felix gestorben ist. Ich hab mich damals wie eine Aussätzige gefühlt. In der Zehnten konnte ich ihren Spott nicht mehr ertragen."

„Keine Ahnung", sagte Emma. „Aber du hast recht! Dich haben die Jungs damals ziemlich fertiggemacht."

„Und jetzt haben sie die alte Geschichte mit der Hose wieder ausgegraben."

„Wir fragen die Jungs, was dahintersteckt", sagte Emma.

„Das sagen sie uns sicher nicht!"

„Wir suchen uns das schwächste Glied in der Kette aus und wenden Folter an", sagte Emma. „Wenn sie so fies mit uns umgehen, ist jedes Mittel gerecht."

Klar wusste ich, wen sie mit dem schwächsten Glied der Kette meinte.

Ich bin einen Lolli wert

Am nächsten Tag schnappten wir uns Pummel. Gleich vor der Schule. Gerade kam er aus der Bäckerei mit einer vollen Tüte Krapfen in der Hand.

„Huhu, Emma, Lia!", rief er begeistert. „Mädels, kommt an meine Brust! Schaut, was ich bekommen habe. Faschingskrapfen im Sommer. Sonderange-booot! Hey! Habe gleich sechs Stück gekauft." Er guckte uns an. Dann überwand er sich. „Äääh … Wollt ihr auch 'nen Krapfen?"

„Danke!" Emma schüttelte den Kopf. Sie aß nur selten Süßes. Sie wollte Muskeln haben und futterte Fleisch.

„Ich auch nicht!", sagte ich.

Der Stein, der Pummel vom Herzen fiel, zertrümmerte mir fast den Fuß. Wir zerrten Pummel zum Sportplatz. Dort setzten wir ihn auf unsere Bank, die gleich seine Folterbank werden sollte. Wir stellten uns vor ihm hin. Er musste zu uns hinaufschauen, und das war auch der Sinn der Sache.

Diplomatisch war Emma nie. „Warum habt ihr den Film gedreht?", fragte sie. Foltern mussten wir Pummel zum Glück nicht. Er erfüllte Mädchen alles, was er ihnen von den Augen ablesen konnte. Gut, dass er den Schiedsrichter bei unserem Spiel spielte.

„Äääh ... Monte hat Jayden erzählt, dass du, Lia, also, damals bei der Party bei mir ... äääh ... mit Chris warst."

„Na und?"

„Jayden war ziemlich sauer."

„Warum denn?", fragte ich. „Die Geschichte mit Chris ist doch ein Jahr alt. Damals war Jayden noch in Berlin."

„Keine Ahnung, Lia", sagte Pummel. Ich wusste aber, warum Jayden sauer war. Mit Chris hatte ich's gemacht, mit Jayden wollte ich nicht. Noch nicht. Konnte er mich nicht verstehen?

„Warum schießt ihr euch alle so auf Lia ein?", fragte Emma.

„Ja!", sagte ich. „Warum haben mich alle wegen dieser blöden Casting-Geschichte so fertiggemacht?"

„Wegen welcher Casting-Geschichte?", fragte Pummel.

„Als Louis mir in der Zehnten den Streich gespielt hat."

„Aaaah, das meinst du ..."

„Auch als Lia damals ..." Emma guckte mich kurz an und fuhr fort. „Als Lia damals mit Chris war, habt ihr daraus ein Riesending gemacht. Jeder hat über Lia gespottet, bis Fe... äääh ..." Plötzlich stotterte auch Emma. Ungewöhnlich. Sie guckte mich an.

„.... bis Felix starb", beendete ich ihren Satz.

„Das war doch alles nur Spaß", sagte Pummel. In diesem Moment wusste ich, dass er vor uns doch etwas verschweigen wollte. Manchmal bekomme ich meine Ahnungen. Keine Ahnung nur, wo sie herkommen. Vielleicht kann ich gut Menschen lesen. Nicht so gut wie ich Emma lesen kann und sie mich. Bei uns reicht manchmal ein Wort und schon weiß die andere, was die Erste sagen wollte. Wir sind nun mal seit Jahren sehr gut befreundet. Emmas Mutter und meine Eltern auch. Wenn wir zusammen einen Ausflug machten, benutzten Emma und ich immer unsere Geheimsprache. „Brotzeit!", rief Emma, und ich wusste sofort, sie wollte, dass wir uns von den Erwachsenen absetzten und allein redeten.

Jetzt bückte ich mich zu Pummel und guckte ihm direkt in die Augen. „Ich gehe hier nicht weg, bevor du mir die ganze Wahrheit gesagt hast." Pummel hielt meinen Blick nur ein paar Sekunden lang durch, obwohl er normalerweise ein guter Augengucker war. Seine Augen liefen davon und grasten die Baumkronen ab.

Jetzt starrte mich nur Emma an. Ich zwinkerte ihr zu. Sie verstand und wartete. Das Gehirn von Pummel ratterte wie die Harddisc der alten PCs in unserem Computerraum. Ich konnte das Geräusch nahezu hören. Soll ich's ihnen sagen, oder soll ich's ihnen nicht sagen?, fragte er sich.

Und da platzte das schwächste Glied der Kette. „In der neunten Klasse haben die Jungs über das schönste Mädchen der Schule abgestimmt. Wir haben aber geschworen, das den Mädels nicht zu verraten."

„Jetzt ist die richtige Zeit gekommen, den Schwur zu brechen, Pimmelchen ... äääh Pummelchen", sagte Emma. Sie streckte das rechte Bein durch, nur auf dem linken Fuß stehend, und legte ihren rechten Fuß im roten Nike-Schuh an Pummels Hals wie ein Messer. „Rede!“

„Ich muss zuerst einen Krapfen essen!“, rief Pummel. Aha! Auch Frustfresser. Emma stellte sich wieder normal hin. Pummel verputzte in Sekundenschnelle zwei Krapfen, jeden in einer anderen Hand haltend und abwechselnd zubeißend: MAMPF, MAMPF. Orangene Marmelade floss Pummel das Kinn runter. Aprikose? Emma und ich warteten.

„Welches Mädchen hat eure blöde Abstimmung um das schönste Mädchen der Schule gewonnen?“

„Lia!“, spuckte Pummel mit ein paar Krapfenbröseln aus.

Seine Antwort stopfte mir einen ganzen Krapfen in die Kehle. Ich schnappte nach Atem. Emma schaute mich an, als ob sie sagen wollte: „Was machst du wieder für Sachen?“

Endlich konnte ich normal atmen. „Ich kann doch nichts dafür!“, sagte ich zu Emma.

Sie schüttelte den Kopf. „Ich hab nichts gesagt!“ Geschockt waren wir aber beide.

„Nicht Annika?“, fragte ich ungläubig. „Oder Emma?“

Emma schüttelte den Kopf und grinste. „Vor mir haben die Jungs Angst.“

„Nicht Iva?“, fragte ich immer noch ziemlich durcheinander. Als ob ich nach einer Erklärung suchte, die es nicht gab.

„Ich habe Iva gewählt“, sagte Pummel. „Iva finde ich fiel hüpfer als dich.“ Er guckte mich an. „Na ja, du bist schon hübsch. Alle anderen haben dich gewählt.“ Ich starrte ihn an. Kein Wort mehr im Kopf.

Pummel bekam Schluckauf, redete aber weiter. „Du warst die erste in den Top-Charts, Lia! Annika die zweite." Er schaute Emma an. „Du hast Bronze bekommen, Emma." Emma schüttelte den Kopf, doch sie freute sich über den dritten Platz. „Iva war auf Platz vier. Iva hat nur den Busen-Grand-Slam gewonnen."

„Busen-Grand-Slam?", fragte ich. Pummel sah mich wie ein Hund an, der auf dem Teppich Gassi gemacht hatte.

„Was habt ihr nur in der Birne?", fragte Emma. „Das ist doch voll deppert!"

„Ich weiß", sagte Pummel. So unglücklich hatten wir ihn nie erlebt.

HUCH! Bis jetzt habe ich gedacht, alle Jungs in der Schule würden auf Annika abfahren. Plötzlich war aber ich das Playgirl. Stand ich tatsächlich auf dem Gipfel in den Charts der Jungs? Das konnte ich einfach nicht glauben. Ich! Ein Mädchen, das man mal für einen Jungen gehalten hatte?

Erst nach ein paar Minuten konnte ich den Blödsinn verdauen. „Warum haben mich dann aber die Jungs so fies behandelt? Wenn ich für euch die Hübscheste war?"

„Die Jungs haben gewettet!", stieß Pummel aus. Emma guckte mich wieder an, und ich wusste plötzlich, was die Jungs gewettet hatten. Pummel fuhr fort: „Die Jungs haben gewettet, wer dich zuerst flachlegen würde."

Obwohl das Pummel peinlich war, zeigte er sich sofort erleichtert. Sicher wollte er es schon seit langem verraten, er kann kein Geheimnis für sich behalten. Es quälte ihn schon seit über einem Jahr. „Dann waren alle sauer auf dich, dass du gerade mit Chris ... äääh ...“

„... gepoppt hast!“, fügte Emma hinzu, so sensibel wie sie ist.

„Ja!“, sagte Pummel. „Chris war doch der Oberschmierige! Niemand mochte ihn.“

„Chris und Emma waren damals die einzigen, die sich wegen der Casting-Geschichte nicht über mich lustig gemacht haben.“

„Eben“, sagte Pummel. „Chris hat sich bei dir einschleimen wollen, um dich ins Bett zu bekommen.“

„Ich war mit ihm nicht im Bett!“

„Äääh ... was? ... Äääh ... Gut, dass Chris von der Schule weg ist.“

Lachen konnte ich nicht. Grämen wollte ich mich aber auch nicht mehr. „Komm!“, sagte ich zu Emma. „Wir machen bei uns Hausaufgaben!“ Emma und Pummel starrten mich an.

Emma zuckte mit den Schultern. „Typisch Lia!“ Sie drehte sich zu mir, dann drehte sie sich noch mal zu Pummel und fügte hinzu: „Ihr Jungs seid alle Arschlöcher!“

Mir fiel plötzlich ein, dass noch ein Punkt in dieser Geschichte fehlte. Auch ich drehte mich noch mal zu Pummel. „Um was habt ihr gewettet?“

„Ich nicht!“, kreischte Pummel. „Nur ich und Louis waren dagegen! Als Chris sich damit dann brüstete, hat Louis ihm eins auf die Fresse gegeben. Vielleicht ist Chris deswegen auf eine andere Schule gegangen. Nachdem Louis ihn im Englischen Garten verprügelt hat, wollte keiner der Jungs mit Chris reden.“

„Louis hat wegen mir Chris verprügelt?", fragte ich. „Louis?"

Pummel nickte. „Weil Chris damit ständig angegeben hat, dass er dich ... äääh ..."

„Warum hast du mir das nicht früher gesagt?"

„Louis wollte nicht." Pummel war immer noch am meisten mit Louis unterwegs. Auch wenn Louis die Klasse gewechselt hatte.

„Na gut!", sagte ich. „Um was haben die Jungs gewettet?"

„Um 'nen Lolli!"

„Waaas?" Das gab mir den Rest. Meine Jungfräulichkeit für einen Lolli?

„Leck mich am Arsch!", sagte Emma ungewohnt derb, aber das war sicher auch der passende Punkt hinter dieser Geschichte.

Robbenrutschen

Am Samstag packte ich in meinem Zimmer meine Badesachen zusammen. Meine Mama kam vom Einkaufen direkt zu mir. Sie lächelte wieder. Das freute mich und gleichzeitig grauste es mir davor. Zumindest ihr Miami Dolphins Football Girl-Trikot trug sie nicht mehr. Und keine Pumps. Dafür Nikes und ein T-Shirt von Mister Tee mit einer Frau auf der Brust, die sich den Zeigefinger an die Lippen hielt. Ihre Augen mit einer Binde verdeckt. Darunter: FUCK IT. O Gott!

„Hübsch, das T-Shirt, Liebes, oder?", sagte Mama. „Ich habe in der Fußgängerzone Emma getroffen. Sie hat mir Snipes gezeigt, diesen Modeladen. Emma meinte, solche T-Shirts trage man jetzt."

Fassungslos sah ich Mamas neues T-Shirt an und grollte innerlich. Emma, du Biest! Hey! Fing jetzt meine beste Freundin an, mich zu pranken?

Na ja, vielleicht würde Mama sich zumindest beim Reden etwas mehr zurückhalten und wir bekamen doch einen hübschen Sommer. Außerdem musste ich laut meinen Lachgeboten über Mama und mit Mama lachen.

Ich guckte zu dem schwarz eingerahmten Foto meines kleinen Bruders auf meinem Schreibtisch neben dem Notebook. Verzeih, Felix, dass wir lachen – wir denken trotzdem an dich.

„Guck, was ich dir gekauft habe", sagte meine Mama. „Wunderschön, oder?"

Sie hielt mir einen einteiligen Badeanzug mit Blümchenmuster entgegen.

„Mama!", rief ich. „Das meinst du nicht ernst!"

„Was hast du denn wieder, Kind?"

„Ich trage keine einteiligen Badeanzüge", sagte ich. „Ich bin doch keine Muslima!"

„Quatsch!", sagte meine Mutter. „Schau, wie die Körbchen schön gepolstert sind. Du hast doch gejammert, dass du zu spitze Brüste hast. Diese Körbchen formen sie so, dass du mit deinen Brüsten zufrieden bist."

Vor ein paar Tagen war ich tatsächlich so unvorsichtig gewesen, ihr zu erzählen, dass mir meine Brüste zu spitz vorkämen. „Werden sie noch etwas breiter?", hatte ich sie gefragt.

Doch meine Mama hatte ausweichend geantwortet: „Jede Brust ist schön! Wichtig ist nicht, wie sie aussieht. Wichtig ist, wie du zu deiner Brust stehst."

Na super! Das war, wie einem Blinden zu sagen: „Es ist egal, dass du nicht siehst. Wichtig ist, dass du dich drüber freust."

Was hatte sich meine Mama bei dieser Weisheit gedacht? Ich wollte nicht Brüste spitz wie Paprikas haben, ich wollte hübsche Melonenhälften. Wie Iva. Na ja, ganz so groß nicht. Einen Rucksack vorne wollte ich auch nicht mit mir rumschleppen.

„Mama!", sagte ich. „Dieses Blümchenmuster ist doch oberhässlich!"

„Probier den Badeanzug nur einmal beim Baden aus!", sagte sie. „Dann wirst du dich von ihm nie trennen wollen."

Ich seufzte und nahm ihr den Badeanzug aus der Hand. Klar würde ich den nie anziehen. Ich lief doch nicht wie eine mit hässlichen Blumen bedruckte Presswurst herum. Wie ich meine Mama aber kannte, würde sie keine Ruhe mehr geben. Am besten, man sagte „Okay! Mach ich!" und machte es nicht. Meistens wussten meine Eltern in einer halben Stunde sowieso nicht mehr, was sie von mir gewollt hatten.

***

Heute sind Emma und ich etwas später ins Schwimmbad gekommen. „Danke, dass du meiner Mama Snipes gezeigt hast", sagte ich ihr beim Radeln. „Jetzt wird sie wie eine Dreizehnjährige Gangster-Rapperin rumlaufen."

Emma kicherte nur. „Sei froh, dass deine Mama wieder leben will." Sie hatte recht. Ich war froh.

***

Laura, Noemi und Iva lagen schon auf unserem Platz – auf dem Rasen gleich neben dem Schwimmbecken mit Springturm. Dort war es am lustigsten. Ich sah gerne den Springenden zu. Ganz hoch auf den Turm hatte ich mich aber noch nie getraut.

„Gut, dass ihr nicht da wart", sagte Noemi.

185

Iva hob die Hände. „'ne Ratte hat uns angegriffen!“

„'ne Ratte?“

„Ja!“, sagte Laura. „Wahrscheinlich ist sie dort von dem Mülleimer angelaufen gekommen.“

„Und direkt zu uns!“

„Was habt ihr gemacht?“

„Gekreischt!“

„Wir sind ins Becken gesprungen, um uns zu retten.“

„Echt?“

„Ja!“

„Und wo ist die Ratte jetzt?“

„Ein Junge hat sie gefangen.“

„Ja! Er hat gesagt, er würde sie im Park hinter dem Schwimmbad rauslassen.“

„Mein Papa sagt, dass in der Stadt immer mehr Tiere auftauchen. In Unterföhring habe ich aus dem Bus 'nen Fuchs gesehen.“

So ahnungslos waren wir noch an diesem Tag. Bald würde uns aber unser Spiel die Sinne schärfen, uns vorsichtig machen.

„Ah, die Jungs kommen!“, sagte Emma und zeigte zum Eingang.

***

Zwischen Jayden und mir herrschte wieder Harmonie. Emma hatte mit mir deswegen geschimpft. „Du solltest ihn etwas zappeln lassen. Wenn du ihm alles durchgehen lässt, verlierst du an Wert. Niemand schätzt Sachen, die er billig bekommen kann.“

„Ich kann kein Theater spielen“, sagte ich. „Entweder liebe ich ihn, oder ich liebe ihn nicht.“

Emma hatte nur den Kopf geschüttelt. Jetzt im Schwimmbad begrüßte sie aber Fabi mit einem Kuss und lief mit ihm im Arm zum Kiosk, um Eis zu holen. Streng befolgte sie ihre eigenen Liebesprinzipien auch nicht.

***

Uns Mädchen war bis jetzt immer noch nichts Lustiges zum Filmen eingefallen. Hatten wir uns mit der Annahme der Wette zu weit aus dem Fenster gelehnt? Was, wenn die Jungs wirklich gewinnen würden? Ich hatte keine Lust, vor Monte zu strippen. Vor Louis schon überhaupt nicht. Auch wenn mir Pummels Bericht oft durch den Kopf ging. Hat Louis sich wegen mir geprügelt?

Klar finde ich's bescheuert, wenn Jungs sich schlagen. Doch stell dir vor: Aliens entführen dich. Wenn ein Junge dann die Welt in Schutt und Asche legt, um dich aus dem Griff der Aliens zu befreien, hat es doch auch etwas für sich, oder?

***

Emma und Fabi kamen zurück und verteilten Magnums. Hmmm ... Mit Mandeln! Lecker! Pummel rückte mit einer riesigen Kühlbox an. „Hast du Bier dabei?", rief Dödel.

„Spinnst du?", sagte Pummel, machte die Kühlbox auf und zeigte uns seinen Schatz. Sicher zwanzig Packungen von Eis am Stiel.

„Hey! Wir haben schon Eis gegessen!"

187

„Das ist nicht für euch", rief Pummel empört. „Das ist für mich!"

Louis stand auf, er legte sein Handtuch zusammen. Jayden gab mir einen Kuss und sagte: „Wir verziehen uns, okay? Wir müssen mit dem Filmen anfangen." Auch die anderen Jungs sammelten ihre Sachen auf. Sie trabten zu ihrer Stelle am Zaun.

Seit wir unser All-You-Need-Is-Laugh-Spiel gestartet hatten, hingen die Jungs meist ohne uns zusammen. Und wir Mädchen ohne sie. Im Schwimmbad lag nur Pummel hin und wieder bei uns. Wir mussten allein über unsere Filmpläne brüten. Streng geheim.

Zuerst planschten wir aber am Rand im Schwimmbecken und machten Quatsch. Noemi versuchte auf Lauras Rücken zu klettern, rutschte aber immer wieder runter. Wenn Emma im Wasser die ganze Zeit auf meinem Rücken rumtoben würde, hätte ich sie bald vertrieben. Zweimal reichte. Doch Noemi startete bei Laura immer wieder einen Kletterversuch und Laura lächelte und kicherte und lachte – so glücklich hatte ich Laura lange nicht gesehen.

„Wasserschlangeee!", brüllte plötzlich jemand. Unsere Köpfe fuhren herum. Entlang des Beckens lief Noemis Bruder Rico. Mit etwas Langem und Dünnem in der Hand, das hin und her zuckte. Eine Schlange?

Rico schmiss sie zwischen uns und rannte weiter. Emma sprang hoch aus dem Wasser wie ein Delphin. Sicher einen Meter über die Wasseroberfläche. Wir alle jagten aus dem Becken. „Schlange!" Das gibt's doch nicht!

„Stopp!", rief ein Junge im Wasser. Er packte die Schlange und hob sie hoch. „Die ist nur aus Gummi!" Er wedelte mit dem Ding in der Luft.

„Diese kleine Ratte!", brüllte Noemi. Wir scannten das Schwimmbad, doch keine Spur mehr von Rico. Noemis Bruder war zwischen den Hunderten Körpern in Badeanzügen verschwunden.

***

Die Jungs hatten schon eine Idee für ihr erstes Video: Sie filmten sich beim Wasserspringen. Jeder versuchte, einen möglichst lustigen Sprung hinzubekommen. Saltos, Bauchklatscher, Arschbomben. Die Jungs merkten, dass wir ihnen zusahen. Sie winkten uns zu und schmissen immer waagemutigere Sprünge vom Turm.

Meistens filmte Jayden oder Louis, manchmal aber auch Fabi, wenn Jayden oder Louis selbst sprangen. Zum Glück hatten sie vergessen, den lustigsten Wasserspringer zu engagieren: Den Schiri!

Die Idee mit Pummel hatte Emma. Pummel hockte auf dem Rasen neben uns und verschlang ein Eis nach dem anderen aus seiner Kühlbox. Als seine Magnums alle waren, seufzte er. „Ich muss mich etwas im Wasser aalen, Mädels", sagte er und stand auf. Pummel konnte uns oft zum Lachen bringen. An einen Aal erinnerte seine Figur wirklich nicht. Eher an eine Robbe. Pummel watschelte zu der Schwimmbeckenleiter.

„Wir könnten Pummel auf der Rutsche filmen", sagte Emma.

189

„Er passt doch gar nicht rein", sagte Noemi.

„Eben", sagte ich. Emmas Idee hatte ich sofort verstanden. „Das wird sicher lustig sein, wenn Pummel versucht, sich in die Rutsche zu quetschen."

„Pummel ist aber noch nie gerutscht", sagte Laura.

„Jemand muss ihn überreden!" Wir guckten die größte Sexbombe von uns an. Im Badeanzug steckte Iva uns locker in die Badehosentasche. Sie trug schon die BH-Größe 85 D, während wir anderen im Busenmaß noch die dritte Liga spielten. Manche von uns die Kreisliga. Warum die Jungs gerade mich zum hübschesten Mädchen der Schule gewählt haben, würde angesichts Mädchen wie Iva, Annika und Emma für mich immer ein Geheimnis bleiben. Auch Noemi und Laura kamen mir hübscher als ich vor. Hatte Pummel uns am Ende verarscht?

„Hä?", sagte Iva jetzt.

„Süße!", sagte ich. „Du hast doch Pummel um den Finger gewickelt. Auf Emma und mich würde er nicht hören. Wir haben ihm gestern zu sehr zugesetzt ..." Das war ein Fehler. Iva spitzte sofort die Ohren, ihre Augen wurden groß, ihre Nasenspitze hob sich, als witterte sie Beute. Sie war nicht nur die größte Sexbombe unter uns, sie war auch das neugierigste Mädchen in der Milchstraße.

„Aha?", sagte sie. „Was war denn gestern los?"

„Ach, nichts!" Emma und ich redeten um den heißen Brei herum, doch Iva ließ nicht locker.

„Hey!", sagte sie. „Sagt schon! Dann verführe ich Pummel zum Pummeln ... äääh ... zum Rutschen." Wir starrten Iva an. War das „Pummeln" in ihrem Satz jetzt ein Scherz gewesen oder ein Versprecher?

Ich nickte Emma zu und sie erzählte den Mädchen, wie die Jungs um das schönste Mädchen der Schule abgestimmt hatten und mich zum Freiwild erklärten. Wer mich zuerst flachlegen würde, bekäme einen Lolli.

„Diese Schweine!", sagte Laura.

„Das fasse ich nicht!", sagte Noemi.

Auch mir wurde es erst jetzt richtig bewusst, nachdem es Emma erzählt hatte, was die blöde Wette der Jungs verursacht hatte. Habe ich meine Jungfräulichkeit wirklich wegen einer blöden Wette verloren? Plötzlich zog sich in mir alles zusammen. Entsprechend meinen Lachgeboten versuchte ich zu lachen, doch ich krächzte nur wie eine Krähe. Noemi umarmte mich.

Sogleich flutete mich aber Glück. „Das Leben ist wie eine Achterbahnfahrt", sagte ich. „Rauf und runter! Manchmal bin ich glücklich, und fünf Minuten später würde ich am liebsten sterben. Geht's euch auch so?"

„Mir geht's immer super", sagte Emma. „Ich lasse nichts Anderes zu."

„Ich auch nicht", sagte Iva. „Ich denke nur an schöne Sachen."

„Hmmm", sagte Laura. „Manchmal tauchen aber Probleme auf. Über die muss man sich Gedanken machen."

„Dafür haben die Tschechen eine Weise", sagte Iva. „Das Nachdenken über Probleme kannst du dem Pferd überlassen. Das Pferd hat einen größeren Kopf als du."

Wieder starrten wir Iva an. Meinte sie das ernst? Iva guckte zurück, machte ein Gesicht wie ein Fernsehmoderator, wenn er eine Quizfrage stellte. Wieder mal mussten wir lachen, und so lachten wir.

Egal wie mies es mir manchmal ging. Die lustigen und schönen Momente traten häufiger auf als früher. Seit ich nach meinen Lachgeboten zu leben versuchte. Oder hing das damit zusammen, dass ich verliebt war? „Ach, überlass dieses blöde Kopfkino dem Pferd, Lia!", sagte ich mir. „Lache! Auch über den Lolli für deine Jungfernschaft. Die Jungs sind Vollpfosten. Du aber hast die besten Freundinnen der Welt."

Erst Laura sprach laut das aus, was ich meinem Selbstmitleid auszusprechen verbot. „Ich verstehe die Jungs wirklich nicht. Sie schließen eine Wette, ohne sich überhaupt Gedanken zu machen, dass sie dabei jemanden verletzen könnten."

„Guck dir die Pranks bei YouTube an", sagte Emma. „Die Jungs scheinen sich generell keinen Kopf darüber zu machen, ob sie mit ihrem Quatsch jemanden verletzen."

„Wir müssen's ihnen richtig heimzahlen!"

„Wir schlagen sie mit ihren eigenen Waffen!"

„Wir pranken sie so, dass sie sich schämen, in die Schule zu kommen!"

„Ja!", sagte Iva. „Wir zeigen's den Arschlöchern!" Sie stand auf und ging zum Kleinkinder-Becken. Pummel „aalte" sich darin. Iva hockte sich auf den Beckenrand und tauchte die Beine ins Wasser. Pummel kam zu ihr. Sie spritzte ihm mit der Hand sanft Wasser ins Gesicht. Nur zwei Worte sagte sie, die wir ihr von den Lippen ablesen konnten: „Komm mit!" Pummel kletterte aus dem Becken und robbte hinter Iva her zu den Rutschen.

Super! Die Show konnte beginnen. Nur noch das Smartphone in die Hand und nichts wie hin! Wir liefen Iva und Pummel hinterher. „Wir müssen uns eine richtige Digitalkamera besorgen", sagte Noemi.

„Mein Vater hat einige", sagte ich. „Er hat mir auch beigebracht, wie man damit umgeht. Ich kann mir von ihm jederzeit eine Kamera ausleihen."

„Wir müssen mit versteckter Kamera arbeiten und mit einem guten Zoom-Objektiv Szenen aus der Entfernung filmen."

„Auch dafür hat Papa sicher was", sagte ich. „Er ist ein Foto- und Filmfreak. Schon als ich ein Kind war, hat er Mama und mich oft gefilmt, ohne dass wir's gewusst haben. Mein Papa macht auch Tierfilme. Tiere muss er auch aus der Entfernung filmen."

Emma und ich stellten uns unter die Rutsche. Laura und Noemi liefen mit ihren Smartphones die Treppe des Rutschenturms hoch.

Einige Minuten später kam Pummel angedonnert. Die Rutsche ächzte, der Boden bebte, Pummel brüllte: „Uaaah!" Und PATSCH. Tonnen von Wasser spritzten gen Himmel und regneten im ganzen Schwimmbad herunter. Besucher liefen ins Gebäude, um sich dort zu verstecken. Die von Pummel verursachte Welle schwappte über und überschwemmte den Rasen. Eine Naturkatastrophe im Schwimmbad. Doch wir waren glücklich – der Rutsch des neuen Jahrtausends war auf unseren Smartphones festgehalten.

Ich filmte die ganze Zeit. Auch noch als Iva auf der Rutsche auftauchte und neben Pummel ins Wasser plumpste. Sie tobten wie kleine Kinder. „Pummeli!", rief Iva. „Wir haben's geschafft!" Sie packte ihn von

hinten im Schwitzkasten und Pummel grunzte vor
Glück.

Die Mädchen luden ihre Filme bei Google Drive
hoch, gaben sie für mich frei. Am Abend wartete Arbeit auf mich.

Unser erster Film

Die Sonne hüpfte noch über die Dächer, als Emma und ich aus dem Schwimmbad in unserer Straße in Haidhausen ankamen. Klar wartete meine Mama auf mich auf unserem Straßenbalkon. Seit ich siebzehn bin, tut sie so, als ob es sie nicht mehr interessieren würde, wann ich heimkomme. Trotzdem schläft sie nie, wenn ich um 2 Uhr in der Nacht von einer Party oder vom Kino noch nicht zu Hause bin. Jetzt hockte sie auf dem Balkon an der Straßenseite, statt wie üblich auf dem Balkon im Hof. Ganz schön unauffällig.

„Ich habe dir doch den neuen Badeanzug gekauft!", rief sie vom dritten Stock aus. Bei ihrem Ruf füllten sich sofort alle Balkons und Terrassen in unserer Straße. Jeder freute sich auf Mamas Stand-Up-Comedy. Nur ich nicht. Zum Glück war jetzt von meinen Freundinnen nur Emma bei mir. Emma kennt meine Mama gut.

„Die Körbchen an dem neuen Badeanzug sind wirklich schön und weich gepolstert!", rief Mama. „Darin würden deine Brüste viel schöner zur Geltung kommen!" Zum Glück rief sie nicht „deine spitzen Brüste". Aber auch so schämte ich mich bis in den Boden.

„Ich sterbe!", murmelte ich zu Emma. „Mach's gut. Ich muss rein, sonst weiß die ganze Stadt über meine Brüste Bescheid. Und dass ich einen neuen Badeanzug habe."

„Stell dich nicht so an!", sagte Emma. „Deine Mama ist super, nur nicht so verklemmt wie du."

„Spinnst du?", sagte ich und schlüpfte ins Haus. Hä? Meine beste Freundin sagte mir so was? Habe ich eine Schlange an meinen spitzen Brüsten gewärmt? Ich nahm mir vor, Emma mindestens bis zum Morgen keine Nachricht zukommen zu lassen. Um sie zu bestrafen! Ich und verklemmt? So ein Blödsinn!

Gleich auf der Treppe musste ich Emma per WhatsApp schreiben, dass ich ihr bis morgen nicht schreiben würde. Dann chattete ich mit ihr eine halbe Stunde lang.

Ihre letzte Nachricht war: „Isch liebe Disch, Sweety!"

Meine letzte: „Isch Disch auch, Süße!"

„Wo hast du so lange gesteckt?", fragte mich meine Mama in der Tür.

„Ich war auf der Treppe", sagte ich. „Musste mit Emma per WhatsApp das Generationsproblem zwischen dir und mir lösen."

***

Heute verfrachtete meine Mama Papa zum Abendessen auf den Balkon. Meist isst Papa seine stinkenden Käsesorten, wenn Mama und ich nicht zu Hause sind. Auf manch einem Käse von ihm wachsen Büsche wie graue Blumenkohlköpfe: Französisch und Rohmilch. Jetzt im Sommer erlaubte Mama ihm seinen Abendkäse auf dem Balkon zu essen. „Wenn ich aber im Hof nur einen einzigen toten Vogel finde, darfst du dieses Gift auch auf dem Balkon nicht mehr essen", sagte sie. Langsam fing sie an, mit Papa ihre üblichen Scherze zu treiben. Sicher mein guter Einfluss.

Mein Papa hatte wegen Felix nicht so gelitten wie meine Mama und ich. Zumindest äußerlich. Ich hatte ihn nur zweimal weinen sehen: Direkt nach dem Unfall und beim Begräbnis. Sicher litt er aber genauso wie wir. Nur zeigen Männer ungern Gefühle.

Der reife Munster-Käse meines Papas war im Kühlschrank in vier Plastiktüten verpackt. Sonst würde Mama den Käse zur Giftmülldeponie fahren. Auf dem Balkon zeigte mein Papa mir stolz den Käse. Sicher 100 Jahre alt, bei dem Bart, den der Käse trug. Der Schwaden erwischte mich mit voller Wucht, ich stolperte ins Wohnzimmer und wurde ohnmächtig. So ein Saubär, mein Papa.

***

Als ich nach dem Abendessen auf den Balkon kam, war der Käse zum Glück ganz verwertet und in Papas Magen verschwunden. Unschuldig schauend hockte er da, die Hände gewaschen, die Zähne geputzt, Die Zeit auf dem Tisch aufgeschlagen. Keine vergifteten Tiere unter dem Balkon.

Auch Mama kam zu uns. Sie lehnte sich von hinten auf Papas Schulter, Wange an Wange mit ihm, und las kurz mit. Meine Vermutung schien sich zu bestätigen.

Seit ich wieder gut drauf war, blühten auch meine Eltern auf.

Mama ging hinein, um sich ein Buch zu holen. „Hast du kurz Zeit?", fragte ich Papa. Papa lächelte mich sogar an. Vielleicht auch zum ersten Mal seit dem Tod meines Bruders.

Mein Papa sieht mit seinen sechsundvierzig sehr jung aus. Dunkelblond. Noch alle Haare dran. Mama hat auch dichtes Haar. Bei mir wird deswegen sicher auch nichts ausfallen. Aus genetischen Gründen, meine ich. Und wenn man mich nach meiner Geburt im Krankenhaus nicht ausgetauscht hatte. Das war mir jetzt aber egal. Obwohl meine Eltern im letzten Jahr viel Trübsal geblasen hatten, wollte ich keine anderen haben. Auch wenn meine Mama hin und wieder zu viele ihrer Gedanken über mich laut und vor anderen Leuten äußerte. Oder besser gesagt: Die Gedanken meiner Mama waren so laut, dass man sie vom Reden nicht auseinanderhalten konnte. Ansonsten hatte ich bei meinen Eltern alle Freiheiten der Welt. Sie wollten mich nicht kontrollieren, sie wollten über mich nur Bescheid wissen.

Emma hatte es zu Hause auch gut. Doch Laura und Iva wurden ziemlich kurzgehalten. Im italienischen Haushalt von Noemi herrschte nur Chaos. Wenn ich bei Noemi war, kam ich mir wie auf dem Marienplatz vor. Ich habe Noemi seit Jahren gekannt. Immer wenn ich sie aber in Trudering besuchte, entdeckte ich dort Menschen, die ich nicht kannte.

„Papa! Ich muss ein paar Filme zusammenschneiden", sagte ich jetzt. „Hast du ein gutes Programm dafür?"

„Etliche“, sagte Papa. „Am besten, du lernst gleich Premiere Elements. Damit kannst du alles machen.“ Komischerweise jammerte er heute nicht, dass er im Stress sei und irgendwelche Filme oder Fotos abgeben müsse. Stattdessen hockte er sich mit mir an den großen Rechner im Wohnzimmer und zeigte mir, wie man mit dem Programm arbeitete.

***

Unsere Pummel-Aufnahmen waren lustig. Beim Gucken der Filme von Laura und Noemi von oben auf der Rutsche bekam ich einen Lachanfall. Pummel hatte sich zuerst geweigert, auf die Rutsche zu steigen. Als wäre sie ein Flugzeug und er hätte Flugangst. Iva versuchte, ihn mit aller Kraft auf die Rutsche zu schieben, Pummel verkrallte sich aber im Geländer und brüllte: „Lass mich leben! Lass mich leben!“

Lauras und Noemis Filme waren teils etwas verrauscht, weil sie beim Filmen gelacht hatten. Vor lauter Angst bekam Pummel das Filmen nicht mit.

Iva flüsterte ihm etwas ins Ohr. Pummels Schreie verklangen, er hörte Iva aufmerksam zu. Plötzlich strahlte er. „’nen Kuss für mein Leben? Okay!“ Er drehte sein Gesicht zu Iva, und sie schmatzte ihm einen Kuss auf die Lippen.

Huch! Das könnte ich nicht. Oder doch? Mit Chris damals war’s doch noch intimer gewesen. Ich bewunderte Iva, dass sie solche Sachen schaffte. Ohne sich deswegen große Gedanken zu machen. Meine Geschichte mit Chris konnte ich nicht so leicht wegwischen.

„Die Tschechen sind nicht verklemmt", hatte Iva mal gesagt. „Die Tschechen sind das sexuell toleranteste Volk der Welt. Gleich vor Nordkorea." Dabei hatte sie gelacht. Solche Sachen hat sie, glaube ich, von ihrem Vater. Er ist ein Sexuologe.

Iva nahm Pummel an der Hand. Nach dem Kuss ließ Pummel sich von Iva zur Rutsche führen wie ein Drache von Daenerys Targaryen zu seinem Bettchen. Als ob Ivas Lippen ihm eine Droge verabreicht hätten.

Ihr gemeinsames Toben im Wasser machte hinter der Rutschgeschichte einen hübschen Punkt. Habe nicht gewusst, dass Iva und Pummel sich so nah standen. Machte Iva mit Pummel am Ende gern rum?

Selbstverständlich wurde die ganze Show digital festgehalten. Lustig und romantisch. Eine richtige Geschichte. Nicht nur plumpe Arschbomben wie bei den Jungs.

Die Vorführung

Gleich am Montag verzogen wir uns in der großen Pause aufs Klo im obersten Stock. Zum Glück sahen es die Lehrer bei uns nicht so eng, wenn sie uns statt im Hof auf dem Klo erwischten.

Zuerst kamen Emma und ich oben an. Die Mädchen holten sich etwas zu trinken am Getränkeautomaten.

Ich hockte mich auf den Boden neben den Waschbecken. Emma stand auf einem Fuß, den anderen hielt sie in den Händen an der Hüfte und federte hoch und runter. „Ich hab über deine Lachgebote nachgedacht", sagte sie. „Finde die echt gut. Was ist dein wichtigstes Lachgebot?"

„Ich muss an jeder noch so traurigen Sache ihre lustige Seite finden."

„Super", sagte Emma. „So macht es Louis auch. Er lacht bei jedem Blödsinn."

„Ich hasse Louis."

„Er hat damals mit dem Casting übertrieben. Er ist aber kein Schlechter."

„Ist mir egal."

Die Mädchen zogen ein. Ich holte mein Tablet aus meinem kleinen Schulrucksack. WISCH und TIPP und schon lief unser erstes Video.

„Das ist der Wahnsinn!“, sagte Laura nach der Vorführung.

Noemi klopfte mir auf die Schulter. „Gut gemacht, Lia!“ Emma nahm mich an der Hand und drückte sie. Iva stürzte sich auf mich und umarmte mich.

„Ist es okay, wenn du auf dem Film auch zu sehen bist?“, fragte ich Iva. „Du küsst darin Pummel ganz öffentlich. Und hältst ihn an der Hand. Und tobst mit ihm im Wasserbecken. Man wird denken, ihr seid zusammen.“

„Wieso sollte ich damit ein Problem haben?“, sagte Iva. „Ich mag Pummel. Er ist der beste Junge der ganzen Schule. Vom Charakter her auf jeden Fall. Wenn er noch abnehmen würde, gibt’s keinen besseren. In der AG ist nur noch Louis nicht so ’n Depp wie die anderen ...“

„Louis?“ Wollte Iva mich veräppeln? Was hatten die alle mit Louis? Langsam hörte ich seinen Namen in jedem Gespräch. „Louis hasse ich“, kam es aus mir herausgeschossen. Emma sah Iva an und schüttelte kurz den Kopf. Meine beste Freundin hatte über Louis eine andere Meinung als ich. Musste mit ihr mal ein Wörtchen reden. Klar nervte es mich, dass Iva nicht Jayden als einen von den guten Jungs genannt hatte. Jayden war doch der beste!

„Comedy und Geschichte“, fasste Iva unser erstes Video zusammen. „Ein bissl was von allem.“ Iva sagte immer „ein bissl“ statt ein bisschen – als Tschechin sprach sie am bayerischsten von uns allen.

Emma machte mit ihrem rechten Handgelenk kreisende Bewegungen – Elemente aus ihren Kung-Fu-Formen. Beim Thai-Boxen muss sie auch Kung Fu lernen. „Mit diesem Film rocken wir YouTube“, sagte sie. „Jetzt zeigen wir's den Jungs.“

Mir fiel plötzlich etwas ein. „Wir sollten aufpassen, dass die Jungs uns nicht bei irgendwelchen blöden Sachen filmen. Eine Kamera kann man überall verstecken. Seid ihr vorsichtig?“

„Immer!“

„Vorsichtig wie Spione!“

„Wir sollten aber Pummel fragen, ob er mit der Veröffentlichung des Videos einverstanden ist.“

„Wieso denn?“, fragte Iva. War es ihr unangenehm, Pummel zu fragen? Hatte sie Angst, dass Pummel „nein“ sagen würde?

„Die Jungs haben doch auf uns auch keine Rücksicht genommen“, sagte Noemi. „Sie sagen selbst, dass alles erlaubt ist.“

„Pummel ist aber nicht unser Gegner“, sagte ich.

„Lia hat recht“, sagte Emma. „Pummel ist nur der Schiri. 'n netter Junge.“

Wir liefen in den Hof. Pummel blödelte dort mit ein paar Sechstklässlern rum. Da er jetzt bei den Jungs nicht zum Team gehörte und sogar Schiri war, hatten sie ihn aus ihrer Film-Clique ausgeschlossen.

Die Film-Jungs heckten etwas in der anderen Ecke des Schulhofs aus. Wir schleppten Pummel wieder zum Sportplatz, wollten ihm den Film zeigen. Die anderen sollten ihn nicht sehen, bevor wir ihn posteten.

Als wir an den Jungs vorbeikamen, verstummten sie. Jayden winkte mir zu. „Heute wieder im Schwimmbad, Honey?"

„Gut!", rief ich.

***

Auf dem Sportplatz ließ ich den Film für Pummel in meinem Tablet noch mal laufen. Gespannt guckten wir Pummel an. Wenn er etwas gegen den Post hätte, mussten wir einen anderen Film drehen. Ungern würde ich etwas tun, was er nicht mochte. So fies wie die Jungs wollte ich nicht sein.

Wir kreisten Pummel ein. Wie einen Feind, der flüchten wollte. Und das, obwohl er Schiri war. Vielleicht sollten wir ihn schnappen, sollte er die Veröffentlichung des Films ablehnen und ihn dann mit Nachdruck überreden. So Emma-mäßig.

Nachdem der Film zu Ende war, starrte Pummel Iva ein paar Sekunden lang an. Ein Hamster versuchte aus meinem Magen sein Rad zu machen. So unsicher war ich, wie Pummel den Film aufnehmen würde. Schließlich hatten wir uns ja mit dem Film über Pummels Tonnengestalt lustig gemacht.

„Und das wollt ihr wirklich bei YouTube posten?", fragte Pummel. Iva wurde blass, wollte etwas sagen, schwieg aber.

Pummel stotterte auf einmal. „Äääh ... ich meine ... du hast kein Problem damit, Iva, dass du mich da küsst?"

„Warum sollte ich?", sagte Iva. „Das kann ich jederzeit tun." Sie klebte ihm einen Schmatzer auf die Ba-

204

cke. Wir glotzten sie vor Schock an. Hey! War die aber drauf! Dann lachte ich. Ich habe so gelacht, dass ich mich auf den Boden plumpsen lassen musste. Der Reihe nach zerbröckelte unser Kreis, eine Freundin nach der anderen fiel der Lachattacke anheim. Am Ende donnerte Pummel auf den Boden und kreischte vor Lachen wie ein gekitzelter dicker Affe.

Mannomann! Waren wir aber megamäßig super geil krass drauf. Ein gutes Lachteam. Samt Schiri.

Endlich lachten wir aus. Nur noch Pummel hüpfte immer noch vor Freude. „Das ist der schönste Film meines Lebens. Klar bin ich damit einverstanden. Ihr müsst den posten!" Iva wurde rot. Auch vor Freude. Lief zwischen den beiden etwas? Vor lauter Jayden habe ich in der letzten Zeit eine Menge anderer Sachen in der Schule verpasst.

Und jetzt kommt die Quizfrage: Welches meiner Lachgebote hatte Pummel gerade gelebt? Aha!

Ich wurde sehr neugierig, wie viele Likes unser Film bei YouTube bekommen würde. Noch eine Woche mussten wir auf den Post warten.

„Wann richten du und Jayden den Channel ein?", fragte ich Laura.

„Wir haben's schon am Wochenende gemacht", sagte Laura. „Vielleicht solltest du doch mit Jayden den Admin spielen."

„Das würde ich gern übernehmen, es sollte aber wirklich kein Paar machen. Damit's fair bleibt. Und ich muss mich sowieso um unsere Videos kümmern. Wo ihr solche Technikmuffel seid."

„Hey!", sagte Laura.

„Dich habe ich nicht gemeint!", sagte ich.

„Lass dich von Jayden nicht verführen, Baby“, sagte Noemi zu Laura, und Laura wurde rot. Noemi fasste sich an den Mund. Weil Laura nicht wusste, ob sie auf Mädchen oder Jungs stand? Nein! Wegen mir.

„Sorry, Lia“, sagte Noemi.

„Kein Problem!“, sagte ich.

***

Nach dem Unterricht wartete Jayden auf mich im Schulhof. Schon ein paarmal hatte Jayden mich nach unserem Film gefragt. Jetzt wieder: „Na? Was dreht ihr überhaupt? Das Sonntag naht.“ Mittlerweile wusste ich, man sollte ihn nicht korrigieren. So ließ ich seinen Sonntag im Neutrum stehen.

„Das kann ich dir nicht sagen, Jay. Wir sind hier Konkurrenten.“

„Ich bin kein Konkurrent von dir, Honey“, sagte Jayden. „Ich liebe dich.“ Wir schoben unsere Fahrräder durch Haidhausen. „Warte!“, sagte er und schlüpfte in einen Blumenladen. Vielleicht hatte seine Mutter Geburtstag oder Namenstag oder was auch immer. Jayden kam mit einer einzigen roten Rose aus dem Laden – wunderfrisch. Er reichte sie mir. „Für dich, Honey!“ Ich war baff. Das erste Mal habe ich eine Blume bekommen.

„Soll ich uns Eis am Stiel holen?“, fragte Jayden am Wiener-Platz. „Was magst du?“

„Magnum mit Mandeln!“

Gleich war er zurück. Wir hockten auf einer Bank, schleckten an unserem Eis und guckten uns in die Augen. Plötzlich zwinkerte Jayden mir zu. Ich musste

lachen. Anschließend nahm er mir die leere Magnum-
verpackung aus der Hand und lief zu einem Abfallei-
mer. Sehr aufmerksam.

Ich musste mit Jayden ins Bett gehen. Er war der
Richtige. Jetzt waren wir ja schon seit über drei Wochen zusammen.

Ahnungslos

Den größten Stress in der Klasse machte heute nicht Karsten oder einer der anderen Jungs wie üblich, sondern Noemi.

Gleich vor der ersten Stunde – Mathe – hockten Emma und ich auf unseren Plätzen. Noemi schminkte sich vor uns die Lippen, ihre Nachbarin Iva war noch nicht da. Noemi drehte sich zu uns. „Wisst ihr schon, was wir als nächstes filmen?"

„Pssst!", sagte Emma. Um uns tummelten sich die Jungs. „Wir sprechen oben auf dem Klo darüber."

Noemi kicherte. „Müssen wir echt so geheimnisvoll tun?"

„Besser, wenn die Jungs nicht wissen, was wir filmen", sagte ich. „Sonst haben sie einen Vorteil."

„Aber wir wissen doch, was sie gefilmt haben – Arschbomben."

„Trotzdem."

Noemi drehte sich zurück. „Wo ist mein Lippenstift?", rief sie. Sie drehte sich wieder zu uns und suchte unseren Platz ab. „Habe ich ihn bei euch liegen lassen?"

„Nö! Hier ist nichts." Auch auf dem Boden lag nichts.

„Das gibt's doch nicht!", klagte Noemi. „Ich habe den Stift auf meiner Bank abgelegt und mich dann zu euch gedreht, oder? Der muss doch irgendwo hier sein."

„Vielleicht hast du ihn in den Rucksack gesteckt. Oder ist er auf den Boden gerollt?" Noemi untersuchte ihren Rucksack. Wir gingen auf alle Viere und suchten auf dem Boden, unter den Rucksäcken der Mitschüler um unsere Bank herum. Unsere Rucksäcke suchten wir auch durch. Vielleicht hatten wir den Lippenstift aus Versehen eingesteckt, oder er war in einen Rucksack gefallen.

„Hey!", brüllte Noemi in die Klasse. „Wer hat meinen Lippenstift gestohlen?" Alle guckten sie verdutzt an.

„Der Lippenstift liegt doch auf deinem Tisch", rief Emma. Noemi und ich guckten hin. Tatsächlich. Der Lippenstift lag da.

„Auf dem Tisch habe ich doch jeden Zentimeter abgesucht", sagte Noemi.

„Vielleicht haben wir ihn übersehen."

„Meinst du? Wir sind doch nicht blöd."

„Den hätten wir sicher nicht übersehen können."

„Vielleicht hat sich kurz ein Loch im Raum aufgetan …", brabbelte Noemi.

„Du liest zu viele Fantasy-Bücher", sagte Emma. „Das passiert im normalen Leben nicht."

„Vielleicht doch", sagte Noemi und schminkte sich verbissen die Lippen – dickrot. Als ob sie Angst hätte, sie würde den Lippenstift wieder verlieren und im Leben keinen mehr bekommen.

***

Durch das Spiel änderte sich alles: Statt Jayden beim Ditschen zu beobachten, schmiedete ich mit unserer Filmclique Pläne. Streng von den Jungs abgeschirmt. Langsam kam ich mir wie eine Spionin vor – Mission Impossible.

Unseren ersten Film hatten wir, für den nächsten aber keinen Plan. Welche lustigen Sachen konnten wir noch filmen? Schlimmstenfalls könnten wir uns von den Pranks auf YouTube inspirieren lassen. Wir wollten aber etwas Eigenes schaffen. Um den Jungs zu zeigen, dass der Spaß und das Lachen unsere zweite Natur waren.

Meist hockte unsere Mädchenclique zwischen den Unterrichtsstunden am Sportplatz. Das Wetter war zu schön, um unsere Pausen auf dem Klo oben zu verbringen.

***

An dem Tag, an dem unser Klo verschwand, wollte Emma nach dem Pausenläuten kurz mit Fabi reden. Bevor sie sich aber zu ihm kämpfen konnte, war Fabi aus der Klasse verschwunden. „Ich spreche mit ihm in der Mittagspause", sagte Emma.

In der Nacht hat's geregnet. Unsere Bank draußen war sicher nass. Wir liefen die Treppe hinauf ins oberste Stockwerk. Wollten ungestört über unserem neuen Film grübeln.

Na ja, die Film-Jungs tuschelten auch ständig. Was heckten sie als Nächstes aus?

„Früher seid ihr aufs Klo immer zu zweit gegangen, jetzt geht ihr zu fünft hin", spöttelte Dödel im Flur vor der Treppe.

„Blödmann!", rief Emma.

„Ich habe einer von euch das Smartphone geklaut", rief er, zeigte uns von weitem ein Smartphone und lief davon: „Fangt mich!"

Wir guckten ihm verdutzt nach. Was sollte das? Zur Sicherheit legten wir unsere Taschen und Rucksäcke auf den Boden und suchten nach unseren Smartphones. Alle da? Wir sahen uns wortlos an und schüttelten die Köpfe.

***

„Hä?", sagte Emma oben. „Das ist doch ein Jungsklo!" Ich hatte schon die Klinke in der Hand, jetzt guckte ich auf das Klosymbol. Echt. Ich hatte gerade ins Jungsklo gehen wollen.

„Hier ist doch das Mädchenklo", rief Iva und zeigte auf die rechte Tür. Sie hatte recht. Dort war das Klo-Zeichen für Frauen.

„War unseres gestern nicht hier links?"

„Keine Ahnung", sagte Laura. „Ich kann mich nicht gut im Gelände orientieren." Wir kicherten.

„Ist ja egal", sagte Emma. Wir gingen in das Mädchenklo. Doch dort roch es ganz anders als bei uns. Als ob hier eine Herde Saubären hauste.

„Hier sind doch Pissbecken!", sagte Iva. Plötzlich flüsterte sie. „Dort hockt jemand!" Wir guckten zu den Kabinen. Hinter einer Tür konnten wir Schuhe sehen – überdimensional groß, wie von einem Riesen. So

212

große Schuhe trug kein Lehrer. Plötzlich entfuhr dem Riesen ein Geräusch, das ein Mädchen nie verursachen würde. Mit Herz im Hals flitzten wir wieder aus dem Klo. Still, damit uns der Riese nicht bemerkte.

„Was war denn das?", fragte Laura draußen. Wir guckten uns an.

„Vielleicht will jemand einen Anschlag auf die Schule verüben?"

„Quatsch!"

„Jetzt sagst du ‚Quatsch!' und morgen sind wir alle tot!"

„Und wenn du tot bist, sagst du's nicht mehr!", sagte Laura. Trotz der Bedrohung aus dem Klo lachten wir laut. Laura schmiss echt die blödesten Sprüche.

„Kommt!", sagte Emma energisch. „Wir rufen den Hausmeister."

***

Herr Nagel guckte uns an, als wären wir Außerirdische. „Macht ihr mit mir einen Aprilscherz, Mädels? Im Juni?"

„Nö! Kein Scherz!"

„Oben hat jemand die Klotüren vertauscht."

„Und auf dem Klo hockt ein Riese."

„Ein Riese?"

„Ja!"

„Riesengroße Schuhe."

„Und pupst laut wie ein Elefant!", sagte Laura. Wir kicherten wieder.

Der Hausmeister glaubte uns kein Wort. Er kannte uns aber, normalerweise stellten wir keinen Blödsinn an. „Na gut", seufzte er. „Ich guck's mir an." Wir wollten uns in die Klasse verziehen. „Ihr kommt mit", sagte Herr Nagel.

„Wir haben gleich Sport."

„Ich gebe Herrn Dombrowski Bescheid." Er simste kurz und trottete dann schwer die Treppe hinauf. Herr Nagel stand kurz vor der Rente. Wir Mädchen hielten sicheren Abstand hinter dem Hausmeister, der vor sich hin brummelte. „Ein Riese, der auf dem Frauenklo furzt. Die Kinder machen mich noch wahnsinnig." Schon waren wir im obersten Stock. Plötzlich drehte der Hausmeister sich zu uns um. „Wirklich ein Riese? Habt ihr gestern Game of Thrones geschaut?" Er grinste.

„Der hält uns für voll bescheuert", sagte Emma.

„Das sind wir auch", sagte ich. Die Klotüren standen dort wie immer. Das Mädchenklo links, und das Jungsklo rechts.

Der Hausmeister riss die Tür des Mädchenklos auf. „Na bitte!", sagte er und zeigte hinein. „Ein Frauenklo!" Wir guckten in den Raum. Keine Pissbecken. Unser Klo wie an jedem Tag. Bis auf den heutigen.

„Jemand muss die Türen ausgetauscht haben", sagte Iva. Ziemlich eingeschüchtert.

Herr Nagel schüttelte nur den Kopf. „Früher haben solchen Schmarrn nur die Jungs gemacht", sagte er und stampfte wieder nach unten.

Angrabschen

Donnerstag! Heute sollten die Jungs auf unserem Kanal All You Need Is Laugh ihr erstes Video posten. Vor ihren Arschbomben hatten wir keine Angst. Ziemlich einfallslos. Dagegen konnte sich unsere Rutschgeschichte mit Pummel und Iva sicher behaupten.

Am Nachmittag wollten wir Mädchen zusammen ins Schwimmbad radeln. Wir trafen uns am Brunnen am Wasserburger Platz, wo wir oft abends chillen. Die Sonne hatte schon den ganzen Tag gelacht, als hätte man ihr einen guten Witz erzählt. Wir alle in kurzen Shorts oder Miniröcken. Emma und Iva bauchfrei. Emma in grauen Addidas-Shorts und einem grauen Oberteil. Iva in einem Jeansrock und einer kurzen roten Bluse, die an einen BH erinnerte. Noemi und ich in T-Shirts von Mister Tee – bei Snipes gekauft. Ich hatte meins gekauft, noch bevor Emma meiner Mama Snipes gezeigt hatte. Jetzt musste ich das Geschäft wechseln. Wollte nicht mit meiner eigenen Mutter auf Partner Look machen.

Wir radelten los. München zeigte viel nackte Haut. Musste Mama bitten, mir ein paar Oberteile zum Bauchfreitragen zu kaufen. Bauchfrei war wieder in.

***

„Das Teil da ist ganz hübsch, Mama!"
„Bauchfrei trägt man doch nicht mehr, Lia."
„In diesem Sommer geht's wieder los. Alle tragen das. Du willst doch nicht, dass alle über mich spotten, weil ich wie 'ne Nonne angezogen herumlaufe, oder? Dann könnte ich aus meiner Clique ausgeschlossen werden ..."
Mama: SEUFZ, SEUFZ. Die größte Angst hat sie davor, dass ich aus meiner Clique ausgeschlossen werde und sie dann mit mir zu einem Psychiater müsste. Im letzten Jahr hatte sie mir einen Besuch bei einem Psychotherapeuten vorgeschlagen. Dann starb Felix, und wir waren alle scheiße drauf.

***

Wir radelten durch Haidhausen. Je wärmer es wurde, umso mehr starrten uns Männer nach. Das war in der Zehnten noch nicht so gewesen. Als ob wir innerhalb eines Winters zu einem Männerfilm geworden wären.

***

Im Schwimmbad tummelten sich nur Monte und Dödel. Jayden war noch nicht da. Klar blieben wir nicht bei den zwei Vollidioten. Zu ihnen würden wir uns nie hinlegen. Wir chillten auf unseren Decken und Handtüchern ein Stück weiter.

Zwei unglaublich tolle Typen gingen an unseren Plätzen vorbei. Südländer. Lässig. Beide schön gebräunt. Schwarzes krauses Haar. Breite Schultern. Knackige Ärsche. Zwei männliche Models im Schwimmbad. Jeder einen Plastikbecher mit Bier in der Hand.

„Servus, Noemi!“, sagte der eine.

„Hi Marco.“

Emma wunderte sich. „Du kennst die?“

„Logisch“, sagte Noemi. „Marco ist mein Bruder.“

„Echt?“, sagte ich. „Den kenne ich noch nicht. Wie viele Brüder hast du denn?“

„Keine Ahnung“, sagte Noemi. Wir lachten.

Wir guckten ihrem Bruder und seinem Kumpel nach. Zwei Jungs aus der Fünften spielten Fangen. Der eine stieß in Marco und schlug ihm sein Bier aus der Hand. PATSCH ins Wasser. „Scheiße, Mann!“, brüllte Marco. Er glotzte auf seinen Bierbecher, der sich jetzt leer auf der Wasseroberfläche von kleinen Wellen schaukeln ließ. Schwimmbad mit Bier.

Plötzlich WUMM! Auf uns explodierte eine Wasserbombe. Hinter uns stand Rico mit einem Eimer in der Hand. Daneben ein Kumpel von ihm mit einem Smartphone. Hatte er uns bei der Wasserattacke gefilmt?

„Marco!“, brüllte Noemi. Ihr Bruder Marco drehte sich zu uns. Als Rico ihr „Marco!“ gehört hatte, schoss er wie eine Rakete davon. Sein Kumpel genauso. Mit

Lichtgeschwindigkeit flogen sie. Vor seinem älteren Bruder schien Rico eine Heidenangst zu haben.

Zum Glück war der heutige Streich des kleinen Pranksters nicht so schlimm. Im Schwimmbad ist Wasser erträglich. Unsere nassen Handtücher und Rucksäcke würde die Sonne bald wieder in Ordnung bringen.

***

Iva stand auf und sah sich um. „Kommt Pummel heute auch?", fragte sie.

„Sicher."

„Magst du mit ihm wieder auf die Rutsche gehen?", fragte Laura. Wir kicherten.

„Hey! Annika!", rief Iva. Tatsächlich. Auf der anderen Seite vom Becken packte Annika ihre Sachen aus. Zum Glück jetzt ohne Jayden. Mit einem uns unbekannten Mädchen. Ziemlich hübsch. Eine YouTube-Freundin von ihr?

„Was meint ihr?", fragte Noemi. „Haben die Jungs Annika von unserem Spiel erzählt?"

„Woaß net", sagte Iva wie eine bayerische Faschingsprinzessin. „Ist sowieso wurscht."

Wir waren von Annika wieder mal so in Beschlag genommen, dass wir nicht wahrnahmen, was hinter unserem Rücken abging. Plötzlich kreischte Iva. Wir schnellten herum. Diesmal leider kein Rico: Monte lief davon, mit ihrem Badeanzug-BH in der Hand. Dödel filmte Iva mit seinem Smartphone.

Dieses Ekel Monte hatte Iva blitzschnell den BH aufgeknüpft und weggezogen. Der BH hatte keine Schul-

218

terriemchen. Sicher hatte das Monte stundenlang an den BHs seiner Mama geübt.

Iva drehte sich lässig zu Detlef und richtete auf ihn ihre Brüste wie zwei Maschinenpistolen – auch ohne ihren BH blieb sie cool. „Hast du beim Nuckeln bei der Mama nicht hingeschaut, dass du dich jetzt an ein paar Brüsten aufgeilen musst?", fragte sie. Dödel hörte auf zu filmen und grinste blöd.

Emma sprang auf und kam zu ihm. „Sofort löschen!"

„Bist du verrückt?", sagte Dödel. „Das ist unser neues Video. Ihr wart einverstanden, dass alles erlaubt ist."

„Alles ist erlaubt?", fragte Emma.

„Ja!"

„Und du würdest dich auch über nichts beschweren? Egal, was wir anstellen?"

„Ich?", fragte Dödel. „Klar nicht!"

„Dann ist alles super!", sagte Emma und kickte ihm mit Schwung in den Schritt. Thaiboxen vom Feinsten. Detlef kreischte auf, packte sich an den Glocken, stürzte und krümmte sich auf dem Rasen vor Schmerz. Sein Handy war ihm aus der Hand geflogen.

Emma hob es auf. Sie wartete, bis Dödel wieder normal atmen konnte und sich hochrappelte. Monte stand etwa zehn Meter weiter mit Ivas BH in der Hand, glotzte und staunte.

„Wie ist deine PIN?", fragte Emma.

„Sage ich nicht", sagte Dödel. Das Bad war voll. Bis auf uns schien Emmas Kick keiner bemerkt zu haben. In der Menge versteckst du dich am besten. Auf jeden Fall rotteten sich um uns keine Badegäste zusammen. Emma machte einen Schritt auf Dödel zu. Sofort ging er in die Startlöcher – bereit zu flüchten. Feigling.

„Wenn du mir die PIN nicht gibst, zerstampfe ich das Smartphone hier auf den Kacheln. Und das nicht barfuß. Du weißt, dass ich kicken kann. Den Rest werfe ich ins Wasser.“

„Und wenn ich dir die PIN gebe, bekomme ich mein iPhone unbeschädigt zurück?“

„Selbstverständlich.“

„Drei, acht, drei, vier“, sagte Detlef.

Emma hackte sich ein, suchte das Video und löschte es. Dödel streckte die Hand aus, damit sie’s ihm zurückgab. Emma schmiss das Handy ins Schwimmbecken.

„Tauchen, Arschloch!“, sagte Iva.

„Du hast doch gesagt, dass du’s mir zurückgibst!“, kreischte Dödel.

„Und du hast gesagt, dass alles erlaubt ist.“ Dödel lief zum Becken und tauchte. Emma ging zu Monte, riss ihm Ivas BH aus der Hand und brachte ihn zurück. Monte half Dödel beim Tauchen.

Laura hockte sich auf den Beckenrand, kickte mit den Füßen hin und wieder Monte und Dödel Wasser ins Gesicht und sagte Sprüche wie: „Ist dein Handy wasserdicht?“ Wir Mädchen sind schadenfrohe Biester. Aber nur, wenn’s angebracht ist.

***

Jayden kam mit Louis, Fabi und Pummel im Anhang. Wir waren ziemlich sauer. „Wenn ihr weiter solche Sachen macht, dann ist Schluss mit unserem Spiel“, sagte ich.

„Welche Sachen, Honey?“

Ich erzählte ihnen von Montes und Dödels Attacke.

„Nö! Das haben die nicht gemacht, oder?", sagte Louis. Er fuhr sich mit der Hand durchs Haar, schüttelte den Kopf, sah plötzlich mich direkt an. Mein Blick zuckte davon. Warum guckte ich Louis an, wenn Jayden da stand?

„Doch!"

„Eigentlich müsste ich jetzt die Mannschaft der Jungs disqualifizieren", sagte Pummel und guckte Iva an. Sie nickte heftig. „Mit Gewalt darf niemand die anderen in Rollen zwingen und dann filmen. Das war Sex-Mobbing!"

„Wir wussten nichts davon", sagte Jayden. „Das haben die Vollidioten selbst gemacht." Louis stand da und schüttelte nur weiter den Kopf.

Jayden guckte sich um. „Hey, Monte!", rief er. „Wo geht ihr hin? Kommt zu uns!" Monte und Detlef, schon angezogen, versuchten, sich aus dem Schwimmbad zu schleichen.

Jetzt kamen sie zurück. „Hey, alles klar?"

„Nichts ist klar!", sagte Louis.

„Wenn ihr noch mal so was macht, seid ihr raus", sagte Jayden.

„Die Mädchen könnten euch locker anzeigen."

„Wir haben gedacht, dass alles erlaubt ist", sagte Monte.

„Ihr habt nicht gedacht."

„Hä?"

„Ihr könnt nicht denken. Ihr habt kein Gehirn!"

Dödel kratzte sich am Kopf und guckte so blöd, wie ich's bei einem Menschen noch nie gesehen habe. PUFF! Über seinem Kopf hing plötzlich eine kleine

Wolke. Als ob seine letzten Gehirnzellen unter Jaydens Beschimpfungen wie Stäublinge verpufft wären. Oder habe ich das taggeträumt? Heftig, wie Jayden die Jungs zusammenstutzte. Der geborene Boss.

„Baden wir?", fragte Pummel. „Ist das Wasser warm genug?" Er ging zum Becken, bückte sich und steckte seine Hand ins Wasser. Monte und Detlef guckten Jayden an. Pummel stand wieder auf. Machte einen kleinen Bogen, als er zurückging. Beim Vorbeigehen an Monte und Detlef schwang er nur zart Hüfte und Arme, als ob er sich umdrehen wollte, und fegte Monte und Detlef ins Wasser – angezogen, wie sie waren.

„Du Fettsack! Was machst du?", brüllte Monte aus dem Wasser.

„Entschuldigung", rief Pummel. „Keine Absicht! Grämt euch aber nicht: Alles ist erlaubt."

„Sorry!", sagte Jayden zu uns. „Kann ich euch als Entschädigung vom Kiosk Eis holen?"

„Logisch", sagte Noemi. Die Mädchen nannten ihm ihre Lieblingssorten. „Was magst du, Sweety?", fragte Emma. Sie kannte mich durch und durch. Doch dass ich Magnum mit Mandeln mochte, konnte sie sich nie merken.

Jayden grinste. „Lia mag Magnum mit Mandeln", sagte er. „Mandeln groß und braun wie ihre Augen."

Das hat mich wieder mal beeindruckt. Wie aufmerksam von ihm. Ich hatte gerade Emma angesehen und hatte Jayden die Seite zugedreht. Trotzdem hatte er meine Augenfarbe und mein Lieblingseis gewusst. Wer von den Jungs schaffte es schon, in einem kurzen Spruch zweifach aufmerksam zu sein?

Aber das Wichtigste: Jayden hatte überhaupt kein Problem damit, mir vor den anderen ein Kompliment zu machen. Fabi hatte Emma vor den Jungs nie etwas Schönes gesagt. Nur wenn er mit Emma allein war. Glücksgefühle fluteten mich. Ich fühlte, wie um mich herum Tausende Planeten kreisten. Dank Jayden war ich eine Super-Sonne geworden.

Die Jungs verzogen sich in einen anderen Teil des Schwimmbads, um weitere Streiche zu planen. Auch die zwei nassen Idioten gingen mit. Pummel blieb bei uns.

„Das hast du aber sicher mit Absicht gemacht, Herr Schiedsrichter!", sagte Noemi. „Schade, dass ich schon so viele Brüder habe. Sonst würde ich dich adoptieren."

„Klar hat er das mit Absicht gemacht", sagte Iva. „Pummelchen hat mir ein Zeichen gegeben, und ich hab's gefilmt." Sie zeigte uns den Film, wie Pummel Monte und Dödel ins Wasser befördert hatte.

„Das können wir vielleicht mal verwenden, wenn uns nichts anderes einfällt", sagte Emma. „Also Mädels? Welchen Film machen wir jetzt?"

Ich guckte zu den Jungs. Seit wir dieses blöde Spiel mit versteckter Kamera spielten, waren Jayden und ich fast nie allein. Plötzlich sehnte ich mich nach unseren Ausflügen zur Isar. War es nicht schön gewesen? Als ich Jayden noch beim Ditschen filmte? Ohne diesen ganzen Mädchen-gegen-Jungs-Stress?

Am Anfang war der Prank

Am Donnerstagabend wollten wir Mädels das erste lustige Video der Jungs zusammen schauen: ihre Schwimmbad-Arschbomben. Wir trafen uns bei mir. Mama brachte uns Pralinen und verzog sich. Um 20 Uhr sollte Jayden das Video der Jungs posten. Mein Notebook war eingeschaltet.

Die Jungs hatten sich einen hübschen Vorspann gebastelt. Ein in einer Comicschrift gestylter explodierender Schriftzug: PRANK NR. 1.

Mit einem Fragezeichen in den Augen guckten wir uns an. Klar mussten die Jungs keine richtigen Pranks posten. In unserer Wette ging es um lustige Videos. Warum hatten die Jungs aber ihre armseligen Arschbomben als „Prank Nr. 1" bezeichnet?

„Ihre blöden Arschbomben sind kein Prank, oder?", sagte Noemi. „Bei einem Prank sollte doch Leuten auf der Straße ein Streich gespielt werden. Oder jemandem in der Familie."

„Oder uns", sagte Laura und starrte auf den Bildschirm, als ob er ein Nest voller Giftschlangen wäre. Wir jetzt auch.

Im Video wurden keine Arschbomben der Jungs gezeigt, sondern wir Mädchen. Jawohl! Wieder mal hatten uns die Jungs lächerlich gemacht. Ohne, dass wir's geahnt haben. Und nicht nur in einem Prank. In drei Pranks!

Gleich nach dem Vorspann zeigte die Kamera unser Klo im obersten Stockwerk der Schule, in unserem „Besprechungsraum". Und das von innen! Vor Schock starrten wir den Bildschirm an:

Die Tür geht auf: Noemi, Laura, Iva, Emma und ich kommen rein.

Wo haben die Jungs auf unserem Lieblingsklo die Kamera versteckt? Wann war das?

Auch diese Antwort bekamen wir gleich.

SCHNITT und ein kurzes Gespräch:

Emma: „Mit diesem Film rocken wir YouTube. Jetzt zeigen wir's den Jungs!"

Ich: „Wir sollten aufpassen, dass die Jungs uns nicht bei irgendwelchen blöden Sachen filmen. Eine Kamera kann man überall verstecken. Seid ihr vorsichtig?"

Noemi: „Immer!"

Laura: „Vorsichtig wie Spione!"

Wie vorsichtig wir Dummgänse waren, wurde gleich gezeigt.

SCHNITT. Noemi, Laura und Iva sonnen sich im Schwimmbad.

SCHNITT. Ein Junge in unserem Alter und Louis reden miteinander. Der Junge heißt Bo. Zeigt eine dressierte Ratte in die Kamera. Gibt ihr ein Leckerli. Louis streichelt die Ratte. „Und jetzt schauen wir, ob die Mädchen dich streicheln wollen", sagt er in die Kamera. Louis und Bo heben die Augenbrauen hoch und grinsen.

SCHNITT. Bo taucht mit seiner dressierten Ratte direkt hinter Noemi, Iva und Laura auf ihren Decken auf und lässt sie los. Schnurstracks tappt die Ratte zwischen die Mädchen, schnuppert an ihren Sachen und versucht in Noemis Rucksack zu klettern. Sicher hat Noemi etwas zum Knabbern dort. Die Ratte ist dressiert – keine Scheu vor Menschen.

SCHNITT. Die Kamera zeigt meine Freundinnen. Iva hebt den Kopf, sieht die Ratte, kreischt, springt zwei Meter hoch – als ob ihre Decke ein Trampolin wäre. Auch Noemi und Laura springen auf und kreischen.

„Ratten können nicht schwimmen!", brüllt Iva und springt ins Schwimmbecken. Obwohl sie oben zwar einen Badeanzug-BH trägt, unten aber noch Hose anhat. Laura und Noemi springen ins Wasser hinter ihr her.

SCHNITT. Bo läuft heran, nimmt die Ratte hoch und gibt ihr verdeckt ein Leckerli. Dann ruft er zu den Mädchen: „Ich lasse sie im Park raus!" Kichernd trabt er davon. Hinter dem Kiosk wartet Louis auf ihn. Auch er gibt der Ratte ein Leckerli. Beide lachen.

Emma und ich guckten uns an. Diese Schufte! Wenn es nicht so tragisch wäre, müsste ich auch lachen. Ich hielt das Video an. „Wo haben sie ihre Kamera versteckt?"

Emma zuckte mit den Schultern. „Sicher haben die im Film nicht die Kamera gezeigt, damit wir nicht erfahren, von wo aus sie drehten."

Um uns die böse Überraschung zu versüßen, ließ ich Mamas Pralinenschachtel herumgehen. „Emma hat recht! Sie wollen uns im Schwimmbad noch einmal filmen. Wir müssen höllisch aufpassen. Nicht so wie bis jetzt!"

„Ratten können schwimmen", sagte Noemi.

Ich ließ den Film weiterlaufen. Im Video tauchte unser Schultisch auf. Vor Schock stöhnten wir auf. Hatten uns die Schufte auch in der Klasse gefilmt? Ohne dass wir das gemerkt haben?

Noemi schminkt sich, legt ihren Lippenstift auf ihren Tisch, dreht sich zu uns.

„Jessesmaria!", sagte Emma jetzt zu Noemi. „War das ein Prank, als du deinen Lippenstift verloren und wiedergefunden hast?" Noemi schüttelte fassungslos den Kopf.

Die Kamera zeigt Fabi. Fabi klaut unauffällig Noemis Lippenstift. Noemi dreht sich zurück. „Wo ist mein Lippenstift?", ruft sie. Sie dreht sich wieder zu uns und sucht unseren Platz ab. „Habe ich ihn bei euch liegen lassen?"

„Nö! Hier ist nichts."

„Das gibt's doch nicht!", klagt Noemi. „Ich habe den Stift auf meinem Platz abgelegt und mich dann zu euch gedreht, oder? Der muss doch irgendwo hier sein."

Wir gehen auf alle Viere und suchen auf dem Boden, durchsuchen alle Rucksäcke in der Nähe. Während wir auf dem Boden kriechen, legt Fabi den Lippenstift auf den Tisch zurück.

Wir stehen auf. „Hey!", brüllt Noemi. „Wer hat meinen Lippenstift gestohlen?"

„Der Lippenstift liegt doch auf deinem Tisch!", ruft Emma.

Mit dem blödesten Gesichtsausdruck ihres Lebens glotzt Noemi ihren Lippenstift an. Aber auch Emma und wir sehen nicht besonders intelligent aus, wie wir den Lippenstift anstarren.

„Auf dem Tisch habe ich doch jeden Zentimeter abgesucht", sagt Noemi.

„Vielleicht haben wir ihn übersehen."

„Meinst du? Wir sind doch nicht blöd."

„Den hätten wir sicher nicht übersehen können."

„Vielleicht hat sich kurz ein Loch im Raum aufgetan ...", brabbelt Noemi.

„O Gott! Wie peinlich!", sagte Noemi jetzt.

„Wisst ihr, was das Schlimmste ist?", sagte ich nach dem Video. Emma nickte. Sie wusste immer, was ich sagen wollte. So wie ich's bei ihr wusste. Meine anderen Freundinnen schüttelten den Kopf.

„Das Schlimmste ist: Wir hatten überhaupt keine Ahnung, dass sie uns filmten."

„Ich bringe Fabi um", sagte Emma.

„Dafür hast du keinen Grund", sagte ich. „Wir haben uns auf das Spiel eingelassen. Jetzt haben die Jungs fair gespielt."

„Trotzdem sind's Arschlöcher!", sagte Noemi.

„Wir haben uns zu blöd angestellt", sagte ich. „Das lustige Spiel nicht ernst genommen."

„Du hast recht", sagte Emma. „Die Jungs haben jetzt gezeigt, dass sie lustiger tricksen können als wir."

„Sollen wir sie dafür bewundern?", kreischte Laura. Sie war ganz blass. „Das gewinnen wir nie!"

Emma schüttelte energisch den Kopf. „Wir können doch nicht gleich nach dem ersten Rückschlag aufgeben. Wollt ihr strippen, oder was?“

„Mit Pummel auf der Rutsche können wir aber gegen den Film der Jungs nicht anstinken.“

Ich fühlte mich, als ob ich im Zeugnis lauter Fünfer haben würde.

„Wir denken, dass wir klüger sind als die Jungs“, sagte Iva. „Und dann drehen wir Kinderkram.“ Sie tat mir noch mehr leid als der Film. Sie hatte sich richtig gefreut, dass Pummel und sie so großartig ihre Rollen auf der Rutsche gespielt hatten.

Laura tätschelte ihre Schulter. „So schlimm ist unser Video mit dir und Pummel auch wieder nicht.“

„Zum Glück ist der Film der Jungs technisch ziemlich schlecht“, sagte ich. „Die meisten Szenen haben sie sicher mit einer kleinen versteckten Spycamera gedreht.“

„Wir haben keine Chance, doch wir nutzen sie“, sagte Emma. „Auf jeden Fall müssen wir ab jetzt immer höllisch aufpassen, dass wir nicht gefilmt werden.“

Ich nickte. „Wir müssen unsere Hirne mehr anstrengen.“

„Was willst du machen?“

„Die Jungs pranken! Wir müssen ihnen auch einen Streich spielen. Wir zeigen’s ihnen!“

„Das haben wir gerade auch in ihrem Film gesagt. Und dann haben sie uns vorgeführt.“

„O Gott! Vielleicht filmen sie uns auch jetzt.“

„Sicher nicht“, sagte ich. „In mein Zimmer würde kein Fremder reinkommen.“ Trotzdem schweifte ich mit dem Blick durchs Zimmer. Suchte ich jetzt tatsächlich nach einer versteckten Kamera? Auf jeden Fall musste ich meiner Mama einschärfen, niemanden in mein Zimmer zu lassen. Vor allem keinen Schulfreund, der mir etwas vorbeibringen wollte, wenn ich nicht zu Hause war. Jayden schon überhaupt nicht. Das Spiel begann, unsere Liebe aufzufressen. Und das war das Schlimmste, was ich heute erfahren hatte.

***

Vor dem Einschlafen fragte ich mich ständig: Wieviel von unserem Gespräch oben auf dem Klo hatten die Jungs gefilmt? Hatte Louis mitbekommen, dass ich dort sagte „ich hasse Louis"? Sicher!

David gegen Goliath

In der Früh wartete Jayden auf mich vor der Schule. Auf keinen Fall konnte ich jetzt eine böse Miene schneiden. Wollte nicht die schlechte Verliererin spielen. Das alles war abgesprochen, genehmigt, mit Blut unterschrieben. Die Jungs hatten uns nur geprankt. So wie angekündigt.

Ich lächelte Jayden an. „Guten Morgen."

„Unser Film hat schon jetzt über 400 Likes", sagte Jayden.

„Gut für euch", sagte ich. Irgendwie erwartete ich von meinem Freund aber schon, dass er jetzt seinen vermeintlichen Sieg nicht so auskostete. Ich riss mich zusammen. „Das Spiel geht jetzt erst los, Schatzi", sagte ich.

***

Bei jeder Gelegenheit traf ich mich mit den Mädchen. Wir knobelten, aber nichts Lustiges fiel uns ein.

„Vielleicht tun wir ihnen etwas ins Essen, damit sie Durchfall bekommen."

„Nö!“

„Reißzwecke auf ihre Stühle in der Klasse?“

„Das ist kindisch!“

„Viagra“, sagte Iva.

„Was?“

Iva hob die Hände und drehte die Handflächen nach oben. „Bei der nächsten Party schütten wir ihnen Viagra ins Bier. Das macht sie voll geil, und wir filmen, wie sie hinter uns her sind.“

„Nö! Danke“, sagte Noemi. „Mir reicht’s schon, wie sie sich bei den Partys ohne Viagra aufführen. Die brauchen doch kein Viagra. Die sind die ganze Zeit notgeil!“

„Außerdem könnte einer von denen dabei einen Herzinfarkt kriegen“, sagte Laura. „Das ganze Herz ohne Blut. Alles Blut in seinem Dingsbums. Und dann stehen wir in der Zeitung als Giftmischerinnen.“

„Vielleicht könnten Emma oder Lia Fabi oder Jayden eine Falle stellen“, sagte Iva.

„Welche Falle denn?“

„Habt ihr mit euren Freunden schon geschlafen?“

Emma und ich guckten uns an. Emma nickte mir ermutigend zu. „Ich nicht!“

„Ich auch nicht“, sagte ich.

„Dann könnt ihr ihnen doch sagen, ihr wollt mit denen schlafen ...“

„Ich will mit Fabi noch nicht schlafen“, sagte Emma. „Jetzt schon überhaupt nicht, nachdem er sich so blöd anstellt.“ Wir wussten aber beide, was Iva meinte.

„Nur als ob“, sagte Iva. „Ihr macht Jayden und Fabi heiß, und wenn sie dann außer Rand und Band sind und wie Frösche sabbern und nackig sind ...“

„Frösche sabbern doch nicht“, sagte Laura.

Iva guckte sie unwirsch an. Früher hätten sie darüber lachen können. Jetzt waren wir wegen der Pranks etwas angespannt. „Wenn Jayden und Fabi halt zu euch ins Bett kriechen, tauchen wir alle auf und sagen: ‚PRANK!‘“

„Das mache ich nicht“, sagte ich. „Mit Gefühlen von meinem Freund spiele ich nicht.“

„Dein Freund spielt doch ständig mit deinen Gefühlen.“

„Ich mache so was nicht, und damit basta!“, sagte ich. Emma zögerte. Wenn sie jetzt, „ich mach’s“, sagen würde, müsste ich aus dem Spiel steigen. Das fühlte ich.

Doch Emma sagte: „Wenn wir solche Sachen machen, sind wir wie sie.“

„Ja!“, sagte ich. „Dann haben wir sie nicht vorgeführt. Nur kopiert.“

Iva seufzte. „Ihr habt wohl recht.“

„Wir müssen aber einen guten Prank erfinden“, sagte Noemi. „Sonst strippen wir für Monte und Dödel.“

„Ich möchte auch für Jayden, Louis und Fabi nicht strippen“, fügte Laura hinzu.

„Wir können alle Jungs natürlich geil machen“, sagte Iva. Sie guckte Emma und mich an. „Ohne dass ihr euren Freunden etwas versprecht.“

„Wie denn?“

Iva grinste. „Im Schwimmbad. Das kriegt meine Tante Maruschka locker hin. Sie ist die größte Sexbombe in Tschechien.“

„Größer als du?“, entfuhr es Laura. Erschrocken hielt sie sich den Mund zu.

Iva lachte aber nur. „Maruschka macht bei uns nächste Woche Urlaub. Ich rede mit ihr."

***

Dass die Jungs uns auf dem Schulklo oben gefilmt hatten, hatte auch eine gute Seite: Louis mied mich, wo er nur konnte. Wahrscheinlich hatte er meinen Satz gehört. „Ich hasse Louis."

Seit dem Fußballspiel im Englischen Garten hatte ich Louis wieder öfter getroffen, vor allem in den Schulpausen. Plötzlich scharwenzelte er um mich herum, als ob er nur auf ein Wort von mir wartete. Nachdem uns die Jungs mit der versteckten Kamera auf unserem Klo gefilmt hatten, sah ich Louis aber nicht mehr so oft. Nur wenn er mit den Jungs irgendwo stand. Jayden hing auch nur mit den Jungs zusammen. Er hatte immer weniger Zeit für mich. Was heckten sie aus? Wir Mädchen mussten ständig auf der Hut sein.

Eigentlich sollte ich mich jetzt freuen, dass Louis mir aus dem Weg ging. Irgendwas stichelte aber in mir. Nur wusste ich nicht, was. Ich wusste nur, ich war nicht glücklich. Vielleicht sollte ich doch ordentlich mit den Mädchen reden und mit Jayden, und dann das Spiel abblasen. Würde Jayden uns dann das Strippen erlassen? Ich hatte Angst, ihn zu fragen. Ich wollte nicht die Wahrheit erfahren.

Der Lachkönig

Am Samstagabend bekam ich per WhatsApp eine Nachricht von Emma: „Brunnen?" Am Brunnen am Wasserburger Platz trafen wir uns oft.

Auch Jayden kam heute. Galant breitete er auf dem Boden seine Jeansjacke aus. „Ein Thron für die Prinzessin", sagte er. Typisch Jayden.

Wir hockten uns drauf, lehnten uns an den Brunnen, ich lag in seinen Armen, schön. „Nächstes Wochenende habe ich sturmfrei", sagte Jayden. „Meine Eltern fliegen nach London. Übernachtest du am Freitag bei mir?"

Die Entscheidung sollte also fallen. Was jetzt? Was würde ich gleich antworten? „Ja!", sagte ich. Jayden drückte mich an sich. Es ging nicht anders, ich musste es tun, wenn ich ihn nicht wieder „in den Kopf stoßen" wollte.

Gegen sieben tauchte Louis am Brunnen auf. In einer dunklen Hose und einem weißen Hemd. Auch jetzt lächelte er nicht. So ein Lachbringer, wie ich gedachte hatte, war er nicht.

„Hey, hast du heute geheiratet?“, rief Karsten und zeigte auf seine feierlichen Klamotten.

„Nö!“, sagte Louis. „Mein Opa ist Freitagnacht gestorben. Ich war mit meinen Eltern beim Bestatter.“

Plötzlich erinnerte ich mich, wie ich in der Grundschule bei Louis zu Hause bei seiner Geburtstagsparty gewesen war. Sein Opa hatte uns dort Tricks mit Karten und Münzen gezeigt. Wir Kinder hatten gestaunt und gelacht. Louis liebte seinen Opa, ein lustiger alter Mann. „Herzliches Beileid“, murmelte ich spontan, auch wenn ich mit Louis nicht reden wollte. Er hörte mich aber nicht.

„Ich checke die Leute nicht“, sagte Louis. „Jahrelang hat keiner aus der Familie meinen Opa besucht, nur ich und meine Eltern. Wenn er aber tot ist, fliegen sie aus der ganzen Welt an. Zuerst waren wir in Opas Haus in Ramersdorf. In der Früh war das Haus voll eingerichtet gewesen. Opa sammelte antike Sachen: Uhren, Bilder, lauter uraltes Zeug. Manche der Sachen würden bei eBay viel Geld bringen. Nach drei Stunden war das Haus leer. Die ganze Einrichtung weg. Unsere Verwandten haben jedes Ding aus Opas Haus in ihre Autos geschleppt. Sogar Fußmatten.“

Louis erzählte immer lebendiger. Plötzlich stand hier nicht mehr ein trauriger Junge in seiner Sonntagshose, sondern ein Clown: Er mimte seine Familie und spielte nach, wie sie das Haus auseinandernahm.

Eine Tante, die einen alten orientalischen Teppich zusammenrollte. Ein entfernter Cousin, der versuchte, auf der anderen Seite den Teppich zusammenzupacken. Louis spielte mal die Tante, mal den Cousin. „Sie hier ROLL, ROLL, voll am Schwitzen. Mein Cousin kommt gar nicht mit ihrem Rolltempo mit, sie rollt seinen Arm in den Teppich rein."

Zum Schluss kämpfen die Tante und der Cousin um den Teppich. Louis zeigte uns mit den Armen und Händen plastisch, wie die Tante den Teppich an sich zu ziehen versucht. In seiner Rolle als Cousin stemmte Louis sich mit den Füßen in den Boden: Er greift mit den Händen zu, als ob er einen wirklichen Teppich packen würde und zieht ihn mit aller Kraft an sich – wie beim Tauziehen. Plötzlich lässt der Cousin den Teppich los, die Tante fällt auf den Hintern. Das alles von Louis wunderbar gemimt.

Er sprang von einer Rolle in die andere und wieder zurück: Der Cousin stürzt sich auf ein altes Bild im Gang, das alle übersahen, und läuft damit ins Auto. Louis ahmte seinen Cousin nach, als ob er mit einem großen Bild unter dem Arm galoppierte. Die Knie beim Laufen hoch in die Luft schlagend.

Dank der Konzentration auf sein Schauspiel vergaß Louis, dass sein Opa tot war. Er erzählte uns nur eine lustige Geschichte. Mit dem Mund, mit Händen und Füßen, mit seinem ganzen Körper. Wir am Brunnen heulten vor Lachen. Bestes Kino! So hatte ich Louis noch nie gesehen. Er war in seinem Element, ein geborener Schauspieler. Krasse Comedy!

„Am Ende sind alle zum Bestatter gefahren, um meinen toten Opa zu beweinen", sagte Louis. „Die Tanten kreischten und heulten und riefen, wie sie Opa geliebt haben."

Louis spielte diese herzergreifenden Szenen, zeigte mit den Händen, wie den Tanten die Tränen das Gesicht runterströmten. „Die alten Eulen haben meinem

Opa nie eine Postkarte geschickt, jetzt heulten und kreischten sie um die Wette!"

Wir brüllten weiter vor Lachen. Der Wahnsinn! Um den Brunnen herum rotteten sich immer mehr Zuschauer zusammen, von Louis' Show angezogen, von unseren lauten Lachern. Louis konnte an der traurigen Sache mit seinem Opa ihre lustige Seite finden. Großartig! Das sollte ich von ihm lernen. Egal, wie sehr ich Louis nicht mochte, schon zum zweiten Mal innerhalb kurzer Zeit hat er mich zum Lachen gebracht. Wie machte er das?

„Mach Louis zu deinem neunten Lachgebot!", sagte plötzlich eine Stimme in meinem Kopf. Ich wehrte sie aber ab. In meinem Kopf war nur Platz für Jayden und nicht für Louis, der mich einmal vor der ganzen Schule lächerlich gemacht hatte.

Ich hielt Jayden an der Hand, war an ihn angelehnt, spürte aber, dass er ganz still dasaß, an die Mauer des Brunnens gelehnt. Während mich ein Lachanfall nach dem anderen schüttelte. Ich guckte Jayden an. Jayden lachte nicht. Starrte nur vor sich hin. „Ist was los?", fragte ich, als ich ausgelacht hatte.

„Das ist doch langweilig, Honey!", sagte er. „Komm ich lade dich auf 'n Eis."

„Du hast einen schönen Erdbeermund, Honey", sagte Jayden mir am Rosenheimer Platz.

„Das weiß ich, Baby", sagte ich. „Ich habe Erdbeereis gegessen."

Jayden küsste mich lang auf meinen Erdbeermund. Doch vor dem Einschlafen dachte ich an Louis und seine Geschichte. Sie brachte mich zum Lachen und das Lachen in den Schlaf. Bevor ich einnickte, waren mir Jaydens Worte in den Sinn gekommen: „Das ist doch langweilig!“ Konnte ich unterscheiden, was langweilig war und was nicht? Durfte Liebe … äääh … langweilig sein?

Augen zu und durch

Am Sonntag war Jayden mit seinen Eltern unterwegs. Emma und die anderen Mädchen machten auf Familie. Heute Abend würde Laura unseren ersten Film posten: Rutschenliebe mit Pummel und Iva in den Hauptrollen.

„Irgendwie bewundere ich Louis", sagte Emma am Telefon. Bevor sie mit ihrer Mama einen Radausflug durch das Altmühltal machen würde, hatte sie mich angerufen.

„Hä?", sagte ich. In letzter Zeit sammelte Louis bei mir Pluspunkte, doch bewundern würde ich ihn sicher nie.

„Louis denkt sich ständig gute Streiche aus", sagte Emma. „Auch die Ideen mit dem Lippenstift, mit der Ratte und mit den Klotüren kamen von ihm. Das hat Fabi mir gesagt."

„Wie konnte Louis aber wissen, dass Noemi ihren Lippenstift auf dem Tisch liegen lässt und sich zu uns umdreht?"

„Das kann man mit allen möglichen Sachen machen: Bleistift, Handy, Lippenstift, egal was."

„Das stimmt", sagte ich.

„Louis hat Fabi gesagt, er soll uns nur im Auge behalten. Etwas würde sich schon entwickeln."

„In solchen Sachen ist Louis schon clever", musste ich zugeben.

Emma seufzte. „Wieso fällt uns kein anständiger Prank ein? Sind wir blöd, oder was? Vielleicht sollten wir doch etwas von den Pranks bei YouTube nachspielen?"

„Das machen wir nicht", sagte ich. „Die Jungs kennen die YouTube-Pranks. Sie würden uns sofort entlarven, wenn wir sie bei so was mit versteckter Kamera filmen wollten. Sie gucken YouTube seit Jahren. Louis ist ja der Prank-Experte."

***

Den ganzen Vormittag hatte es geregnet. Emma meldete sich nicht. Nicht mal über WhatsApp, auch wenn ich nachfragte, ob sie auch bei Regen radelten. Sicher hockten sie mit ihren Fahrrädern an einem Bahnhof in Franken in einem Funkloch und warteten, bis der Regen aufhörte.

Beim Mittagessen las Papa Die Zeit. „Immer dasselbe!", sagte er. „Für alles geben die Leute den anderen die Schuld. Meist den Ärmsten. Statt denen, von denen sie wirklich ausgebeutet werden. Vor dem Zweiten Weltkrieg den Juden, jetzt den Flüchtlingen. Die AfD will den Muslimen hier verbieten, ihre Moscheen zu bauen. Sechs Millionen deutsche Muslime sollen privat beten. Mit solchen Forderungen erzeugt man nur Hass unter den Leuten. Und löst keine Probleme."

Mama lächelte – jetzt immer öfter. „Umberto Eco schrieb mal: ‚Für jedes komplexe Problem gibt's eine Lösung, und die ist falsch.'"

„Richtig", sagte Papa. „Der Spruch ist aber von jemand anderem. Eco hat den nur etwas abgewandelt." Egal! Ich musste mir den Spruch auf jeden Fall merken. Manchmal liest oder hörst du einen Spruch, und kurz darauf wird er zum Leben. Das sollte sich heute auch zeigen.

Nach den panierten Auberginen beim Mittagessen aßen wir als Nachtisch die Wolken auf. Bis der Himmel wieder bayrisch blau wurde. Die Sonne schwang sich aufs Himmelsdach und blieb dort hocken wie eine faule Taube. Hitzeschwaden wabbelten durch München. Am Nachmittag konnte ich's zu Hause nicht mehr aushalten. Würde an der Isar lesen.

Zum Fluss lief ich zu Fuß. Habe es zur Isar nicht weit. Jayden traf ich immer an der Isar in Bogenhausen, dorthin musste ich radeln. Hier in Haidhausen brauchte ich aber kein Fahrrad.

In den Isarauen am Maxmonument sah ich die kleine Anna-Lena aus unserem Haus. Sie geht in die erste Klasse Grundschule. Anna-Lena ist lustig. Ich rede gern mit ihr.

Neben ihr stand ein kleiner Junge, mit dem sie bei uns im Hof öfter spielte. Anna-Lena war frisch und hell und schön angezogen. Kam sie von der Erstkommunion? Die gab es aber nur im April oder Mai. Und wir hatten schon Juni. Taufe? Vielleicht war sie nur im Kindertheater oder im Kino gewesen. Alles neu an ihr, sogar ihre hellen Nikes ohne einen einzigen Fleck – wie gerade gestern gekauft.

Anna-Lena und ihr Freund bewunderten eine große Schlammpfütze am Wegrand. Das Wasser schon ausgetrocknet, doch sicher knöcheltief Schlamm darin. Ich blieb stehen.

„Wie kann man die Pfütze überwinden?", fragte Anna-Lena. Streng guckte sie den Jungen an. Wie eine Lehrerin. Als ob sie ihm gerade vor der Tafel eine Prüfungsfrage stellte.

Der Junge gab sich viel Mühe, um eine zufriedenstellende Lösung des Problems zu finden. „Man kann eine Brücke bauen", sagte er. „Wir können dort von der Baustelle ein Brett bringen und auf dem Brett über die Pfütze gehen."

„Man kann's doch auch so machen!", sagte Anna-Lena und stapfte in ihren neuen hellen Nikes schnurstracks durch den Schlamm. Schon nach dem ersten Durchgang würde ihre Mama Anna-Lenas Nikes nicht mehr erkennen können. Doch Anna-Lena ging noch mal durch den Schlamm und dann noch mal.

Der Junge guckte sie voller Bewunderung an, traute sich aber nicht. Anna-Lena machte noch einen Gang durch den Schlamm, sah den Jungen an, seufzte und sagte: „Dann hol dir dein Brett!"

Mir fiel Mamas Spruch ein: „Jedes komplexe Problem hat eine Lösung, und die ist falsch." Um diesen Spruch hatte sich Anna-Lena wirklich nicht geschert. Manchmal kann man auch die schlammigste aller Schlammpfützen überwinden, wenn man eine ganz einfache Lösung ...

„Augen zu und durch ist die beste Lösung“, sagte eine Stimme hinter mir. Vor Schreck hüpfte ich hoch. Ich drehte mich um.

„Idiot!“, sagte ich. „Du hast mich erschreckt.“ Wie er meine Gedanken lesen konnte, fragte ich ihn nicht.

„Das wollte ich nicht, Lia“, sagte er und schmiss ein urkomisches Gesicht, so voller Reue, dass ich lachen musste. Obwohl es das Gesicht von Louis war. Seine braunen Haarsträhnen fielen ihm in die Stirn. Klar war Louis nicht mein Typ. Dass er sich aber nicht kiloweise Gel ins Haar schmierte, gefiel mir doch. Sein Lächeln eigentlich auch. Auch wenn ich’s früher nicht mochte. Mein Gott! War Louis jetzt um einen halben Kopf größer als ich? Früher waren wir doch gleich groß gewesen, oder?

„Huhu, Lia“, rief Anna-Lena.

„Hallo Anna-Lena“, rief ich. „Das hast du super gemacht.“

„Ich muss Thomas noch viel beibringen“, sagte Anna-Lena.

„Krass gut, deine kleine Freundin“, sagte Louis. „Wollen wir in den Zoo fahren?“

Ich starrte ihn an. „Zoo?“, fragte ich. Ganz schön verwirrt, das gebe ich zu. Hatte Louis mir gerade einen Ausflug in den Tiergarten vorgeschlagen? Oder wollte er mich aufziehen? Einen blöden Scherz machen? Ich sagte „Ja“, und er sagte: „Gut, im Zoo braucht man Ziegen.“

Nein, das würde Louis nie sagen. Das war Dödels Stil, nicht Louis’. Unfair wollte ich zu Louis auch nicht sein. Wo er sich in der letzten Zeit so viel Mühe gegeben hatte.

„Ja, Zoo!", sagte Louis. „Nach dem Regen freuen sich alle Tiere, dass wieder die Sonne strahlt. Im Zoo geht es jetzt lustig zu."

Was laberte er da? Als ob er gewusst hätte, dass ich mich neu erfunden hatte und nur aufs Lustige aus war. Quatsch! Das war halt das übliche Gelaber von Louis.

Klar würde ich mit ihm nirgendwohin gehen: Nicht ins Kino, nicht mit dem Aufzug hoch auf den Olympiaturm fahren, um von oben herab auf München zu schauen, nicht in die Fußgängerzone, um uns von Straßenmusikern mit lustigen Songs berieseln zu lassen, nicht an die Isar, um Steine über die Wasseroberfläche zu schmeißen, wie mit meinem süßen lieben Jayden, nie ...

Doch mit dem Zoo hatte Louis mich so überrascht, dass ich einfach nur „Na gut", sagte. Absurd, oder? Schon ein paar Minuten später, an der U-Bahn-Station Max-Weber-Platz, dachte ich: „Bin ich noch bei Trost? Fahre ich wirklich in den Tiergarten nach Hellabrunn? Mit meinem Oberfeind Louis? Na, da laust mich der Affe!"

Die Friedenspfeife

Fahre ich mit Louis in den Zoo, weil ich ein schlechtes Gewissen habe? Wegen meines Satzes: „Ich hasse Louis"? Immer wenn mir mein dummer Spruch einfiel, zog sich mein Bauch zu einer Walnuss zusammen. Warum hatte ich einen solchen Blödsinn gesagt? Ich hasse doch niemanden. Nicht einmal Louis hatte ich nach seinem Casting-Streich gehasst. Wollte mit ihm nur nichts mehr zu tun haben.

„Bleib cool, Lia!", sagte ich mir auf einmal. „Ist doch egal, was du mal gesagt hast. Du kannst das sowieso nicht mehr ändern. Schalte das Kopfkino ab! Das Warum und Wieso. Du wolltest doch lachen! Lache, Süße!"

Ein paar Minuten lang versuchte ich, an meinen Hass-Satz nicht zu denken, plötzlich waren die Gedanken aber wieder da: Sicher haben die Jungs unser ganzes Gespräch auf der Schultoilette nicht gefilmt. Sonst hätte Louis schon etwas gesagt. Oder?

Louis bezahlte den Eintritt. „Sorry, Lia", sagte er. „Kannst du kurz warten?" Er lief aufs Klo. Wie ich annahm. Kurz darauf sollte sich zeigen, das stimmte nicht.

Die Luft im Tiergarten duftete nach Tieren. Na klar! Die Motorgeräusche der Stadt wurden vom Kreischen der Vögel verdrängt. Ein Bär brüllte. Oder war's ein Löwe? Kurz machte ich die Augen zu und stellte mir vor, ich kämpfte mich durch einen Dschungel. Mein Tarzan machte mit seiner Machete den Weg frei … UPS! Was hatte ich nur für Gedanken? Mein Tarzan Jayden war doch nicht da.

„Erinnerst du dich noch, als wir hier in der Dritten waren?", fragte Louis in meinem Rücken. Ich drehte mich um. „Damals war auch meine Mama mit unserer Klasse hier. Als Begleitung."

Bei „meine Mama" guckte ich ihn an, er lächelte aber weiter sein gewohntes Lächeln. Seit dem Tod seiner Mutter sind immerhin sieben Jahre vergangen.

„Neblig", sagte ich.

Er zeigte nach rechts, zur Streichelwiese. „Du wolltest dort 'ne kleine Ziege streicheln. Sie hüpfte aber ständig von dir weg. Ich habe die Ziege für dich festgehalten. Meine Mutter schimpfte mit mir damals. ‚Das ist Tierquälerei', hat sie gerufen, und ich kreischte: ‚Das ist kein Tier, Mama, das ist eine Ziege!'" Hier hatte Louis seine Stimme verändert, ahmte die Stimme eines Schuljungen nach.

Ich explodierte vor Lachen. „Hey! An solche alten Sachen erinnerst du dich?", fragte ich.

„An schöne Sachen immer", sagte Louis.

Wir lehnten jetzt am Zaun der Streichelwiese und quatschten. Louis und ich – unglaublich! Ich hörte ihm zu, sah die kleinen Streichelziegen an. Uralte Bilder kamen auf. Plötzlich drängten Tränen in meine Augen. Vor Glück oder vor Trauer?

„Nachdem meine Mutter gestorben war, haben mein Vater und ich nur Trübsal geblasen", sagte Louis. „Dann habe ich ein Jahr lang bei meinem Opa in Taufkirchen gelebt, und alles hat sich geändert."

Jetzt erinnerte ich mich. Als ob die Mauer des letzten Jahres zwischen mir und manchen Erinnerungen, den Erinnerungen an Louis, gefallen wäre.

Ja, das stimmte: Noch in der Vierten hatte ich mit Louis vernünftig sprechen können. Auch wenn er nach dem Tod seiner Mutter sehr still wurde. Als er aber nach den Ferien in der Sechsten zu uns in die Schule zurückkam, war er nur auf Blödsinn aus. Ständig am Lachen ... Lachen ist aber kein Blödsinn, sagte ich mir jetzt. LLL – Lachen lässt leben. Ist Louis am Ende das Gleiche wie mir passiert? Nur Jahre vor mir?

„Hat dir dein Opa das Lachen beigebracht?", schoss es aus mir heraus.

Louis riss im gespielten Schock die Augen weit auf. „Ja! Woher weißt du das?"

Eigentlich wollte ich Louis immer noch auf Distanz halten, ihm kein privates Zeug erzählen. Doch die Bilder der Vergangenheit haben alles geändert.

Plötzlich sprudelte aus mir eine Wortfontäne. Ich erzählte ihm von Felix und vom schlechtesten Jahr meines Lebens. An dem meine Eltern und ich fast zugrunde gegangen waren.

„Eigentlich hat alles mit deiner Casting-Geschichte angefangen", sagte ich und sah ihn an. Sein Lächeln hüpfte davon wie ein Welpe, dem Schläge angedroht werden.

„Ich … ich … glaub mir, Lia, bitte! Diese Sache tut mir für immer leid. Ein Vollidiot war ich."

Plötzlich ließ er sich hier auf dem Gehsteig auf die Knie fallen, streckte mir die Hand entgegen und FLUPP. Seine Hand hielt eine schöne rote Rose. Der Stiel lang wie eine Leiter in den Himmel. Eine echte Rose. Wo hat er sie bis jetzt versteckt gehalten? Sicher unter seinem T-Shirt. Dornen an seiner Haut – der Rosenschmerz.

Dass er so bereit war zu leiden, um mir nur eine Rose zu schenken, kam mir sehr romantisch vor. War seine Haut jetzt so blutig zerkratzt wie damals im Himbeerfeld? Kurz bevor wir das Küssen gelernt hatten. Mein Gott! Was dachte ich wieder?

Ich starrte in seine blauen Augen, und er sagte: „Kannst du mir verzeihen, Lia?"

Ganz cool habe ich die Rose entgegengenommen. Schwieg aber. Von den Dornen tropfte sein Blut … nein, Quatsch. Das habe ich mir jetzt ausgedacht. Kein Blut.

„Kannst du mir verzeihen?", fragte er noch einmal.

„Das muss sich noch zeigen", sagte ich. Beeindruckt war ich aber schon. Und nicht nur durch seinen Dornenweg, als er die Rose vom Eingang bis hier unter seinem T-Shirt getragen hatte. Welcher Junge mit Siebzehn lässt sich schon vor dir auf die Knie fallen, wenn ihm Hunderte Zoo-Besucher dabei zuschauen? Die Rose hatte er sicher gekauft, als er vorhin kurz abgesprungen war.

Ohne mir groß Gedanken zu machen, er könnte mich wieder auslachen, breitete ich vor ihm meine Lachgebote aus. Noch nie hatte ich mich so mitgeteilt

wie jetzt. Nur bei Emma. Sein Lächeln störte mich
nicht, er hörte mir zu.

„Deine Lachgebote sind super“, sagte er. „Die muss
ich mir merken. Mein Vater hat nach dem Tod meiner
Mama nur gejammert. Oft hockte er im Wohnzimmer,
starrte vor sich hin und trank eine Flasche Wein nach
der anderen. Erst seine Arbeit hat ihn gerettet. Als er
auf Reisen ging.“

„Als Musiker?“

„Ja, damals spielte er Gitarre, hat in einer Zirkuska-
pelle angeheuert. Jetzt arbeitet er aber viel zu Hause.
Hat ein Tonstudio und schneidet und bereinigt Mu-
sikaufnahmen für andere.“

„Und du schneidest in seinem Studio deine Filme.“

„Du bist zu schlau“, sagte Louis. Das freute mich.

„Und das schönste Mädchen der Schule“, sagte ich.
„Nach euren blöden Charts zumindest. Hast du da
auch mitgewettet? Wer mich als erster flachlegt?“ Ich
wunderte mich selbst, dass ich das bei ihm ansprechen konnte. So direkt war Emma. Ich nicht. Oder
doch?

„Nein“, sagte Louis und guckte mir in die Augen. „Ich
wollte nicht, dass dir jemand zu nahekommt.“

„Wie war’s dann mit dem Opa?“, fragte ich. Bin ein
Meister im Themenwechsel.

„Opa hat mir nach dem Tod von meiner Mama sehr
geholfen. Mit ihm habe ich ständig lustige Sachen
erlebt. Zuerst wollte ich nicht lachen, mit Opa gab’s
aber nur Lustiges. Schon wie Opa mit seinem Bernhardiner geredet hat – wie mit einem Menschen. Der

Bernhardiner nickte sogar mit dem Kopf, wenn Opa redete. Manchmal kreischte ich vor Lachen."

„Das finde ich schön! ... Siehst du das Mädchen dort?"

„Äääh ... was?"

„Das Mädchen mit den dicken Beinen? Mit diesen Beinen würde ich mich nie trauen, einen Minirock anzuziehen." Louis starrte mich an. Plötzlich wurde mir klar, dass ich mit ihm wie mit Emma redete. „Ach, nichts!", sagte ich. „Mädchenzeug. Du sollst mich nicht ständig abschweifen lassen. Du wolltest doch über deinen Opa reden." Jetzt glotzte Louis mich so dumm an, dass ich wieder lachen musste. Komisch! Er brachte mich zum Lachen, auch wenn er nichts gesagt hatte.

„Mein Opa hat mir viele Sachen beigebracht", fuhr Louis fort. „Oft hat er gesagt: ‚Versuche dich an die schönen Erlebnisse mit deiner Mama zu erinnern, wenn du an sie denkst. Nicht an ihren Tod.' Seitdem halte ich nur lustige Sachen im Kopf fest."

„So wie die kleine Ziege damals." Ich kicherte, denn wir beide durften jetzt lachen, auch wenn wir über den Tod sprachen.

„Ja", sagte Louis. „Das ist eins meiner schönsten Erlebnisse. Als ich die Ziege gehalten habe, und du sie gestreichelt hast."

„So?", fragte ich, hob meine Hand und strich ihn über die Wange. Rasierte er sich schon? Hey! Was habe ich gerade gemacht? Louis gestreichelt? War ich bescheuert, oder was? Louis errötete. Ich zuckte mit der Hand weg.

„Äääh ...", fing ich an zu stottern. UPS! Habe ich mich jetzt selbst in den Kopf gestoßen, wie Jayden sagen würde? Stottern ist mir noch nie passiert. „U... und jetzt?", fragte ich. Plötzlich fiel mir wieder mein schlechtes Erlebnis mit Louis ein. So leicht würde ich dir nicht verzeihen, Freundchen.

„Was jetzt?", fragte Louis.

„Wie ist es jetzt mit dem Lachen bei dir?", fragte ich. Obwohl ich's eigentlich wusste. Er lachte ja ständig.

„Ich habe mir keine Lachgebote gebastelt wie du", sagte Louis. „Mein Opa hat mir aber bei jeder Sache gesagt: ,Du kannst das ernst sehen, oder du kannst das lustig sehen.' So, wie es in einem deiner Lachgebote steht: Jede Sache noch so traurige Sache hat ihre lustige Seite. Die muss man nur finden."

Er guckte mir in die Augen, bis ich plötzlich das Gefühl bekam, unsere Augen würden sich berühren. Seine blauen und meine braunen. „Hasst du mich wirklich?", fragte er.

Vor Überraschung hüpfte ich wie eine Streichelziege und wollte davonlaufen. „Äääh ..." Verflucht! Stotterte ich wieder? Was, wenn mir das Stottern blieb? „Äääh ... können wir uns die Eisbären angucken?", fragte ich nicht, obwohl mich gerade etwas zu diesem Vorschlag drängte. Warum gerade Eisbären? Stattdessen blieb ich standhaft und sagte: „Ich habe dich nicht gehasst, ich wollte mit dir nur nichts zu tun haben!" Plötzlich schämte ich mich, dass ich meine Casting-Geschichte so überbewertet habe. Ich überlegte. „Na ja, vielleicht hasste ich dich doch."

„Und jetzt?"

„Ich glaube, ich hasse dich nicht mehr."

Sein Lächeln wurde groß und strahlend wie eine goldene Schüssel voller Konfetti. „Komm! Jetzt kannst du ein Zieglein streicheln. Sicher läuft's vor dir jetzt nicht mehr weg."

***

Im Streichelzoo tobten ein paar Kinder zwischen den kleinen Ziegen. Gaben ihnen Futter, das sie am Automaten gekauft hatten. Auch wir kauften eine Packung.

Ich wählte ein süßes Zieglein aus: weißbraunscheckig, mit schwarzen Füßen, das mir nur bis zu den Knien reichte. Doch die blöde Ziege wollte sich von mir wieder nicht streicheln lassen. Voll peinlich!

Ich hockte mich zu ihr, gab ihr mit der Linken ein Leckerli, wollte sie mit der Rechten streicheln, die Ziege aber HOPP, HOPP davon.

Louis stand neben mir und lachte. „Vollidiot!", sagte ich, kicherte aber auch. Ein Erfolg, früher wäre ich sauer gewesen.

Louis hockte sich zu mir, gab der Ziege selbst Leckerlis, redete mit ihr. Sie war mit Louis so beschäftigt, dass ich sie streicheln konnte.

„Siehst du?", sagte Louis und guckte mir in der Hocke über den Rücken der Ziege in die Augen. „Am schönsten ist es, wenn du nichts festhalten musst."

Der Zoo-Prank

Im Zoo-Biergarten genehmigten wir uns einen Kaffee. Wieder kam mir das Absurde des Tages in den Sinn. Saßen Louis und ich zusammen an einem Tisch im Tierpark? Was machten wir hier? Was würde Jayden sagen, wenn er mich hier mit Louis zusammen lachen sähe?

„Ich habe mich in dich schon vor langem verknallt", sagte Louis plötzlich.

Vor Schock schüttete ich die ganze Zuckerdose in meinen Cappuccino. „Was sagst du da?", fragte ich nach einem Weilchen. „Du hast mich doch in der Zehnten fies geprankt. Und jetzt erzählst du mir, du warst in mich verliebt?"

„Ich war blöd! Keine Ahnung ... vielleicht wollte ich dir durch den Streich zeigen, dass ich an dir interessiert war."

„Hä?", sagte ich. „Das fasse ich einfach nicht!"

„Pubertät halt", sagte er und lachte.

Wollte er mich verarschen? „Jetzt rede dich nicht auf Pubertät raus!"

„Du hast mich auch ausgelacht“, sagte Louis. „Ich habe dir am Anfang der Zehnten einen Liebesbrief geschrieben.“

„Echt?“

„Ja, du hast den gelesen, dabei aber nur gekichert.“

Jetzt erinnerte ich mich. „Das war doch kein Liebesbrief“, sagte ich. „Da stand etwas über einen roten Elefanten drin. Ich habe gedacht, du wolltest dich über mich lustig machen.“

Mit offenem Mund sah Louis mich an. „Nööö! Das war ein Liebesbrief. Der rote Elefant war doch nur eine Metapher!“

„Eine Metapher? Wofür denn?“

„Für mein Herz! Voller Liebe und deswegen groß wie ein Elefant.“

Ich kreischte vor Lachen auf. „Du schreibst mir ‚mein roter Elefant macht BUMM, BUMM‘ und erwartest, ich verstehe das?“

„Damals war ich noch nicht so gut im Dichten.“

„Wenn ihr unser Spiel verliert, musst du wieder dichten.“

Louis guckte mir so tief in die Augen, dass mir sein Blick bis in die Zehenspitzen drang. „Ich habe mein Liebesgedicht schon geschrieben.“ Wurde jetzt ich zur Abwechslung rot? Meine Wangen brannten wie Herdplatten.

„Ich hatte Angst, du lachst mich noch mal aus“, sagte Louis. „Damals konnte ich noch nicht mitlachen.“ Er grinste und wartete, ob ich seine Anspielung verstehen würde. Klar fiel mir sofort mein Lachgebot ein: Lasse die Leute nicht allein über dich lachen! Lache mit ihnen!

„Nach meinem Liebesbrief habe ich mich nicht mehr getraut, dir noch etwas zu sagen.“

„Das denkst du dir jetzt aus, oder?“, sagte ich.

„Nein! Du warst für mich echt unerreichbar. Du hast ständig so kluge und witzige Sachen gemacht und gesagt ... ich habe noch nie ein Mädchen wie dich getroffen. Außerdem das hübscheste Mädchen in der Schule.“

Das ging mir zu weit. Ich habe acht Jahre lang gewusst, dass ich nicht hübsch war.

„Hör auf zu grinsen“, sagte ich. Er zog seine Mundwinkel nach unten. Ich lehnte mich zu ihm und inspizierte seine Augen. Von allen Seiten. „Das gibt’s doch nicht!“, sagte ich. „Deine Augen grinsen auch allein. Ohne den Mund.“

„Na, siehst du?“, sagte er. „Solche Sachen machst du ständig.“

„Welche Sachen?“

„Na, meine Augen zu untersuchen, ob sie auch allein ohne den Mund lachen. Das macht kein anderes Mädchen.“

„Willst du sagen, ich bin bescheuert?“

„Nur ein bissl!“

„Du Schuft!“ Ich ging um den Tisch, nahm ihn in den Schwitzkasten und zerrte ihn vom Stuhl auf den Rasen daneben.

„Hilfe!“, rief er, lachte aber wie ein Verrückter. Wir balgten auf dem Rasen herum, bis ein Elefant mit seiner Trompete unseren Kampf abblies. Sicher ein Herz-Elefant. Erst jetzt sah ich, wie uns alle anderen Gäste im Biergarten anstarrten. Louis schien sich darum nicht zu scheren.

Hey! Habe ich gerade mit Louis gebalgt? Hat es mir am Ende Spaß gemacht? Du solltest doch mit Jayden balgen und nicht mit Louis!, sagte ich mir. Das Blöde daran war nur: Jayden balgte nie. Dafür war er zu elegant, zu vernünftig.

Wir hockten wieder an unserem Tisch und schlurften den Cappuccino zu Ende. Meiner schmeckte wie ein Häagen-Dazs-Eis. Dick und süß. Die ganze Zuckerdose drin.

Ich schüttelte den Kopf. „Du hattest also Angst, ich lache dich aus, und hast dann mich von der ganzen Schule auslachen lassen.“

„Ich hab nicht gewusst, dass es so weit kommt“, platzte Louis heraus. „Ich wollte mich doch entschuldigen! Du hast mich aber voll geblockt. Mit mir nicht reden wollen. Und dann bist du mit Chris ins Bett gegangen ...“

„Ich war mit Chris nicht im Bett, verdammt noch mal! Ich war nur im BAAAD mit ihm nicht im BEE-ETT.“ Louis runzelte die Stirn zu einem Hochgebirge. Sicher überlegte er, was diese Verarschung sollte. Gut so! Ich nahm mir endgültig vor, dass ich noch Jungfrau war. Mein erstes Mal musste ganz offiziell in einem Bett stattfinden und damit basta. Alles andere zählte nicht. Ein Bad schon überhaupt nicht. Wenn Louis ...

Plötzlich fragte ich mich, ob das mit den Charts der schönsten Mädchen in der Zehnten überhaupt stimmte. Vielleicht hat Pummel sich das ausgedacht. Oder er war von Louis dazu angeleitet worden. Die beiden waren doch beste Freunde. Und jetzt wollten sie mir beide etwas Anderes einreden. War das nicht verdächtig? Egal ob Pummel der Schiri war.

Eine Erkenntnis stürzte sich auf meine anderen Gedanken wie ein Raubvogel und trieb sie auseinander: Eine Erklärung dafür, warum Louis mit mir in den Zoo gegangen war. Warum Pummel und er mir erzählt hatten, ich sei die Schönste in der Schule. Ein Prank!

Hastig guckte ich mich um, inspizierte die Umgebung. Unser Gebalge auf dem Rasen! Jesses! Hatte er das provoziert? Hatten die Jungs uns dabei mit versteckter Kamera gefilmt? Sicher war Jayden irgendwo hier versteckt. Mich hatte er belogen, als er mir gesagt hatte, er sei heute mit seinen Eltern unterwegs. „Jayden?", brüllte ich plötzlich.

Louis riss die Augen auf. „Wo ist Jayden?", fragte er.

Der Augenblick der Wahrheit war gekommen. Ich guckte ihm in seine großen blauen Augen. „Prankst du mich jetzt?", fragte ich. „Hast du irgendwo eine Kamera am Laufen?"

„Nein!", sagte Louis. „Ich würde das Vertrauen von niemandem missbrauchen. Von dir schon überhaupt nicht. Das habe ich nur einmal gemacht, und das verfolgt mich seit einem Jahr. Wenn du bei mir bist, laufen keine Pranks. Ich liebe dich immer noch."

„Und der Film?"

„Welcher Film?"

„Den du mit Jayden gedreht hast. Wo ihr euch über uns Mädchen lustig gemacht habt. Dass ihr mir die Sache mit Chris so reingeschmiert habt ..."

„Stopp!", sagte Louis und hob die Hand. „Ich habe den Film nicht gedreht. Den hat Jayden gedreht. Die

Jungs haben ein paar Vorschläge für den Film gemacht. Fabi hat das Stretching von Emma vorgeschlagen. Mir war's zu kindisch und blöd. Ich bin da ausgestiegen."

Mit offenem Mund glotzte ich ihn an. „Du ... du hast aber den Film schon vor der Vorführung gesehen!"

„Gar nicht!", sagte Louis. „Erst mit euch im Filmkurs. Ich war selbst sauer, was für 'nen Blödsinn die Jungs gedreht hatten. Ich hatte dich schon vor einem Jahr fertiggemacht. Wenn ich gewusst hätte, dass Monty im Film dich spielt, hätte ich's nicht erlaubt."

„Echt? Verarschst du mich jetzt?"

„Na, hör mal! Hat Jayden dir nicht gesagt, dass ich mit dem Film nichts zu tun habe?"

„Aber bei dem Prank mit den Klotüren und bei den anderen Sachen hast du mitgemacht, oder?"

„Klar", sagte Louis. „Die Pranks habe ich mir ausgedacht und vorbereitet. Ich habe einen Freund, der eine dressierte Ratte hat. Die Pranks waren doch lustig. Und wir spielen halt dieses Spiel." Etwas verunsichert guckte er mich an.

„Schon", sagte ich.

War am Ende ich zu Louis ungerecht gewesen? Hat unser Prank-Spiel uns so misstrauisch gemacht? Wurden wir von der Jagd nach lustigen Videos und der Angst, geprankt zu werden, langsam vergiftet? Ständig mussten wir vor den Jungs auf der Hut sein. Früher war ich doch nicht so.

Das Schlimmste aber: Ich fühlte mich gar nicht so fies, wie nach meiner Aussprache mit Jayden – wegen Chris und so. Ich fühlte mich super. Ich wollte singen und tanzen. Komisch, oder?

Affentheater

Im Affenhaus hockte ein Schimpanse direkt am Glas. Er kratzte sich am Kopf. Louis stellte sich vor den Affen hin und kratzte sich auch am Kopf. Der Schimpanse kratzte sich mit der anderen Hand, Louis genauso. Plötzlich wusste ich aber nicht, wer wen nachahmte: Louis den Schimpansen, oder der Schimpanse Louis. Der Affe zeigte Louis den Stinkefinger und trollte sich. Louis und ich kreischten vor Lachen.

***

„Kannst du mit mir gehen?“, fragte Louis plötzlich.

„Wohin denn?“, sagte ich.

Louis lachte. „Na, ob wir zusammen Freunde sein könnten.“

„Jetzt sind wir doch wieder befreundet.“

„Ich meine, du weißt schon – zusammengehen! So wie Frau und Mann … äääh … ’ne Liebesgeschichte.“

Diesmal wurde er rot wie … Ich schweifte mit dem Blick davon, um ein Bild für sein Rot zu finden. Sah ein paar Meter vor uns im Affengehege Hunderte Hin-

tern von Pavianen. Diesen Vergleich wollte ich aber
für die Beschreibung der roten Wangen von Louis
dann doch nicht bringen.

„Ich bin doch mit Jayden zusammen, Louis! Jayden
ist dein Freund!"

„Wir ziehen nur dieses Spiel zusammen durch. Wir
sind nicht mehr befreundet."

„Wieso denn nicht?"

„Wir … wir sind jeder anders."

„Aha!"

„Ich muss kein Spiel gewinnen. Ich möchte nur lachen, und freue mich, wenn die anderen mitlachen. So
wie's in deinen Lachgeboten steht." Er hatte sich gut
gemerkt, was ich ihm erzählt hatte.

Wieder blitzte ein Hauch einer Erleuchtung in meinem Kopf auf. Leider nur ein Hauch. „Und Jayden?",
fragte ich. „Was möchte Jayden?"

„Das musst du ihn fragen."

Mädchen mit Humor

Unterwegs aus dem Tiergarten zur U-Bahn holte uns wieder die Realität ein. „Ihr postet heute euer erstes Video, oder?", sagte Louis.

„Ja", sagte ich. „Euer Film hat schon über drei Tausend Likes. Das knacken wir nicht so leicht."

Er sah ziemlich unglücklich aus. An Louis konntest du Unglück sofort ablesen. Er lächelte ja sonst die ganze Zeit. Jayden hätte es gefreut, dass er gewinnt. Ach, jetzt dachte ich wieder schlecht über Jayden.

„Ich würde am liebsten mit diesem Scheißspiel aufhören."

„Wirklich?", fragte ich. Wenn Louis, der Prank-Experte, aus dem Team der Jungs stieg, würden wir Mädchen es viel leichter haben. Plötzlich wollte ich aber nicht, dass er ausstieg. Seit wir unser Spiel spielten, sahen wir uns öfter … Hey, Lia! Noch vor ein paar Tagen hast du gesagt: „Ich hasse Louis!" Und jetzt willst du ihn öfter sehen?

Komisch, wie sich meine Einstellung zu Louis innerhalb eines Nachmittags im Zoo geändert hat. „Jetzt steh dazu!", sagte ich zu Louis. „Wir spielen doch nur ein Spiel!" Aha! Auf einmal ermutigte ich sogar Jungs zum Prank-Spiel. Ich wollte aber nicht, dass er aufhörte. Ohne Louis konnte ich mir das Spiel nicht mehr vorstellen. Außerdem war ich auf unseren Gewinn neugierig: Auf sein Liebesgedicht ... äääh ... auf Jaydens Liebesgedicht war ich neugierig, wollte ich sagen.

„Na gut", sagte er. „Wenn du damit keine Probleme hast."

„Warum sollte ich?", log ich. Klar hätte ich ein großes Problem damit, sollten die Jungs das Spiel gewinnen. Aufhören durften wir aber nicht. Die Jungs sollten endlich lernen, dass man die anderen nicht grundlos verletzen durfte. „Angenommen, wir Mädchen würden jetzt aufgeben", sagte ich.

„Ja?"

„Würdet ihr uns dann den Strip erlassen?"

„Ich schon", sagte Louis. „Bei den anderen Jungs bin ich mir nicht so sicher."

„Und Jayden?"

Louis blieb stehen und schaute mich wieder direkt an. „Jayden ist doch dein Freund, Lia. Solche Sachen muss er dir selbst sagen. Ich kann für ihn nichts entscheiden. Frag ihn halt!"

Ich wollte aber Jayden nicht fragen. Weil ich mir nicht sicher war, was er mir antworten würde. Würde er seiner Königin Lia den Strip vor anderen Jungs erlassen? Sicher! Aber auch so kam ein solches Betteln für mich nicht in Frage. Hier ging es nicht nur um mich.

***

In der U-Bahn hockten wir uns auf einen Vierersitz. Fünf Mädchen aus der Sechsten liefen hinein. Drei setzten sich auf den benachbarten Vierersitz. Zwei auf einen Vierersitz ein Stück weiter.

Die drei neben uns redeten über ihren Lateinunterricht, statt über ihre Erlebnisse im Zoo. Eine von den Dreien rief zu den zwei anderen: „Paula! Eli freut sich aufs Latein morgen. Sie ist morgen krank."

„Hä?", sagte Paula. Sie runzelte die Stirn und überlegte. Ihre Nachbarin starrte ins U-Bahn-Fenster, in dem es nichts zu sehen gab.

Die drei Mädchen bei uns kicherten. „Paula checkt's nicht", sagte eine der drei. Plötzlich klärte sich das Gesicht von Paula. Sie lachte, zeigte uns ihre Zahnspange und sagte zu ihrer Nachbarin, die aus dem Fenster starrte: „Sarah! Die Mädchen haben gesagt, Eli freut sich aufs Latein morgen. Sie ist morgen krank!"

„Was?", fragte Sarah. Die drei Mädchen bei unserem Vierersitz kicherten wieder. „Sarah checkt's auch nicht", sagte eine der drei.

Jetzt runzelte Sarah die Stirn und überlegte. „Wenn Eli morgen krank ist, dann ist sie doch nicht in der Schule, oder?", sagte sie. „Warum freut sie sich dann auf Latein?"

„Das ist der Witz dabei", sagte ihre Nachbarin Paula.

„Wieso denn Witz?", sagte Sarah. „Das ist doch nicht witzig, wenn sie krank ist."

Louis und ich guckten uns an und lachten. Die Mädchen stiegen aus. Louis holte sein Smartphone. „Sorry", sagte er. „Muss mir die Geschichte aufschreiben."

„Du schreibst dir solche Sachen auf?"

„Ja", sagte er. „Ich schreibe mir jede lustige Geschichte auf. Damit mir lustige Geschichten nie ausgehen." Gute Idee, dachte ich mir. Ab jetzt würde ich auch alle lustigen Geschichten aufschreiben.

***

So habe ich mit meinem größten Feind einen der schönsten Nachmittage meines Lebens erlebt. Vielleicht konnten Louis und ich Kumpel werden. Ja! Das wäre was: Jayden als Freund und Louis als Kumpel zu haben. Klar wollte ich's Louis nicht sagen. Wo kämen wir denn hin, wenn wir die Jungs noch fragen müssten: Möchtest du mein Kumpel sein? Solche Sachen kamen sicher von selbst, oder?

Die Sexbombe

Um 20 Uhr postete Laura unseren Film mit Pummel auf der Rutsche. Erst um Mitternacht ging ich schlafen. Hatte jede halbe Stunde bei YouTube geguckt, wie sich die Likes ansammelten. Bis Mitternacht nur 12. 5 davon sicher von uns Mädchen im Team. Ich hatte unser Video auch gleich geliket. Die Jungs lagen um Mitternacht mit ihrem Mittwoch-Video schon bei 3.564 Likes. Ihr Film wurde auch nach unserem Post geliket. Viel mehr als unserer.

Worauf hatten wir uns da eingelassen? Im Traum stürzte ich im Zoo in einen Löwenkäfig. Der Löwe sah wie Jayden aus. Und SCHWUPP! Er wollte mich fressen. Ich griff nach seiner Mähne ... Kreischend wachte ich auf. Am kommenden Freitag sollte ich mit diesem Löwen schlafen.

Die Löwenmähne erinnerte mich an etwas Anderes: Sollte ich mich wegen der geplanten Nacht mit Jayden unten rasieren? Bei mir wuchsen die Haare am Körper nicht so wild wie bei Marie ... oder Nikos ... hi, hi, hi. Bevor ich damals mit Chris ins Bad gegangen war, hatte ich mich auch nicht rasiert. Na ja, zu meinem

Badezimmererlebnis mit Chris hatte eine spontane Entscheidung geführt. Jetzt sollte ich aber vorbereitet sein. Rasieren oder nicht rasieren?

***

Diese wichtige Frage diskutierten wir in der großen Pause auf unseren Bänken am Sportplatz. „Ich rasiere mich unten nicht", sagte Laura. „Mich will sowieso niemand haben."

„Quatsch, Süße!", sagte ich.

„Du bist wunderschön, Sweety", sagte Emma und zwinkerte ihr zu. „Bald taucht jemand auf." An diesen Satz mussten Emma und ich später öfter denken.

Noemi fing plötzlich an, von einer Blumenausstellung zu brabbeln. Komisch! Für solche abrupten Themenwechsel war doch ich zuständig. Schämte sich Noemi bei diesem Thema? Normalerweise redete sie doch gern über Sex.

Iva lässt sich aber ihr Lieblingsthema nie wegenehmen. Sie würde sicher eine Rolle in Sex and the City bekommen. „Ich werde mich nie rasieren", sagte sie. „Nur an den Beinen im Schritt, wenn das Haar aus der Badehose sprießt. Ich wollte da unten schon immer Haare haben."

„Echt?"

„Ja! Meine Eltern sind mit mir oft zu einem FKK-Strand gefahren. Die meisten Frauen dort waren rasiert. Die Lustigste aber nicht. Alenka! Ich habe immer ihren Pelz bewundert." Wir kicherten. Nur Iva konnte solche Sachen erzählen.

Iva nahm langsam Fahrt auf. „Ja, ich wollte da unten immer Haare haben. Bei mir ist aber nichts gewachsen. Ich war unten glatt wie 'ne gerupfte Pute. Mit 12 habe ich Mamas alten Pelzmantel in einer Tüte an der Tür entdeckt. Meine Mama wollte den entsorgen. Ich habe aus dem Mantel ein Stück Pelz herausgeschnitten und mir das unten mit Mamas Augenbrauenkleber angeklebt.“

„Waaas?“ Wir prusteten los.

Iva war nicht zu bremsen. „Ich posierte nackt vor dem Spiegel in meinem Zimmer. Oh, das war schön, mit dem Pelz unten. Plötzlich hat aber meine Mama nach mir gerufen. Ich hab mich schnell angezogen. Sie kam in mein Zimmer mit diesem blöden Pelzmantel in der Hand.“

„Echt?“

„Ja! Mama hat gejammert, dass sie den alten Pelzmantel meiner Oma in Prag schenken wollte. ‚Jetzt ist der Mantel kaputt‘, sagte sie. ‚Hast du das Stück ausgeschnitten?‘ ‚Neee!‘, sagte ich. Ich konnte aber nie gut lügen. Wurde ganz rot dabei. Mama glotzte mich an und sagte plötzlich: ‚Zieh dich aus!‘ Als ob sie meine Gedanken hätte lesen können. Was konnte ich tun?“ Das sagte Iva ganz schüchtern – wie ein kleines Mädchen: „Ich musste mich ausziehen und meiner Mama meinen neuen Pelz zeigen.“

Wir explodierten vor Lachen. „Ist nicht wahr!“

„Doch!“

„Sicher hast du's dir ausgedacht!“

„Nein! Ich schwöre. Erst letztes Jahr habe ich Mama gefragt, wie sie draufgekommen ist, dass ich mir den Pelz unten angeklebt habe. Sie hat's mir erklärt: Als sie klein war, hat sie sich dort Haare mit Farbe hingemalt. Deswegen wusste sie, ich habe ähnliche Glüschte." Glüschte? Ivas Bayerisch wurde immer gewagter. Voll integriert.

„Ich rasiere bei mir alles", sagte Emma. „Auch Beine. Haare am Körper finde ich eklig."

„Ich auch", sagte Noemi. „Glatt rasiert fühlt es sich dort super an. Da möchtest du nur an dir rumspielen."

Wir kicherten wieder. Ich liebte meine Freundinnen. Klar überlegte ich kurz, warum Noemi vorhin so schnell das Thema hatte wechseln wollen, wenn sie damit jetzt kein Problem zu haben schien.

Manchmal hatte ich das Gefühl, dass meine Geschichte auf ein vorher bestimmtes Ziel zusteuerte. Dass die vielen Fäden in ihr irgendwann zusammenkämen. Was würde dabei mit uns passieren?

***

Nach der Schule hielt Jayden mir im Schulhof ein Magnum hin. Mit Mandeln. Bei ihm konnte ich mich wirklich wie eine Königin fühlen. Er hatte sich gemerkt, was mir schmeckte. Hmmm … lecker.

Louis kickte in der Ecke des Schulhofs mit ein paar Sechstklässlern. Nach einem Jahr Blockade sah ich unsere gemeinsame Vergangenheit wieder – wie einen alten Film, den ich lange nicht geschaut hatte: Früher hatte Louis oft mit Felix gespielt.

Hätte Jayden auch mit Felix gespielt? Mit einem Jungen, der vier Jahre jünger war als er selbst? Jayden habe ich nie mit den Jungs aus den niedrigeren Klassen rumalbern sehen. So wie Pummel und Louis es oft machten. Das passte nicht zu Jaydens … hmmm … Erwachsensein? Ja, Jayden verhielt sich im Unterschied zu Louis wie ein erwachsener Mann.

Trotzdem hatte Jayden andere Vorzüge. Er musste das Eis für mich gleich nach der Schulglocke bei Rewe geholt haben. Sehr aufmerksam. „Wollen wir zum Isar radeln?", fragte er mich. Ich hatte arg Lust, seinen Artikel zu korrigieren. Unser Flussgott war weiblich. Das sollte jeder Münchner wissen.

Nur wollte ich Jayden nicht zweimal nacheinander in den Kopf stoßen. Ich musste seinen Vorschlag abschlagen.

„Geht leider nicht", sagte ich. „Muss schnell nach Hause." Eine Lüge!

Ich wollte ihm nicht sagen, dass ich um 15 Uhr mit den Mädchen verabredet war. Solche Informationen sollten die Jungs jetzt nicht bekommen. Wir mussten uns vor Prankfallen schützen. Mannomann! War das nicht krank, dass ich jetzt wegen eines blöden Spiels vor meinem Freund meine Pläne verheimlichen musste?

„Du kommst nicht mit?", wunderte sich Jayden.

Das tat mir leid. Bis jetzt habe ich noch nie „nein" zu ihm gesagt, wenn er mich treffen oder mit mir etwas machen wollte. Na ja, die erste Übernachtung bei ihm hatte ich auch abgelehnt. Erst die am Ende dieser Woche hatte ich ihm zugesagt. HUCH! Der Freitag raste auf mich zu wie ein ICE. In ein paar Tagen würde ich endgültig – und diesmal im Bett – entjungfert werden.

„Am Freitag übernachtest du aber schon bei mir, oder?", fragte er.

„Logisch“, sagte ich. Das hellte die Täler zwischen seinen Stirnfalten etwas auf. „Wir können heute Abend etwas zusammen unternehmen“, fügte ich hinzu.

„Gehen wir ins Kino?“

„Okay.“

„Cinemaxx?“

„Gut! Treffen wir uns dort?“

„Um 19 Uhr?“

„Super.“

Erst als ich heimradelte, fiel mir ein, ich habe ihn gar nicht gefragt, welchen Film wir uns angucken wollten. War ja auch egal. Wir würden im Kino sicher keine Zeit haben, den Film zu verfolgen.

***

Meine Mädels traf ich in einem Café in Haidhausen. Die Sonne strahlte den Leuten Lächeln in die Gesichter. Die kleinen Straßencafés waren belagert wie Winterfell von Jon Schnee und seinen Wildlingen. Zum Glück standen ein paar halbnackerte Wildlinge gerade auf, als wir anrückten. Wir konnten einen der Tische auf dem Gehsteig belegen. Innen im Café saß bei dieser Hitze niemand.

An der Kreuzung tauchte eine Sexbombe auf. In einem leichten hellblauen Minirock und einem Top, das von zwei breiten Schulterbändern getragen wurde. Die zwei Bänder waren mit einem Querband verbunden und verdeckten vorne die Brust. Darunter nichts. Von der Seite konntest du ihre großen nackten Halbkugeln sehen. Langes glattes blondes Haar. Beine lang. Mehr nackt als angezogen.

Männer blieben mit aufgerissenen Augen stehen. Zwei Radfahrer stießen zusammen. Autos mit männlichen Fahrern stauten sich. Alle Männer zwischen 12 und 90 Jahren glotzten der Frau nach. Bis sie an unserem Tisch stehenblieb.

„Na, Mädels", sagte sie und guckte uns etwas spöttisch an.

„Meine Tante Maruschka!", sagte Iva, und wir alle wussten sofort: Mit Maruschka in unserem neuen Video würden wir die Jungs bis in ihre sexuellsten Alpträume pranken.

***

Maruschka hockte sich zu uns und bestellte Aufguss von frischem Ingwer.

„Ingwer-Tee?", fragte der Kellner, als ob er nicht fassen konnte, dass gerade diese Frau ein solches Getränk bestellte.

„Ingwer ist scharf, Sißer!", sagte Maruschka und lachte. Als Tschechin konnte sie keine Umlaute aussprechen. Die polnischen Freundinnen von Emmas Mutter können's auch nicht. Iva immer besser.

„Tu aber keine Zitrone rein!", sagte Maruschka. „Bring mir Milch dazu!" Sie zwinkerte den Kellner an und sagte zu ihm leise und verschwörerisch: „Weißt du, warum ich keine Zitrone dazu haben will?"

„Weil Zitrone so sauer ist?", fragte der Kellner, noch verdutzter.

275

„Nein, Sißer!“, sagte Maruschka und schenkte ihm das Lächeln einer Sexgöttin. „Weil die Milch ausflockt, wenn Zitrone drin ist.“ Mit offenem Mund glotzte der Kellner sie an.

Wir versteckten beschämt unsere einfallslosen Getränke: Latte Macchiato Frio mit einem Schuss Ahornsirup.

„Na, Maedschen!“, sagte Maruschka. „Was soll ich für euch genau tun?“

Wir erklärten ihr unseren Plan. Prank you, boys!

Kinosex

Jayden und ich hatten uns bis jetzt immer nur geküsst. Vielleicht würde er aber am Abend im Kino etwas mehr zur Sache gehen wollen. Ich googelte nach „rummachen im Kino". Man sollte sich am besten ganz nach hinten an den Rand setzen, las ich in einem Blog. Hinten sei man beim Knutschen am wenigsten gestört. Da war ich neugierig, zu welchem Sitz Jayden mich führen würde.

An der Isar hatten wir uns schon öfter geküsst. Die „tiefergehenden" Angriffe von Jayden habe ich bis jetzt aber erfolgreich abgewehrt. Sollte ich mir fürs Kino einen Rock anziehen oder eine Hose? Ich verschob das volle Programm auf den Freitag und zog mir meine Jeans mit den Löchern an den Knien an. Durch diese Löcher würde keine Hand ganz nach oben kommen. Ja, ich weiß, am Freitag musste ich ihm alles erlauben. Doch irgendwie wollte ich das so lange hinauszögern, wie's nur ging. Komisch.

***

Jayden kaufte die Eintrittskarten. Zielsicher führte er mich im Kino in die letzte Reihe am linken Rand. Aha! Sicher hatte er denselben Blog wie ich gelesen.

„Ich wollte mit dir einen romantischen Film gucken, Honey", flüsterte Jayden mir ins Öhrchen, als der Film anlief. „Man spielt aber nichts Vernünftiges." Ich starrte auf die Leinwand. Drei Zombies jagten einen Menschen und versuchten, ihm diverse Körperteile abzuknabbern.

„Das ist doch voll romantisch, Jay", sagte ich. Er widersprach nicht.

Klar griff Jayden sofort nach meiner Hand. Hin und wieder malte er mit seinem Zeigefinger Kreise auf meine Handfläche. War das ein Zeichen? Hatten diese Kreise irgendeine Bedeutung?

Iva hatte uns einmal gesagt: „Wenn ein Junge dir an der Handfläche mit dem Finger kratzt, will er mit dir poppen." Aber Kreise?

Auf der Leinwand wurde ein Mann von Zombies umstellt. Fleischfetzen flogen herum. Ach, die Jungs.

Das Küssen mit Louis … äääh … sorry, habe mich „verdacht"! Louis sollte ja nur mein Kumpel sein … eigentlich wollte ich denken: „Das Küssen mit Jayden".

Also: Das Küssen mit Jayden war eindeutig dem Kannibalismus auf der Leinwand vorzuziehen. Auch wenn Jungs das anders sehen.

***

In der Fünften hatten wir uns bei der Geburtstagsfeier von Noemi einen Film angeguckt. Eine Frau und ein Mann hatten sich dort geküsst. Die Jungs haben

gerufen: „Ey! Voll eklig!" Fabi hatte ins Videogerät
einen Horrorfilm gesteckt. Darin rollten ständig abge-
hackte Köpfe auf dem Boden, Bäuche wurden aufge-
schlitzt. Das fanden die Jungs aber überhaupt nicht
eklig, sondern lustig.

***

Zum Glück waren die Jungs jetzt auch aufs Küssen
aus. Auch wenn sie hin und wieder immer noch GTA
und Call of Duty den Vorzug gaben.

Ich spürte, dass Jayden sich zu mir gedreht hatte und
mich ansah – ich drehte mich zu ihm. Wir küssten
uns. Es war schön, obwohl in meinem Kopf auch ein
Kino ablief. An Tausend andere Sachen musste ich
denken: Was war das gestern mit Louis? Warum bekommen wir für unser Video so wenige Likes? Welchen Film posten die Jungs am Donnerstag?

„Du bist nicht ganz dabei, Honey", sagte Jayden.

„Mich törnen Zombies ab", sagte ich. Er lachte und
legte mir die Hand auf den Schritt. Zum Glück nicht
auf die Löcher an meinen Knien. An meinem Schoß
war alles zu. Keine Lücken. Mein Reißverschluss un-
bezwingbar. Trotzdem legte ich seine Hand auf mein
Bein. Um ihn zu beschäftigen, küsste ich ihn lieber.
Zwei Stunden lang.

Beim Hinausgehen aus dem Kino war Jayden nicht
besonders gesprächig. Vielleicht hatte er sich von dem
Zombie-Film mehr versprochen.

***

279

Am Dienstag in der Früh teilte Blume uns mit, die Film-AG würde nicht mehr stattfinden. Als einen der Gründe dafür führte er unseren Streit an: „Anscheinend kann man mit Siebzehnjährigen nichts Vernünftiges veranstalten", sagte er.

Das sahen wir anders. Trotzdem freuten wir Mädchen uns. Jetzt konnten wir uns mehr auf das Spiel konzentrieren.

High-Tech

Am Donnerstag in der dritten Woche seit dem Anfang unseres Spiels hatten wir mit dem Pummel-Rutsche-Video immerhin 1.400 Likes angesammelt. Überall in den sozialen Netzwerken hatten wir Werbung dafür gemacht. Nur durften wir nicht verraten, dass es um ein Spiel „Mädchen gegen Jungs" ging. Wir verlinkten aber unseren Film, wo's nur ging.

„Wir haben schon über 3.500 Likes, Honey", sagte Jayden in der Hofpause.

„Ihr seid die Besten, Jay", sagte ich. Zum Glück verstand Jayden meine Ironie nicht und freute sich darüber.

„Heute posten wir unser neues social experiment", sagte Jayden. So wurden bei YouTube fiese Pranks genannt. „Social experiment" klang besser als „fiese Verarschung".

Ich tat, als ob's mich nicht besonders interessierte. Auch wenn wir Mädchen schon den ganzen Tag angespannt waren. Laura zitterte vor Angst. Womit würden uns die Jungs am Abend bei YouTube fertigmachen?

$$***$$

Mein Vater ist ein leichtsinniger Mensch. „Kannst du mir einen Camcorder leihen?", fragte ich ihn am Nachmittag.

„Dreh aber bitte keine Pornofilme damit!" Dann lachte er über seinen guten Witz. Sehr weit von der Wahrheit war der Witz aber nicht entfernt.

„Kannst du mir etwas mit einem guten Zoom geben? Wir wollen auf Entfernung filmen."

„Aha! Versteckte Kamera?" Auch das war gut geraten.

„Naturaufnahmen", sagte ich. So ganz gelogen war's nicht. Wir wollten ja filmen, was die Natur mit den Jungs anstellte.

Wir gingen in sein Fotoatelier im Dachgeschoss. „Oh", sagte ich. „Damit habe ich noch nie gefilmt. Kannst du's mir zeigen?" Das Filmtraining ging zack, zack.

Zum ersten Mal seit dem Tod von Felix hatte ich das Gefühl, dass mein Papa sich richtig freute. Früher hatte er mir gern seine Fotogeräte gezeigt.

Meine Mama kam kurz vorbei und sah uns zu. Fast wie in alten Zeiten. Klar wusste ich, dass alte Zeiten nicht mehr kommen würden. Neue Zeiten waren angesagt.

„Du bist wirklich ein Naturtalent, was das Fotografieren und Filmen angeht, Lia", sagte Papa.

„Frauen sind nun mal technisch begabt", sagte Mama. Wir kicherten. Meine immer noch etwas zu spitzen Brüste schwollen vor Stolz an. Hatte ich durch mein neues Lachen meine Eltern aus dem Trauerloch gezogen?

Kameras waren aber nichts Neues für mich. Ich habe meinem Papa schon immer beim Filmen geholfen. Unsere Urlaubsfilme hatten wir beide gedreht.

Mehr als die Bedienung machten mir die Maße des Camcorders Sorgen – groß wie ein Staubsauger. Na ja, so groß auch wieder nicht, größer aber als Mamas Monsterföhn auf jeden Fall. Zwei Kilo schwer. Wenn ich mit dieser Cam im Schwimmbad auftauchte, würde jeder denken, wir drehen dort Doktorspiele 2. Wie wolltest du eine solche Kamera verstecken? Ich hatte eine Idee.

Mein kleiner Bruder Felix hatte eine sehr helle Haut gehabt, oft Sonnenbrand während unserer Urlaube in Italien bekommen. Deswegen hatten meine Eltern für ihn mal ein kleines Strandzelt gekauft.

Mit einem Lächeln auf den Lippen ging meine Mama nach unten. „Hast du noch ein Mikro?", fragte ich meinen Papa.

„An der Kamera gibt's doch ein Mikrofon."

„Ich bräuchte ein kleines Funkmikrofon mit einem Sender. Wir wollen das zehn bis zwanzig Meter vom Empfänger entfernt verstecken." Papa seufzte und holte mir ein Lavalier-Ansteckmikrofon.

„Der Empfänger ist an der Kamera. Die Frequenzen sind eingestellt. Ich habe damit Vogelnester mit Küken gefilmt. War etwa zwanzig Meter vom Nest entfernt."

„Wie lange hält die Batterie?"

„Vier Stunden!"

„Das reicht."

Ich packte die Filmausrüstung samt Zelt in meinen großen Wanderrucksack. Ein schwankender Berg fuhr Fahrrad.

An der Kreuzung starrten mir die kleine Anna-Lena und ihr Freund entgegen. Rot. Beim Bremsen fegte ich die Ampel weg. Sorry! Habe wieder mal etwas übertrieben – nur fast weg.

„Radelst du um die Welt, Lia?", fragte Anna-Lena und guckte ehrfürchtig meinen großen Rucksack an.

„Nö", sagte ich. „Nur ins Schwimmbad!"

„Voll cool", sagte Anna-Lena.

„Ich trage oft auch 'nen solchen Rucksack", sagte ihr kleiner Freund.

„Angeber", sagte Anna-Lena.

***

Die Mädchen warteten schon im Schwimmbad auf mich. Zum Glück waren die Jungs noch nicht da. Wir schlugen das Zelt etwa zwanzig Meter vom üblichen Platz der Jungs auf. Seit unserem Spiel lagerten sie immer hinten am Zaun, wo fast keine Leute lagen. Um ungestört Pläne zu schmieden.

Das Mikro und den Sender versteckten wir im hohen Gras auf der anderen Seite des Zauns, außerhalb des Schwimmbads also. Dort lief niemand.

„Wo willst du das Zelt aufschlagen?", fragte Noemi.

Ich zeigte auf einen Platz etwa zwanzig Meter weiter. „Wäre es nicht besser, das Zelt unter dem Baum dort aufzustellen?", fragte Iva.

Emma kicherte. „Sonnenschutzzelt unter einem Baum?" Iva seufzte.

Wir bauten das Zelt auf. „Sollten wir es nicht noch ein Stück weiter aufbauen?", fragte Laura, die Ängstliche. „Damit dich die Jungs sicher nicht entdecken?"

„Der Camcorder hat einen super Zoom-Bereich", sagte ich. „Nur würde dann die Mikroreichweite nicht mehr genügen. Wir hätten den Empfänger auch gleich neben dem Mikrofon verstecken können. So würde ich aber die Jungs nicht sofort hören. Auch die Synchronisierung wäre dann mühsam."

Emma nickte. „Außerdem wäre es bei diesem ganzen Aufwand blöd, wenn sich zwischen dem Zelt und den Jungs ein paar Leute ausbreiten würden."

„Stimmt!"

„Hier zum Zaun kommt nur selten jemand", sagte Noemi. „Deswegen sind die Jungs da. Um ungestört ihre Pläne auszuhecken."

„Der Zufall macht sich ständig lustig über uns", sagte ich. „Möchte hier nicht statt Jungs irgendwelche Rentner filmen."

Unser Zelt stand endlich. Ich verkroch mich mit der Kamera hinein. Nicht einmal ein kleines Fenster musste ich in die Wand hineinschneiden. Ein Lüftungsloch war da, und das in der richtigen Höhe.

Die Probe klappte beim ersten Mal. Meine Freundinnen redeten auf dem Platz der Jungs. Ich konnte sie gut hören. Die Bildaufnahme war super. Damit konnten die Jungs mit ihren verrauschten Filmchen nicht konkurrieren, die sie mit ihrer Spycamera aufnahmen.

***

Die Mädchen verzogen sich auf unseren Platz am Schwimmbecken. Emma quetschte sich zu mir ins Zelt. Wir kicherten wie blöd. Na, wenn uns die Jungs hier nicht entdeckten ...

„Du musst ruhig liegen, Süße", sagte ich zu Emma. „Wenn wir nur ein Glied bewegen, wellt sich das Zelt."

„Zum Glück haben wir kein Glied wie die Jungs", sagte Emma. „Das würde sich bald ziemlich viel bewegen."

„He, he, he ...“

Plötzlich wurde Emma ernst. „Ich habe gestern zu Hause was Komisches erlebt."

„Was denn?"

„In der Küche war auf dem Boden Mehl verstreut."

„Na und?"

„In dem Mehl konntest du Abdrücke von Männerschuhen sehen."

„Hast du deine Mutter gefragt? Vielleicht war sie mit einem Freund zu Hause."

Emma schüttelte den Kopf. „Meine Mama war gestern in Berlin. Sie kommt erst heute Abend heim. Na ja, kann sein, die Spuren waren schon vorgestern da. Ich hab sie nur nicht bemerkt."

„Ruf doch deine Mutter an und frag sie!"

„Nö", sagte Emma. „Mama hat in Berlin viele wichtige Termine. Bietet ein neues Drehbuch an. Wenn ich's ihr sage, ist sie nur gestresst."

Ich drehte den Kopf zu Emma. Das Zelt wackelte. „Ich weiß, woran du denkst."

„Ja", sagte sie. „Du hast bei YouTube auch diesen Mehlprank gesehen, oder?"

„Ja!"

Beim Mehlprank zeigt ein Typ seiner Freundin, wie er sich mit einem Laubbläser den Mund ganz breit bläst. Sie probiert's am nächsten Tag auch, und aus dem Laubbläser schießen ihr ein paar Kilo Mehl in den Mund: Mund, Augen, Haare voll mit Mehl. Ein Mehlmonster. Auch ein Föhn wird mit Mehl präpariert, um Freundinnen zu pranken.

„Hast du eure Föhne kontrolliert?"

„Ja! Was, wenn aber Fabi etwas Anderes ausgeheckt hat? Vor kurzem habe ich den Schlüssel von unserer Wohnung verloren."

„Fabi würde dir doch nicht den Schlüssel klauen."

Emma zuckte mit den Schultern. Das Zelt bebte wieder. „Glaubst du?" Sie hatte recht. Langsam konnten wir uns auf unsere Freunde nicht mehr verlassen.

„Wenn er mir bei mir zu Hause eine Falle gestellt hat, bringe ich ihn um."

„Am Abend wissen wir, was sie diesmal ausgeheckt haben."

„Ich finde das Spiel immer bescheuerter", sagte Emma. „Seit wir es spielen, kann ich nicht mehr chillen. Ständig musst du auf der Hut sein. Wenn du nicht aufpasst, guckst du gleich ganz schön dumm in die Röhre. Das ist wie im Krieg, Scheiße, verdammte!"

„Mir geht's genauso", sagte ich.

„Wir ziehen's aber durch, oder?"

„Ich denke schon", sagte ich. „Uns bleibt nichts Anderes übrig. Vielleicht gewöhnen wir uns an den Stress. Strippen vor Dödel möchte ich auf jeden Fall nicht."

„Wenn du recht hast, dann hast du recht."

***

Um uns die Zeit zu vertreiben, guckten wir wieder Mal Pranks bei YouTube.

„Die scary pranks sind voll schlecht“, sagte Emma. „Der Typ da verkleidet sich als Zombie und jagt in der Nacht mit ’nem Messer in der Hand nichtsahnende Passanten. Soll ich mich dabei schlapp lachen, oder was?“

„Vielleicht ist das alles nur gestellt“, sagte ich.

„Kann sein. Aber trotzdem krank! Hey, Li! Wenn die Jungs mit so was kommen, kriegen die Schläge verpasst. Dann gucken die ganz schön blöd in die Röhre.“

„Ach, Süße“, sagte ich. „Gewalt ist keine Lösung.“

Emma kicherte. „Ich löse alles mit Gewalt!“

„Du sagst zu oft, dass jemand ganz schön in die Röhre guckt.“

„Endlich hast du’s gemerkt, Sweety“, sagte Emma. „Jetzt muss ich mir ’nen neuen Spruch zulegen.“ Sie zeigte auf das laufende YouTube-Video auf meinem iPhone. „Wie kann man sich so was Bescheuertes überhaupt ausdenken?“

Ein Pranker hat sich als eine Kloschüssel auf dem Frauenklo verkleidet. Eine Frau kam, zog sich die Hose und das Höschen runter, hockte sich auf die Kloschüssel und die Kloschüssel stand mit ihr auf. Die Frau kreischte vor Schreck.

„O Gott!“, sagte ich.

Mein Smartphone vibrierte. Ich hob ab: Iva. „Sie kommen, Baby!“ Okay! Die Show konnte beginnen.

Ich kontrollierte noch einmal die Kamera. Perfekt auf dem Stativ fixiert. Ich fing an, zu drehen. Viel-

288

leicht brauchten wir den Anmarsch der Jungs in unserem Film nicht. Je mehr Material aber, umso besser.

Zum Glück legten sich die Jungs genau auf den Platz, wo sie jeden zweiten Tag lagen. Sie winkten zu Noemi, Iva und Laura. Jayden brüllte: „Ist Lia noch nicht da?"

„Hier sind wir, du Depp!", sagte Emma leise. Ich wollte sie zurechtstutzen, musste aber auch kichern. War ich langsam nicht zu unsolidarisch zu meinem Freund?

„Hör auf damit, du Blödi!", sagte ich. „Wenn wir hier 'nen Lachanfall bekommen, entdecken die uns."

„Und dann gucken wir blöd in die Röhre", sagte Emma, und ich kreischte vor Lachen auf. Zum Glück merkten's die Jungs nicht. Emma fing an, mich am Bein zu kitzeln und kicherte. Voll bescheuert. Zum Glück hörte sie damit auf.

„Also, wollen wir mal?" Ich setzte mir Papas riesige Kosmonauten-Kopfhörer auf. Alles funktionierte perfekt. Bild super. Ich hörte plötzlich die Jungs, als säßen sie bei uns im Zelt.

„Machst du also mit?", fragte Jayden Louis.

„Sicher nicht!", sagte Louis. „Das ist doch voll behämmert!"

„Dann bist du aber raus!"

„Gut so!", sagte Louis, stand auf und ging.

Am Schwimmbecken tauchte Pummel auf. Mit seinem riesigen Kühlschrank in der Hand. Er und Louis legten sich auf die Wiese auf der anderen Seite des Beckens.

Emma und ich guckten uns nur virtuell an. Bewegen durften wir uns jetzt nicht. „Was läuft da zwischen den Jungs?"

Emma konnte die Jungs nur als Geräusch hören, weil nur ich die Kopfhörer anhatte. Dass es zwischen Louis und Jayden Krach gab, sah sie aber auch. Waren mein Freund Jayden und mein altneuer Kumpel Louis jetzt richtig verfeindet?

Diese Fragen musste ich momentan aber tatsächlich einem Pferd überlassen. Jetzt war Spionage angesagt. Mit meinen großen Kopfhörern, der Kamera in der Hand, in einem Zelt versteckt, kam ich mir wie die CIA vor. Super!

Der Sex-Prank

Maruschka schwebte ins Schwimmbad in einem leichten hellen Ding – mehr Ausschnitt als Kleid. Oben Haut, unten Haut, in der Mitte etwas Stoff. So leicht, dass eine schwache Sommerbrise es wegblasen würde. Das musste sie aber nicht. Sie fing gleich selbst an, es auszuziehen. Etwa fünf Meter von den Jungs entfernt. Langsam.

„Oida!", sagte Dödel. „Voll porno!"

Wenn Annika damals im Englischen Garten beim Fußballspiel der Jungs einen Bundesliga-Striptease hingelegt hatte, strippte Maruschka in der Championsleague.

Die Jungs hörten auf, an den Smartphones zu fummeln und schielten zu Maruschka. Zuerst unauffällig. Alle. Auch mein Freund Jayden. Tut es einer Frau immer so weh, wenn sie sieht, wie ihr Liebster eine andere begehrt?

Langsam knöpfte Maruschka sich ihr Sommerkleid auf. Wenn ich mich ausziehe, wird mein Busen kleiner. Maruschkas Brüste wurden immer größer. Bis sie alles andere aus dem Schwimmbad zu verdrängen drohten.

Maruschka arbeitete sich nach unten vor, einen Knopf nach dem anderen. Die Blicke der Jungs heizten die Luft auf. Die Flügel der umherfliegenden Schmetterlinge gingen in Flammen auf. Sogar Emma und ich stöhnten vor Spannung. Endlich! Alle Knöpfe auf.

Maruschka schob die Trägerriemchen von den Schultern und wellte sich aus ihrem Kleid wie eine Bauchtänzerin. Langsam rutschte der Stoff runter, bis er wie eine geknackte Fessel an ihren Knöcheln hängen blieb. Maruschka schlüpfte heraus. In ihrem roten Negligé reckte sie sich, streckte die Arme hoch, als ob sie die Sonne streicheln wollte.

Dödel sagte einige Ausdrücke, die mir richtig wehtaten. Ich musste den Kopfhörer abnehmen.

„Solche Unterwäsche habe ich bis jetzt nur im Internet gesehen", sagte Emma. Wir waren weit genug von den Jungs weg, konnten normal sprechen, ohne dass sie uns hörten. „Deine Mama hat sich hin und wieder so was gekauft, oder?"

Da hatte Emma recht. Um mir zu zeigen, wie modern und jugendlich sie war, hatte Mama sich früher recht nuttig angezogen. Ich erinnerte mich an Mamas Miami Dolphins Football Girl-T-Shirt.

„Gegen die Unterwäsche von Maruschka sehen Mamas heiße Höschen wie Nonnenunterwäsche aus", sagte ich. „Das hat Maruschka sicher in einem Pornoshop gekauft."

„So wie Iva immer erzählt, sind solche Dessous in Tschechien voll normal", sagte Emma.

„Wenn meine Mama hier in Maruschkas Unterwäsche auftauchte, würde ich sterben.“

„Eine tolle Frau, diese Maruschka“, sagte Emma. „Ich würde mich in ihrer Rolle bis in den Boden schämen, sie hat ihren Spaß dabei.“

„Ich finde Maruschka auch super“, sagte ich. „Wir müssen noch viel lernen.“

„Warum schämst du dich dann für deine Mama?“, fragte Emma. „Und Maruschka bewunderst du?“

„Äääh ... das ist nicht dasselbe“, stotterte ich.

„Klar ist's dasselbe.“

„Wir sollten aufpassen“, sagte ich. „Sonst wird aus dem Film nichts.“

Die Jungs stierten nur. Wie richtige Stiere. Nur statt eines roten Tuchs stierten sie Maruschkas knallrote Unterwäsche an.

Maruschka genoss ihre Rolle. Keine Spur von Scham. Sie reckte sich, sie zeigte der Sonne ihr schönes Lächeln – eine Sonnenanbeterin. Ganz natürlich. Eine geniale Figur. Keine kleinen Sachen. Alles etwas größer, als wir es kannten. Trotzdem nichts Vulgäres an ihrer nahezu nahezunen Nacktheit.

Das Vulgäre brachte erst der Blick der Jungs ins Spiel. Maruschka trieb ihnen jeden anständigen Gedanken aus dem Hirn. Dödel sabberte wie ein Hund. Alle lagen plötzlich auf dem Bauch. Aha! Was wollten sie verdecken?

Doch da war der Sexfilm erst am Anfang. Maruschka sah sich um, runzelte die Stirn, hob ihr großes rosa Handtuch vom Boden und kam zu den Jungs. Sie stöhnten und wimmerten. Ihre Maulwürfe sicher schon tief im Boden eingegraben. Auch mein Freund

Jayden zeigte nicht mehr seine gewohnte Selbstsicherheit.

„Hallo Jungs", sagte Maruschka. „Kännte mir jemand von euch das Handtuch hochhalten?"

„Hä?"

„Ich will mich umziehen", fügte Maruschka hinzu. „Die Umkleidekabinen sind sooo weit." Doch keiner von den Jungs wollte aufstehen. Fabi verkrallte sich mit den Händen im Gras, um nicht abzufliegen.

„Ich mache Schluss mit ihm", flüsterte Emma mir ins Ohr.

Maruschka bückte sich zu Jayden. „Kannst du mir helfen, Sißer?"

Mein Freund stotterte. „Äääh … I don't understand."

„I understand", sagte Maruschka. „Ihr könnt nicht aufstehen, oder?" Die Gesichter der Jungs wurden roter als Maruschkas Unterwäsche.

Maruschka seufzte und kam wieder zu ihrer Decke. Sie wickelte sich das Handtuch um die Hüfte und zog sich das Höschen runter. Ließ es auf die Füße fallen, stieg mit dem linken Fuß heraus, hob das Höschen am großen Zeh ihres rechten Fußes und kickte es hoch in die Hand.

Maruschka drehte sich zu den Jungs, grinste sie an und sagte: „Ich kann jonglieren!" Die Jungs stöhnten. Sie zog sich unter dem Handtuch ihren Bade-Tanga an. Das Handtuch flog zu Boden. Der Tanga bestand nur aus zwei schmalen Streifen. Als Maruschka sich zu ihnen mit dem Rücken drehte und sich zu ihrer Tasche bückte, schossen die Augen der Jungs aus ihren Höhlen und blieben in einiger Entfernung vor ihrem Gesicht hängen.

„Man darf hier schon oben ohne liegen, oder?", fragte Maruschka die Jungs. Sie nickten so heftig, dass ihnen die Kiefer klapperten.

„Ach, vielleicht später", sagte Maruschka und legte sich in ihrem Tanga und dem roten Sexy-BH auf ihr großes Handtuch.

Plötzlich tauchte ein tätowierter Bodybuilder auf. Seine Schulter breit wie bei Jayden, Fabi, Monte und Dödel zusammen. Louis war ja nicht mehr da. Überall an ihm wellten sich Muskeln wie dicke Anakondas. Der Bodybuilder blieb bei den Jungs stehen und sagte: „Ende der Vorstellung, Jungs. Hopp, hopp!" Er zeigte zum Ausgang. Die Jungs packten ihre Sachen, sich teils mit der einen Hand etwas vor dem Schritt haltend. Die Angst kühlte sie aber schnell ab. Sie liefen aus dem Schwimmbad. Geile Feiglinge! Darunter mein Freund Jayden. Na ja, was konnte der Arme schon tun?

Ich schaltete die Kamera aus, nahm die Kopfhörer runter und machte die Zeltseite auf. Noemi, Laura und Iva drängten ihre Oberkörper oder zumindest Köpfe zu uns hinein. Ich richtete an meinem Smartphone einen Hotspot ein und schickte den Film von der Kamera per W-LAN auf mein Tablet. Zum Geburtstag hatte Papa mir eine Handy-Flat geschenkt. Unsere Körper und das Zelt brachten genug Dunkel, um den Film zu sehen. Auch wenn eine Zeltseite auf war.

Der Film war fantastisch. Die blöd-geilen Mienen der Jungs waren nicht zu übertreffen. „Dafür werden die uns hassen", sagte Laura und lachte glücklich.

Wieder mal zog sich mein Bauch zusammen. Wird Jayden verstehen, dass ich das machen musste?

„Der Bodybuilder war aber nicht eingeplant, oder?“, fragte Emma.

Iva kicherte. „Ein Bekannter von Maruschka. Sie hat gesagt, wir sollten die Szene irgendwie beenden. Sonst müsstet ihr zwei im Zelt bis zum Abend hocken.“

„Huch“, sagte ich. „Daran haben wir nicht gedacht.“

„Eine super Tante“, sagte Emma.

„Eine ganz Kluge“, sagte ich.

„Voll geil“, sagte Noemi. Wir starrten sie an. Bis Laura lachte. Dann prusteten wir los.

***

Emma radelte mit mir bis zu unserem Haus. Sie half mir, den schweren Rucksack von meinem Rücken zu nehmen. Wir stellten ihn auf dem Boden ab. Plötzlich war ich leicht wie eine Feder. Musste mich am Fahrrad festhalten, um nicht abzufliegen. Leider fühlte ich mich nur äußerlich leicht. Unterwegs hatte ich gegrübelt. Warum haben Louis und Jayden gestritten? Plötzlich war mir der morgige Abend eingefallen.

„Ich übernachte morgen bei Jayden“, sagte ich.

Emma strich mir über meinen nackten Arm. „Bist du soweit?“

„Ich weiß nicht“, sagte ich. „Am liebsten würde ich noch etwas warten.“

„Dann warte!“

„Das würde Jayden nicht akzeptieren“, sagte ich.

„Dann ist er ein Arschloch.“

„Hey! Jayden ist mein Freund.“

„Ich habe keine Lust mehr auf Fabi“, sagte Emma. Von Lust konnte ich bei mir momentan aber auch nicht reden. Emma umarmte mich. „Ich komme zu dir nach dem Abendessen, okay? Bevor Mama nach Berlin geflogen ist, hat sie mir Tausend Pfannkuchen gebacken. Der ganze Kühlschrank ist voll. Sie spinnt.“

„Kalte Pfannkuchen mit Erdbeermarmelade schmecken super.“

Emma umarmte mich. Kurz blieb ich so stehen, mit ihrem Kopf in meinem Haar. Sie flüsterte mir ins Ohr. „Wenn Fabi mir zu Hause eine Falle gestellt hat, mache ich morgen Schluss mit ihm.“

„Das sehen wir am Abend in ihrem Video!“

„Das befürchte ich auch.“

„Ruf ihn doch an!“, sagte ich. „Sprich mit ihm!“

„Fabi redet sich immer raus“, sagte Emma. „In der letzten Woche haben wir nichts mehr zusammen unternommen. Er verbringt seine Zeit lieber mit Jayden.“

Ich hörte die Bitterkeit in ihrer Stimme. Vielleicht sollte ich mit Jayden über Fabi und Emma sprechen. „Bis dann!“

Sauber erwischt

Am Abend versammelten wir uns wieder in meinem Zimmer. Ich hatte den Film vom Nachmittag schon zusammengeschnitten. Wir sahen ihn uns noch einmal an. Vielversprechend.

Doch mehr als unser neuer Film beschäftigte uns das heutige Video der Jungs. „Ich platze vor Spannung", sagte Iva. „Was posten sie heute?"

„Vielleicht haben sie das mit der Leseecke gefilmt." Wir wussten alle, dass Louis Schreiers Schilder in der Leseecke abgehängt und die Handy-Erlaubnis angebracht hatte.

„Das wäre super", kam es aus Laura herausgeschossen.

„Wieso?"

„Äääh … Entschuldigung! Ihr zwei wart dabei." Sie nickte zu Emma und mir.

„Damit hätte ich kein Problem, wenn die mich dort gefilmt haben", sagte Emma.

„Ich auch nicht", sagte ich. „Damals haben wir uns nicht blöd angestellt. Eher der Schreier."

Noemi drängte sich zwischen Emma und Laura auf mein Bett. Ich hockte an meinem Desktoprechner.

„Kannst du gucken, ob sie das Video schon gepostet haben?"

„Ja, es ist da!" KLICK! Der Vorspann: Prank Nr. 2.

***

Gleich als wir im Film Monte, Dödel und Fabi an den Klotüren im obersten Stockwerk sahen, wurde uns klar, was jetzt kommen würde. Waren wir echt so bescheuert? Keiner einzigen von uns war damals aufgefallen, dass wir dort geprankt wurden. Vor dem ersten Video der Jungs hatten wir noch nicht hinter jeder Ecke einen Prank erwartet.

Monte, Dödel und Fabi vertauschen schnell die Klotüren.

SCHNITT. Louis zeigt sein lachendes Gesicht der Kamera und hält riesige Schuhe vor das Objektiv.

SCHNITT. Fabi hockt sich in eine Kabine des Klos mit Mädchen an der Tür und zieht sich die großen Schuhe an. Mit einem Furzkissen in der Hand.

SCHNITT. Wir Mädchen tauchen auf. Und weiter geht's wie gehabt. Auch mit dem herbeigerufenen Hausmeister. Nachdem wir zum Hausmeister laufen, tauschen die Jungs die Türen wieder aus.

„Wir sind die dämlichsten Ziegen im ganzen Universum", sagte Laura, nachdem das Video abgespielt war. Keine von uns wiedersprach ihr.

Iva klatschte sich gegen die Stirn. „Jetzt weiß ich, warum uns Dödel damals an der Treppe mit seinen Sprüchen und dem Smartphone provoziert hat."

„Er sollte uns aufhalten“, hauchte Laura.

„Das hat sich alles sicher Louis ausgedacht“, sagte Emma.

„Trinken wir eine Tasse grünen Tee, bevor ihr geht?“, fragte ich. „Mein Papa hat sehr gute Sorten. Er hat mir auch beigebracht, wie man ’nen grünen Tee macht.“

„Na, heißes Wasser drauf und damit basta“, sagte Iva.

„Genauso!“ Ich lief in die Küche und setzte das Wasser auf.

***

Grünen Tee soll man mit etwa 80 Grad heißem Wasser aufgießen, meint Papa. Unser Wasserkocher braucht 20 Minuten, bis das gekochte Wasser auf 80 Grad abkühlt. Papa hat’s mit einem Thermometer gemessen.

Für diese Zeit wollte ich wieder zu den Mädchen laufen. Ich griff nach der Türklinke, die Küchentür ging auf. Laura kam rein.

„Ich muss mit dir sprechen, Lia.“

„Klar. Was gibt’s denn?“

„Ich weiß, dass du mit Annika nicht so gut auskommst. Wegen Jayden.“

„Ich komme mit ihr super gut aus, Süße“, sagte ich. „Sie kommt mit mir nicht aus.“

„Würde es dich stören, wenn ich Annika Nachhilfe in Mathe geben würde?“

Laura war die zweitbeste in der Klasse in Mathe. Die beste war selbstverständlich ich. Nur mich würde

Annika nie fragen, ob ich ihr Nachhilfe geben könnte. Ich musste kichern.

„Klar habe ich kein Problem damit."

Ich sah Laura die Erleichterung an. Sie ist ein süßes Mädchen. Schade nur, dass sie sich ständig Sorgen macht. Wenn ich lesbisch wie Laura wäre, würde ich Annika sofort Nachhilfe geben, hi, hi …

UPS! Jetzt schmiss ich Kalauer wie die Jungs. Nur im Kopf, sollte mich aber trotzdem zusammenreißen. Laura war meine Freundin.

Vielleicht war sie ja gar nicht lesbisch. Vielleicht dachte sie das nur. Auch wenn sie lesbisch war, sah ich da kein Problem. Das ist doch in der heutigen Welt völlig normal. Wenn ich meiner Mama sagen würde, ich bin lesbisch, würde sie nur sagen: „Das ist schön, Lia! Hast du schon eine Freundin?"

Wussten das Lauras Eltern? Ach, egal! Laura war vor allem eins: Ein süßes Mädchen und ein guter, kluger Mensch.

„Ich gehe morgen gleich nach der Schule zu Annika", sagte Laura.

„Ich übernachte morgen bei Jayden!", sagte ich. Laura sah mich an und umarmte mich.

Später musste ich an diese Umarmung oft denken. Bis dahin hatte sie mich nie umarmt. Körperlich hielt sie immer viel Distanz zu den anderen. Nur Noemi durfte Laura direkt anfassen.

Mich störte es wirklich nicht, dass Laura Annika Nachhilfe gab. Plötzlich jagte mir aber eine Frage durch den Kopf: Was sagte Noemi dazu? Hmmm … nicht mein Ding.

Schon einen Tag danach überlegte ich: Hatte Laura irgendwelche Ahnungen, als sie mich an diesem Donnerstag in unserer Küche umarmte?

Emma ging als letzte heim. „Na, siehst du?", sagte ich. „Kein Film mit dir in eurer Wohnung."

„Der kann noch kommen", sagte Emma. „Mir macht das Spiel keinen Spaß. Ich habe noch nie so viel Negatives über Fabi im Kopf gehabt."

Ich seufzte. „Wir sollten froh sein, dass sie nichts Schlimmeres gedreht haben. Bei den Klotüren haben wir uns nur dämlich angestellt. Wie kommen sie nur auf diese ganzen Ideen?"

„Sie haben Louis!", sagte Emma. „Der war schon immer genial darin, sich lustige Streiche auszudenken."

Klang da Bewunderung in ihrer Stimme? Ich verspürte einen Stich in der Brust. Dort, wo mein roter Elefant sitzt. War ich wegen Louis eifersüchtig? Und das auf meine beste Freundin? Nein! Ich war auf sie nicht eifersüchtig. Und wegen Louis schon überhaupt nicht. Oder? Würde es mir aber gefallen, wenn Emma mit Fabi Schluss machte und mit Louis etwas anfing? Das ist ihre Sache, Süße, sagte die Stimme meiner besseren Hälfte in meinem Kopf.

Mein Smartphone piepte. Ich holte es vom Computertisch und guckte aufs Display. „Louis hat allen per WhatsApp eine Nachricht geschickt", sagte ich. „Er steigt aus dem Spiel aus."

Eine neue Nachricht kam. Von Iva. Nur an uns Mädchen. „Wenn Louis bei den Jungs nicht mitmacht, gewinnen wir! Hurraaa!"

Alle meine Freundinnen schienen von Louis in Sachen Streiche und Späße sehr viel zu halten. War er wirklich ein so genialer Spaßmacher? Na ja, in der letzten Zeit hatte er mich auch schon ein paar Mal zum Lachen gebracht.

Auch Emma hielt schon ihr Smartphone in der Hand. So begeistert wie Iva war sie aber nicht. „Jetzt wird's weniger lustig!", sagte sie. „Und umso böser!"

„Jayden ist doch kein Schwein", sagte ich. Emma sagte nichts. War sie am Ende auf Jayden eifersüchtig? Weil Fabi immer mehr Zeit mit Jayden verbrachte?

Ich hatte aber auch meine Ängste. Nicht so vor den Pranks wie vor dem morgigen Abend.

Emma kannte mich. Sie wusste, was mich bewegte. Sie streichelte mir übers Haar. „Du musst nichts überstürzen, Sweety! Schlaf drüber! Du kannst das morgen noch mal überlegen."

Ich wusste aber, da war nicht viel zu überlegen. Ich hatte es Jayden versprochen. Ich musste morgen zu ihm.

***

Geduscht hatte ich im Schwimmbad. Jetzt putzte ich mir nur die Zähne und schlüpfte mit meinem iPhone ins Bett. Bei WhatsApp gab's nur eine neue Nachricht. Von einer unbekannten Telefonnummer. Das Profilbild ein Smiley. Das kannte ich nicht.

Aus dem Dunkeln des Zimmers leuchtete mir eine kleine Zeile entgegen. Ein Satz von drei Worten: „Geh nicht hin!“

Das Vorspiel

In der Früh vor dem Unterricht hielt Emma mir ihr Smartphone entgegen: YouTube. Mit ihrem zweiten Film, dem Klotüren-Prank, hatten die Jungs nur innerhalb der letzten Nacht fast 2.000 Likes angesammelt. „Wir geben nicht auf", sagte Emma in ihrer gewohnt mutigen Art. „Bis jetzt können wir aber nicht mithalten."

„Unser gestriges Video ist viel besser und lustiger als das mit der Rutsche."

„Du hast recht", sagte sie. „Sex sells!" Das erinnerte sie an mein anstehendes Abenteuer. „Wie hast du dich entschieden?", fragte sie.

„Ich muss bei Jayden übernachten", sagte ich und erzählte ihr von der geheimnisvollen WhatsApp-Botschaft.

„Wer könnte sie mir geschickt haben? Wohin soll ich nicht hingehen? Zu Jayden? Ich hab's doch nur dir gesagt. Außer dir wissen das nur meine Eltern, dass ich heute nicht zu Hause übernachte. Sonst niemand."

„Doch jemand!", sagte Emma.

„Wer denn?"

„Jayden. Vielleicht will er dich pranken.“

„Jayden ist nicht so!“, sagte ich.

„Das hast du bei Chris auch gedacht.“

„Bei Chris habe ich gar nicht gedacht“, sagte ich. Ich seufzte. „Okay! Warum sollte Jayden mir jetzt schreiben, ich soll nicht zu ihm kommen, wenn er mich morgen pranken möchte?“

„Er hat's den anderen Jungs erzählt. Und einer von ihnen warnt dich.“

„Du meinst Louis?“, fragte ich.

„Glaube ich nicht“, sagte Emma. „Louis würd's dir direkt sagen.“ Wieder mal hielt Emma Louis für einen Besseren als Jayden. „Jayden und Louis sind sowieso zerstritten. Warum sollte Louis dir dann eine anonyme Nachricht schicken?“

„Louis kann ich in der Pause fragen“, sagte ich.

Plötzlich stutzte Emma und strahlte. „Sicher hat Fabi dir die Warnung geschickt. Er ist doch kein Arschloch.“

Ich hatte von Fabi eine andere Meinung. „Ich bin sicher, Jayden würde nie so etwas machen“, sagte ich. „Jayden ist süß.“

Emma tätschelte beruhigend meinen Handrücken. „Vielleicht hat es mit deinem Übernachten bei Jayden nichts zu tun. Wir bekommen doch ständig sinnlose Nachrichten.“

„Kann sein.“

Fabi kam zu unserer Bank, küsste Emma. „Machen wir am Nachmittag etwas zusammen, Schatzi?“

Emma lächelte ihn glücklich an. „Klar!“

„Ich hole dich um vier zu Hause ab, okay?“ Fabi ging zu seiner Bank.

„Keine Angst mehr vor Mehl?", fragte ich.

„Ach, das", sagte Emma. „Das hat sich erledigt. Meine Tante hat bei uns am Abend davor mit ihrem Freund Mehl geholt. Sie haben unbemerkt etwas verschüttet, und ihr Freund hat dort die Fußspuren hinterlassen. Die Geschäfte waren schon zu, und sie wollten Kartoffelpuffer machen. Mit viel Knoblauch. Ihr Freund ist Tscheche."

„Iva isst keinen Knoblauch."

„Meine Tante hat mir erzählt, tschechische Männer futtern Knoblauch wie die Wahnsinnigen. Sie glauben, dass davon ihre Gurken wachsen." Sie kicherte.

„Hä? Stimmt das?"

„Bei ihrem Freund auf jeden Fall nicht." Jetzt musste ich auch kichern. „Ich möchte bei Jayden übernachten", sagte ich.

„Na, dann ist alles gut!"

„Ich möchte aber auch nicht bei ihm übernachten", fügte ich hinzu.

„Ich verstehe dich, Sweety", sagte Emma. „Ich kann mir auch nicht vorstellen, dass Jayden dir da eine Falle gestellt hat. Die Jungs wollen ja mit uns schlafen. Hi, hi ... Das ist das Wichtigste für sie. Warum sollte er das kaputt machen?"

„Ich glaube auch nicht, dass er mich bei sich zu Hause prankt", sagte ich. „Ich vertraue Jayden."

„Vertrauen ist gut", sagte Emma. „Du solltest trotzdem bereit sein. Wenn er heute bei sich mit dir Schluss macht, kannst du sicher sein, er filmt dich."

Plötzlich fühlte ich mich so, als ob ich überhaupt keine Angst davor hätte, wenn Jayden mit mir Schluss machen würde. „Ich bin für alles bereit", sagte ich.

„Sollte er mit mir Schluss machen, dann lächle ich und sage: ‚Das wollte ich dir gerade auch sagen.‘“

„Gut so“, sagte Emma.

Louis konnte ich leider nicht fragen. „Louis ist krankgeschrieben“, sagte Evi aus seiner Klasse.

Jayden kam zu mir in der Hofpause und gab mir einen Kuss. „Soll ich dich um 18 Uhr zu Hause abholen?“ Klar würde ich ihm nicht erlauben, an einem so wichtigen Tag in die Nähe unserer Wohnung zu kommen. Dann könnte meine Mama ihn eventuell fragen, ob er Kondome gekauft hätte.

Jayden: „Ja! Ich habe das Kondom!“

Meine Mama: „Und hast du auch die richtige Größe? Wenn die Kondome zu groß sind, dann rutschen sie weg …“

„Ich bin bei dir um 19 Uhr“, sagte ich. „Okay?“

„Super, Honey! Ich freue mich auf deine Knospen!“ Na ja, das mit den Knospen hat er nicht gesagt, hätte aber sein können, oder?

***

Am Nachmittag war Papa nicht zu Hause. Mama ging auf Zehenspitzen um mich herum. Schon als ich ihr vor ein paar Tagen gesagt hatte, ich würde heute bei einem Freund übernachten, war ihr alles klar.

„Bei deinem Freund aus New York?“, hatte sie nur gefragt. Ich wollte sie nicht anlügen, hatte genickt.

An diesem schicksalhaften Freitag kam mir am Nachmittag zu Hause plötzlich ein schrecklicher Gedanke. Ich guckte mein Smartphone an. Gott sei Dank! Kein Freitag der Dreizehnte.

Um 16 Uhr belegte ich für zwei Stunden unser Badezimmer. Zuerst raubte ich Mamas Kosmetikschrank aus. Aha! Da war das Gerät der Stunde! Ich setzte in ihren Venusrasierer eine frische Klinge ein. Von Papa nahm ich seine Rasiercreme.

Weiter erbeutete ich bei Mama diverse Hautcremetuben und ein geiles Parfüm. Krasser Duft! Sehr erotisch. Hmmm ... Nur mit Mühe widerstand ich der Versuchung, mich gleich selbst zu entjungfern. Dieses Programm sollte es erst am Abend geben. Zumindest als ob. Eine echte Jungfrau war ich nicht mehr.

***

So! Frisch rasiert, gesalbt und parfümiert kam ich mir wie eine ägyptische Pharaonenprinzessin vor. Nur nicht so tot. Quicklebendig. Mit einem kleinen Bammel in einer kleinen Gehirnkammer. Den würde aber mein Lachputztrupp sicher bald wegkehren.

Die Augen meiner Mama glitzerten vor Tränen, als sie mich verabschiedete. Ich kam aus der Tür, kehrte aber um und kuschelte mich in ihrer Umarmung ein. Trotz aller Missverständnisse habe ich die beste Mama der Welt.

Auf der Straße wartete Jayden auf mich. Da stand Mama schon auf dem Balkon und rief: „Lia, hast du dich auch rasiert? Das sollten Mädchen vor ihrem ersten Mal machen!"

Nein! Solche Sachen würde nicht einmal meine Mama auf die ganze Straße rausposaunen. Beides war gelogen. Mama war nicht auf dem Balkon. Und auf der Straße wartete auf mich nicht Jayden, sondern Louis.

„Servus“, sagte er.

„Hi“, sagte ich. Und in einem Anfall von Mut und Direktheit, die ich dank meiner neuen Lachzeiten auch schon gelernt habe: „Hast du mir die geheime Botschaft geschickt?“

„Ja!“

„Woher weißt du, dass ich heute bei Jayden übernachte?“

„Hä? Du übernachtest heute bei Jayden?“ Vor Schock starrte er mich an.

Und ich ihn. „Du weißt nicht, dass ich heute bei Jayden übernachte?“

„Nööö!“

„Und warum hast du mir dann geschrieben ‚Geh nicht hin?‘“

„Damit hab ich Jaydens Party am Sonntag gemeint.“

„’ne Party? Bei Jayden?“

„Hat Jayden euch nicht heute Morgen zu seiner Party eingeladen?“

„Nein!“, sagte ich. „Ich weiß von nichts.“

„Dann haben sich’s die Jungs überlegt.“

„Was haben sich die Jungs überlegt?“

„Sie wollten euch bei der Party in Getränken Rohypnol geben.“

„Was ist Rohypnol?“

„K.-o.-Tropfen!“

„Was? Wollt ihr uns vergewaltigen, oder was?“

„Nein“, sagte Louis. „Jayden hat gemeint, auf Rohypnol stellt man sich wie betrunken an. Das wäre lustig, und wir würden euch dabei filmen. Ich wollte damit aber nichts zu tun haben. Deswegen haben wir gestern gestritten. Ich bin aus diesem Spiel ausgestiegen."

„Das würde Jayden nie machen", sagte ich.

„Doch", sagte Louis. „Er wollte euch heute für die Party einladen. Sicher hat Jayden jetzt aber gedacht, ich würd's euch verraten. Deswegen hat er das abgeblasen und euch nicht eingeladen."

„Das glaube ich nicht", sagte ich. Und plötzlich ging der ganze Stress mit mir durch. Dieses unentwegt laufende Kopfkino. Sollte ich mit Jayden schlafen, oder sollte ich noch warten, sollte ich mit Jayden schlafen? ... Und der andere Stress: Das blöde Spiel, das ständige Aufpassenmüssen, nicht wissen, wem du trauen kannst, Mama in ihren Nuttenkleidern und mit ihren Sprüchen, das ganze blöde Zeug, das uns jetzt das Leben schwermachte.

„Du bist nur eifersüchtig!", brüllte ich. „Du hast mich vor der ganzen Schule lächerlich gemacht. Nicht Jayden!" Das saß! Louis sagte kein Wort mehr. Kam sich sicher ziemlich fies vor.

Ich setzte mich auf mein Fahrrad und radelte zu meinem Liebsten. Der Blick von Louis brannte mir eine Wunde in den Rücken. Ich hielt nicht an. Ich drehte mich nicht um. Kam mir aber auch fies vor. Sehr fies.

Mein zweites erstes Mal

Wie gesagt, vertraute ich Jayden voll. Trotzdem hielt ich bei einem Kiosk an und kaufte eine kleine Flasche Volvic-Mineralwasser. Die trank ich ex. In den nächsten Stunden dürfte ich keinen Durst haben. Später würde ich nur aus dem Wasserhahn trinken. Sicher war sicher.

Sofort nach dem Läuten machte Jayden auf. „Aha", scherzte ich. „Heute bist du nicht nackt."

„Nackt machst du mich heute, Cherry", sagte mein süßer Verführer und grinste. Keine betrübte Miene, kein Anzeichen davon, er müsste mir plötzlich erzählen, er habe eine andere Freundin oder er habe mich mit dem Briefträger betrogen, oder mit wem auch immer. Kein Anzeichen also für einen Prank. Jayden verhielt sich, wie sich dein Liebster vor deinem ersten/zweiten Mal verhalten sollte: aufmerksam, süß.

In einer silbernen Schüssel steckte im Eis eine Flasche Champagner. Das kannte ich bis jetzt nur aus James-Bond-Filmen.

Eine komische Wallung überfiel mich. Wie auf einem Scheiterhaufen kam ich mir vor: Loderten meine

Wangen? Um sie abzukühlen, lehnte ich mein Gesicht an den Champagner.

„Süß", sagte Jayden. „Solche Sachen machst nur du, Lia!"

„Sorry", sagte ich.

„Super", sagte er und zog die Flasche aus dem Eimer. „Kannst du aus dem Schrank da zwei Sektgläser holen?" Wie hypnotisiert holte ich die Gläser.

Geschickt machte Jayden die Flasche auf. Wenn es bei unseren Partys Sekt gab, schossen die Jungs mit den Korken wie im Krieg. Jayden befreite den Korken dezent. Er drehte ihn aus. Nur ein leises FLUP verriet, dass der Champagner jetzt einsatzbereit war.

Jayden schenkte in die Gläser ein, die ich auf den gläsernen Sofatisch gestellt hatte. Ich hatte zwar nur aus dem Wasserhahn trinken wollen, nahm aber mein Glas in die Hand. Ich konnte mir beim besten Willen nicht vorstellen, wie er mir jetzt K.-o.-Tropfen verabreichen konnte, ohne sich selbst k.o. zu tropfen. Er trank ja auch mit. Außerdem wusste ich jetzt hundertprozentig: Jayden war kein Schwein. Louis hatte sich das ausgedacht, weil er eifersüchtig war. „Cheers!", sagte Jayden.

„Cheers!", sagte ich.

Als ich das Glas auf Ex austrank, spürte ich nur Liebe. Ich war glücklich hier zu sein. Na ja, etwas ganz Kleines nagte immer noch an meinem Gehirn. Das Nagen und Zerren wurde aber immer schwächer und schwächer ...

Wir spielten auf dem Sofa. Ich ließ mich gehen. Langsam entblätterte Jayden mich und ich ihn. Das war doch etwas ganz Anderes als damals mit Chris im Badezimmer. Oder?

***

„Komm!", sagte Jayden. „Wir gehen ins Schlafzimmer. Dort ist es gemütlicher."

Ich stand auf. Immer noch das Höschen an, und oben sogar mein hübsches rotes Seidenhemd. Mir gefiel es sehr gut, dass Jayden heute nicht so drängte wie im Kino oder manchmal an der Isar.

An der Hand führte er mich ins Schlafzimmer. Er machte die Tür auf und winkte mich hinein: Ein großes schönes Bett – wie für eine Königin. Sie saß ja auch schon drin: Annika!

Die Schulter nackt, das Bettzeug hoch über die Brust gezogen, darüber ihr langes blondes Engelshaar. Sie lächelte uns entgegen.

Ich drehte mich zu Jayden, lächelte ihn an. „Und jetzt schlägst du mir mit Annika einen flotten Dreier vor, oder?", sagte ich laut. „Und wenn ich dann ausflippe und hier rumkreische, lachst du und sagst, ‚Prank'! Wo hast du die Kameras versteckt?"

Ich guckte mich um und ging zu einem großen Blumenstrauß in einer noch größeren Vase. Statt einer Blüte war dort an einem Stiel eine kleine Spycamera angebunden – aufs Bett gerichtet. Sicher gab's im Zimmer mindestens noch eine andere.

Ich grinste breit. „Bis jetzt habe ich gedacht, du bist ein Idiot, jetzt weiß ich aber du bist ein Vollidiot. Und das kannst du von mir aus auch bei YouTube posten."

Er guckte mich die ganze Zeit verdutzt an. Ich zeigte ihm noch den Mittelfinger und stolzierte aus dem Schlafzimmer.

„Warte, Lia!", brüllte Jayden und lief mir hinterher. „Das ist doch nur ein Scherz."

„Glaube ich gern", sagte ich, zog mich an und hob die Champagnerflasche vom Glastisch. „Ich kann mit einer Flasche jonglieren", sagte ich und warf die Flasche hoch in die Luft. Sie rotierte und fiel mit viel Krach auf das Glas. BUMM und SCHEPPER. Die Tischplatte zerbrach, die Flasche zerbarst, Champagner ergoss sich über den Teppich.

„Das Glastisch hat viel Geld gekostet!", rief Jayden.

„Schick mir 'ne Rechnung, Arschloch!", sagte ich. „Ich zahl sie nicht!" Mit dieser Antwort war ich zwar nicht ganz zufrieden, mir war aber nichts Besseres eingefallen.

***

Ich marschierte aus diesem blöden Haus und zog mein Handy aus der Tasche. WISCH und TIPP. WhatsApp. Mit beiden Daumen tippte ich: „Warum bist du nicht bei mir, verdammt noch mal?"

Das erste Mal

„Ich bin doch bei dir“, kam eine WhatsApp-Message wie geschossen. Von der Isar kam Louis auf seinem Fahrrad.

„Du hattest recht“, sagte ich. „Jayden ist ein Arschloch.“

Wir radelten langsam entlang der Isar Richtung Haidhausen. Ich erzählte ihm von meinem Besuch bei Jayden und von Annika. Louis lachte.

Empört guckte ich ihn an. „Du lachst?“

„Entschuldige“, sagte er. „Das ist doch aber voll deppert, was die beiden vorbereitet haben.“

„Da hast du recht“, sagte ich. „Ich dachte immer, Jayden hat Stil. Das hätte ich von ihm aber nicht erwartet.“ Louis schwieg. Eigentlich war ich ihm jetzt dankbar, dass er nicht über Jayden herzog.

„Wir vergessen jetzt die Geschichte, okay?“, sagte er nach einem Weilchen. „Du wolltest doch nur noch lachen.“

„Wenn’s was Lustiges gibt.“

„Ab jetzt finden wir an jeder noch so traurigen Sache etwas Lustiges.“

„Gern", sagte ich. „Nur betrübt es mich schon ein bisschen, dass du meine Lachgebote klaust."

„Ich will an alles glauben, woran du glaubst", sagte Louis. Plötzlich schüttelte er den Kopf: „Mir geht es nicht aus dem Kopf, dass Annika …"

Sein „Annika" fuhr plötzlich wie ein Messer durch meinen Kopf. „O Gott!", sagte ich. „Laura!"

„Was meinst du?"

„Laura war heute mit Annika verabredet. Annika hat Laura gebeten, ihr Nachhilfe zu geben."

„Annika lässt sich Nachhilfe von einem Mädchen aus der Schule geben?", fragte Louis.

„Eben!", sagte ich. „Das fällt mir erst jetzt ein. Zuerst verabredet Annika sich mit Laura. Dann taucht sie bei Jayden auf, um mich zu pranken …"

„Wo wohnt Laura?"

„Nicht weit von hier", sagte ich.

„Wir müssen hin!" Louis hatte recht. Ich trat in die Pedale.

***

Zehn Minuten später läuteten wir an der Erdgeschosswohnung von Lauras Eltern. Niemand da. Louis läutete weiter. Ich rief Laura an. Sie hob nicht ab. Ich schickte ihr per WhatsApp eine Nachricht, sie solle sich bei mir sofort melden. „Was machen wir jetzt?", fragte ich. Plötzlich sah ich Laura in meinem Kopf. Sie sah nicht gut aus. Überhaupt nicht gut.

„Kannst du eine abgesperrte Tür aufmachen?", fragte ich.

„Klar!", sagte Louis, kickte und KRACH: Die Tür flog auf. Aus den zwei Nachbarwohnungen liefen Leute heraus.

„Wir müssen Laura finden", sagte ich zu einer älteren Frau und ging in die Wohnung. Louis drängte sich im Vorzimmer an mir vorbei, überholte mich.

***

Laura lag in der Badewanne wie in einem Meer aus Rosen. Rot!

Das Spiel ist aus

Die ältere Frau war eine Krankenschwester in der Rente. Sie stürmte zu Laura, drückte die aufgeschlitzte Stelle an Lauras Handgelenk zu und rief zu mir: „Du suchst im Kosmetikschrank nach Verbandzeug!" Nach hinten rief sie: „Hans! Hol meinen Arztkoffer!" Zu Louis: „Du machst den Notruf, Bursche! Sofort!"

Während ich suchte, zog sie mit den anderen Nachbarn Laura aus der Badewanne. Sie legten sie im Wohnzimmer auf den Teppichboden. Die Krankenschwester drückte weiter die Stellen oberhalb von Lauras Pulsadern.

Zum Glück lag im Kosmetikschrank ein Druckverband. Ich half der Krankenschwester, Lauras Handgelenk zu verbinden und die Blutung zu stoppen. Laura reagierte nicht. Die Augen geschlossen. Bewusstlos. Oh, Süße! So viel Blut verschwendet!

Hans, der Mann der Krankenschwester, lief mit weiterem Verbandszeug an.

Der Notarzt war zehn Minuten später da. Alles ging rasend schnell. Wir riefen Lauras Eltern an. Sie waren in Ingolstadt bei Lauras Oma. Fuhren direkt zu Laura ins Krankenhaus.

***

Schon am nächsten Tag konnte ich mit Emma, Iva, Louis und Pummel Laura im Krankenhaus besuchen.

Noemi saß bei ihr. Seit gestern hatte Noemi im Krankenhausflur gewartet, bis man sie zu Laura gelassen hatte. Jetzt streichelte sie Lauras gesunde Haut.

„Bitte entschuldige", sagte Laura ihr gerade, als wir eintraten.

***

Uns erzählte Laura die ganze Geschichte: Sie kam gestern um 15 Uhr zu Annika, um ihr Nachhilfe zu geben. Nur kurz lernten sie Mathe. Plötzlich hatte Annika angefangen, ihr zu erzählen, dass sie totale Probleme mit den Jungs habe.

„Ich habe versucht, mit Jayden zu schlafen, als wir zusammen waren", sagte sie. „Es ging aber nicht. Dann war ich mit Sarah übers Wochenende weg. Wir haben zusammen geschlafen. Das war wunderbar. Seitdem weiß ich, dass ich lesbisch bin." Sarah war eine YouTube-Freundin von Annika.

Daraufhin sagte Laura, dass sie auch lesbisch sei. Sie erzählte Annika von ihren Träumen. Dass sie in Noemi verliebt sei, sich aber nicht traute, es ihr zu sagen. Noemi stehe sicher auf Jungs.

Jetzt hielt Noemi Lauras Hand.

Daraufhin sei Jayden aus einem Nebenzimmer aufgetaucht und rief „Prank!“. Er zeigte ihr die Kamera. Laura bettelte sie an, das Video mit ihrem Outing nicht zu veröffentlichen. Jayden und Annika lachten Laura aus.

„Und!“, sagte Louis und guckte Noemi an.

„Was und?“, fragte Noemi.

„Stehst du auf Jungs?“

„Hä! Das geht dich einen Scheißdreck an!“

„Willst du eins auf die Fresse bekommen, Louis?“, fragte Emma.

„Louis hat mich gerettet, ihr Süßen“, sagte Laura. „Louis und Lia! Hey, ihr fangt beide mit ‚L‘ an. Wie ich!“

„Noch schlimmer“, sagte ich. „Louis heißt mit Nachnamen Lavendell und ich Libelle.“ Wir lachten.

„Ich wollte dir nicht zu nahekommen, Noe“, sagte Louis. „Vielleicht wär’s aber besser, wenn zwischen Laura und dir alles klar ist.“

„Zwischen uns ist alles klar“, sagte Noemi und küsste Laura auf die Lippen.

***

Noch in der Nacht hatte Laura ihren Eltern gesagt, sie habe sich umbringen wollen, da sie Angst hatte, sich als lesbisch zu outen.

Ihre Mama sagte nur: „Du bist doch unser Mädchen. Alles andere spielt keine Rolle.“

Ihr Vater umarmte sie. „Kleines! Du kannst uns alles sagen. Wir sind für dich immer da.“

Unser Spiel, Jayden und Annika, hatte Laura nicht erwähnt. Sie wollte daraus keine Affäre machen.

Die anderen Mädchen, Louis und ich wollten das schon. Laura hatte aber Angst, es würde sich dann herumsprechen, warum sie sich hatte umbringen wollen. Und das könnte dann auch Noemi treffen.

„Auch in unseren Zeiten kann ein siebzehnjähriges Mädchen sich nicht öffentlich als lesbisch outen", sagte Noemi. „Wenn sie in Ruhe leben will." Sie hatte recht.

Laura guckte uns an. „Könntet ihr Jayden dazu bringen, das Video mit mir zu löschen?"

„Kann ich", sagte Louis. „Den ‚All you need is Laugh'-Kanal kannst du aber selbst löschen, oder? Du hast das doch mit Jayden verwaltet."

„Kann ich nicht", sagte Laura. „Ich war zu blöd: Ich habe Jayden erlaubt, den YouTube-Kanal von seinem Google-Konto aus einzurichten. Ich bin zwar die Admin des Kanals, doch löschen kann das nur der Admin des Google-Kontos – Jayden."

„Das kriegen wir hin", sagte Louis. Er beeindruckte mich immer mehr. Nicht nur ein Lachkasperl schlummerte in ihm. Warum war ich so blind?

***

Noemi blieb bei Annika. Emma, Iva, Louis, Pummel und ich radelten zu Jayden. Seine Eltern waren noch immer in London. Er war aber nicht allein. Annikas Fahrrad stand am Zaun angeschlossen. „Ich breche ihm alle Rippen!", murmelte Emma die ganze Zeit.

„Gewalt erzeugt nur Gewalt", sagte Pummel.

„Hä! Spinnst du?"

„Wir bekommen alles, was wir wollen", sagte Louis. „Ihr müsst mich das aber machen lassen, okay?"

Emma grummelte, am Ende haben wir's Louis versprochen. „Wenn du aber nichts erreichst", sagte Emma zu Louis, „dann machen wir in Jaydens Haus auf Guantanamo und foltern ihn so lange, bis er den Film mit Laura und den blöden Kanal löscht. Okay?"

„Ja!"

Emma hielt sich tatsächlich ruhig, als Jayden uns aufmachte. Er wusste schon, dass Laura einen Selbstmordversuch unternommen hatte. Fabi hatte es ihm erzählt.

„Du bist ein selbstverliebtes, egoistisches Arschloch!", sagte ich ihm. „Kalt wie ein Fisch."

„Du bist nur sauer, weil du ihn nicht haben kannst", sagte Annika. Sie war hinter Jayden in der Tür aufgetaucht.

Jayden grinste. Ich schob mich auf die Seite. „Du bist to..." Iva stotterte, Suchte nach dem passenden Wort. „... total unanständig!"

Jayden lachte auf. Nicht von Herzen. Verkrampft. Gestellt. Dieser Typ lachte aber. Obwohl Laura im Krankenhaus lag. „Dass gerade du von Anstand redest", sagte er zu Iva. „Dich hat doch schon jeder in der Schule flachgelegt." Wo waren nur mein Jayden und sein Stil geblieben? Iva wurde blass. „Da... da... das ... das ist nicht wahr!"

Pummel kam die kleine Treppe zu Jayden wie eine dicke Kanonenkugel hochgeschossen und knallte Jayden eins auf die Nase. Blut spritzte aus seinem Gesicht. Jayden ging zu Boden. Annika kreischte: „Ich rufe die Polizei!"

„Hiermit hat sich die Mannschaft der Jungs in unserem Spiel disqualifiziert", sagte Pummel feierlich in seiner Rolle als Schiedsrichter und blies auf seinen Handrücken. Es war ein Hammerschlag gewesen. Wie von Bud Spencer.

Jayden rappelte sich hoch. Saß seine Nase jetzt etwas schief in seinem hübschen Gesicht? „Ich zeige dich an", sagte er zu Pummel. „Du fliegst von der Schule, Fettsack!"

Pummel wollte sich auf Jayden stürzen. Emma und Louis zerrten ihn aber die kleine Treppe runter.

Ich war sprachlos. Wie konnte ein Mensch sich so gewandelt haben, in den ich so verliebt gewesen war?

Louis ließ Pummel unten mit Emma stehen und drehte sich wieder zu Jayden. „Wir haben keine Lust mit dir zu reden. Zuerst also: Du löschst den ‚All you need is Laugh'-YouTube-Kanal und das Video, das du und Annika heimlich mit Laura gedreht habt."

„Klar lösche ich nichts", sagte Jayden. „Das Kanal hat schon jetzt tausend Abonnenten. Von mir aus blasen wir das Spiel ab. Und wir erlassen den Mädchen das Strippen. So großzügig sind wir. Das Kanal behalte ich aber."

Hörte ich richtig? Das da war der Junge, den ich vor ein paar Tagen noch vergötterte? Ich guckte Emma an und sah, wie ihre Muskeln zuckten und sich spannten. Die Kiefer fest zusammengebissen. Wir hatten aber Louis versprochen, ihn machen zu lassen. Schon Pummel hatte die Absprache gebrochen. Emma rührte sich zum Glück nicht. Noch nicht.

„Du behältst gar nichts“, sagte Louis. „Ich gehe jetzt mit dir ins Haus, und wir löschen alles zusammen. Das Video mit Laura auf deiner Kamera und deinem Computer. Und den Kanal. Oder wir gehen jetzt alle zur Polizei und zeigen dich an. Der Prank mit Laura ist strafbar, Mann! Ihr habt sie zum Selbstmord getrieben. Es ist illegal, andere Menschen in solche Schweinereien zu treiben und sie dabei zu filmen. Dafür geht ihr beide in den Jugendknast.“

Annika fasste sich vor Schock am Mund. „Wirklich?“ Diese blöde Nuss!

„Klar!“

„Jay!“, sagte Annika. „Lösch diesen blöden Film! Ich will keine Scherereien haben. Du machst 'nen neuen Kanal auf. Ich promote dich so, dass du bald Tausende von Abonnenten hast.“

Jayden zuckte mit den Schultern, drehte sich um und ging ins Haus. Louis und Annika hinter ihm her. Emma, Iva, Pummel und ich warteten draußen.

„Was sollte das, hä?“, fragte Emma Pummel. „Mir hältst du Moralpredigten, sagst mir, Gewalt erzeugt Gewalt, und dann schlägst du das Arschloch k.o.“

„Da haben sich halt die Rahmenbedingungen geändert“, sagte Pummel. Iva hüpfte ihn an und küsste ihn.

Der größte Prankster

Am Montagnachmittag holten wir Laura im Krankenhaus ab. Ihr Arzt hatte ihr eine Psychotherapie verschrieben. Wir wussten aber alle, sie würde sich nichts mehr antun wollen.

Endlich war Laura glücklich. Noemi hatte die ganze Zeit bei ihr gesessen, sich heute in der Schule krankgemeldet.

Statt dass Laura uns wie früher mit einem tiefsinnigen Satz zum Nachdenken brachte, sagte sie jetzt: „Gut, dass ihr kommt. Der Kaffee hier schmeckt wie Lebertran. Wie ist es eigentlich bei Jayden gelaufen?"

Wir erzählten ihr alles. Auch dass Pummel das Team der Jungs disqualifiziert hatte. „Das tut mir leid", sagte Laura zu Louis. „Wegen mir musstest du verlieren!"

„Ich war sowieso nicht mehr dabei", sagte Louis. „Und manchmal gewinnt man, auch wenn man verliert!"

„O Gott!", sagte ich. „Habe ich jetzt endlich einen klugen Freund? ... Eigentlich ist es gemütlicher, wenn dein Freund blöder ist als du selbst."

Die Mädchen starrten mich an. Louis lachte. Klar habe ich das so gesagt. Nichts ausgedacht. So cool war ich plötzlich.

„Eigentlich haben die Jungs verloren", sagte Pummel. „Soll ich sie dazu bringen, dass sie beim Sommerfest ihr Liebesgedicht vortragen?"

„Ich will von Monte kein Liebesgedicht hören", sagte Iva.

„Ich von Fabi auch nicht", sagte Emma.

Jetzt glotzten alle mich an. „Klar will ich von Jayden kein Liebesgedicht hören", sagte ich.

„Tätärätä!", rief Pummel und ließ von seinem Smartphone einen lauten Tusch erklingen.

Durch die lauten Beats getarnt sagte ich Louis ins Ohr, damit's niemand sonst hörte: „Dein Liebesgedicht für mich musst du aber schon noch öffentlich vortragen!"

Leider hatten die Beats plötzlich gestoppt, als ich mein erstes Wort sagte. So im Schwung beendete ich den Satz und wurde im Gesicht heiß wie bei einem Sonnenstich. Wieder starrten alle mich an.

Louis wollte antworten. Ich legte ihm den Zeigefinger auf den Mund. „Pssst!" Er biss hinein. Das gab's doch nicht, oder? Die anderen lachten. Würden jetzt chillige Zeiten anbrechen? Nach dem Stress der letzten Wochen?

Noemi nahm Lauras Tasche in eine Hand, mit der anderen packte sie Laura an der gesunden Hand. Bereit zum Aufbruch.

Ich sah Emma an und wusste, auch sie dachte jetzt an Laura und Noemi. So wie ich, hoffte auch Emma, man würde den beiden möglichst lange ihr Glück gönnen. Kein Hasser, kein mit Vorurteilen vollbepackter Idiot, würde ihnen etwas Krankes sagen oder sogar antun.

***

Eine Stunde später lagen wir auf der Sitzgarnitur in der Wohnung von Lauras Eltern. Sie waren auf der Arbeit. „Worüber grübelst du?", fragte ich Emma. So lange mit Falten auf der Stirn hatte ich sie schon lange nicht gesehen. Auch bei der Aktion gegen Jayden war sie eher wütend als grübelnd gewesen.

„Ich habe mit Fabi Schluss gemacht", sagte Emma. „Ich möchte nicht die HAND von Jayden zum Freund haben." Ich knuddelte Emma.

„Oh, das tut mir leid", sagte Laura. „Weißt du … Fabi ist … du bist zu gut für Fabi."

„Das hast du super gemacht", sagte Noemi.

„Fabi ist ein damischer Volldepp", sagte Iva.

„Fabi stellt sich jetzt wegen Jayden blöd an", sagte Louis. „Er wird schon wieder."

„Ist mir egal", sagte Emma.

„Ich kann jetzt mit Fabi auch nicht viel anfangen", sagte Pummel. „Äääh … äääh … äääh …" Ich reichte ihm eine Packung Gummibärchen. Vielleicht würden sie ihm die Kehle ölen und die Zunge lösen.

In der letzten Zeit erwischte ich immer mehr Freunde beim Stottern. Mich eingeschlossen. Waren wir von einem Stotter-Virus befallen? Vielleicht haben wir uns jetzt aber nur mehr Gedanken gemacht als früher, als die Welt klar gewesen war wie eine Kristallkugel.

„Danke", sagte Pummel. „Ich esse keine Süßigkeiten mehr." Iva lächelte ihn an.

„Wir sollten ordentlich YouTube durchsuchen", sagte Louis. „Ich war bei Jayden, als er den Kanal löschte. Kann aber sein, er hat mit den Filmen 'nen neuen Kanal geöffnet. Checken wir's besser ab, oder?"

Laura ging über ihren PS4-Anschluss in YouTube. Wir suchten nach Jaydens Nickname PrankPower, nach Prank, Schwimmbad, Klotür, Ratte, Lippenstift und allen möglichen Stichworten, welche die Prankvideos der Jungs im Titel haben würden. Millionen von Filmen bei YouTube.

Egal, welche Stichwörter wir kombinierten, wir fanden nichts, was auf Jayden hinweisen könnte. Nur seinen alten YouTube-Kanal. Wir guckten uns ein paar alte Videos von ihm an. Erst jetzt sah ich, wie hirnrissig das alles war. Jungsgeblödel. Ewiges Grübeln darüber, warum Mädchen zu zweit aufs Klo gehen.

Wenn Louis den Jungs ihre Prankideen nicht geliefert hätte, hätten sie gegen uns keine Chance gehabt. Nichts Interessantes fanden wir.

Bis Noemi sagte: „Das glaube ich nicht!" Sie zeigte rechts auf den Streifen mit Videovorschlägen zum Thema. „Kannst du das zweite von oben anklicken." Laura klickte es mit dem PS4-Controller an. Ein protziges Comic-artiges YouTuber-Logo sprang auf den Schirm: Und schon lief das Video, und das nächste und das nächste. Sprachlos sahen wir den Bildschirm an:

Der FuckYouTubologe

Wir unter dem Kastanienbaum am Sportplatz mit einer Wassermaschinenpistole beschossen. Danach die explodierende Kondom-Wasserbombe.

Noemi mit dem Bitch-Schild auf dem Rücken.

Die Gummischlangen-Attacke im Schwimmbad. Jesses! Wir waren damals aus dem Wasser wie lebendige Torpedos geschossen.

„Ich bringe die Ratte um!", brüllte Noemi ihren Standardspruch. Doch jetzt so entschlossen, dass ich mir um das Leben ihres kleinen Bruders Rico Sorgen machen musste. „Wie peinlich!", jammerte Noemi.

Laura legte den PS4-Controller ab, umarmte Noemi. „Nichts Menschliches ist peinlich", sagte sie und erfand somit mein neuntes Lachgebot:

Das neunte Lachgebot

Nichts Menschliches ist peinlich: Lebe, liebe, lache!

Kein Happyend! Oder doch?

Die Abendhitze und -sonne hatte ganz Haidhausen auf die Straßen getrieben. Louis und ich drängten uns durch die flanierenden Leute.

„Soll ich dir ’n Magnum mit Mandeln holen?", Louis zeigte auf den Lebensmittelladen an der Ecke. Kurz vor acht.

„Wir holen uns Eis in der Waffel", sagte ich. „Ein Stück weiter am Bordeaux-Platz ist eine gute Eisdiele."

Cookies-Kokos-Caramel für mich. Louis hatte ein so ausgefallenes Eis bestellt, dass ich mir den Namen nicht merken konnte.

Ich griff in sein braunes schönes und dichtes Haar und hielt ihm einen Marienkäfer vor die Nase. „Der hat an dir geknabbert", sagte ich.

„Ich fühle mich super, wenn man mich anknabbert", sagte Louis.

***

Eine Viertelstunde lang knabberte ich an ihm in seinem Bett. Sein Vater war unterwegs. Beim Ausziehen und Streicheln von mir stellte Louis sich sehr geschickt an. Das war kein „Hurra auf die Burg“ wie bei Chris und Jayden. Als ob er viel mehr darauf achten würde, was mir guttat als auf das, worauf er selbst Lust hatte.

Plötzlich ließ mich ein blöder Gedanke innehalten. Ich zog mich zurück. Klar fühlte ich Vertrauen zu ihm, ich wusste, jetzt würde kein Prank kommen. Da war ich mir sicher. Doch etwas Anderes beschäftigte mich: Wieso war er so erfahren? Hatte er das am Ende schon mit allen Mädchen in der Schule getrieben? Annika kam mir in den Sinn. Mir wurde ganz schlecht.

„Ist was?“, fragte er. Er hatte die ganze Zeit auf meine Stimmung geachtet.

„Äääh ... nichts ... äääh ... hast du was mit Annika gehabt?“

„Nein!“, sagte er. „Ich konnte Annika noch nie ausstehen.“

„Weil du so ... so erfahren tust“, sagte ich. „Als ob du schon mit hundert Mädchen geschlafen hättest.“

„Ich bin 'ne Jungfrau“, sagte Louis. So viel Ehrlichkeit überraschte mich.

„Ja, aber du machst das so gut!“

„Ich hab drüber 'nen Schulaufsatz schreiben müssen.“

Ich bekam einen Lachanfall. „Du Idiot!“, sagte ich.

„Komm“, sagte er. „Wir machen jetzt, statt zu denken. Das Denken überlassen wir dem Pferd, das hat einen größeren Kopf.“ Und so machten wir das auch.

***

Wir lagen eingekuschelt im Bett. Immer noch nackt. „Das war mein schönstes erstes Mal", flüsterte ich ihm ins Ohr. Auch wenn die Wohnung leer war und uns niemand hören konnte.

„Du hast 'nen super Einfluss auf mich", sagte er. „Mir ist gerade jetzt ein genialer Prank eingefallen."

„Ich will von Pranks nichts mehr hören", sagte ich.

„Du willst doch lachen", sagte Louis. „Es gibt auch lustige Pranks. Ich würde nur Pranks machen, über die ihre Opfer auch lachen könnten."

Ich war skeptisch. Er erzählte mir von seiner Idee, und ich wurde immer hellhöriger.

„Das klingt wahnsinnig lustig", sagte ich.

„Machen wir zusammen 'nen YouTube-Kanal auf."

„Klar!"

Und so begann meine zweite Karriere als „Prankster". Das ist aber eine andere Geschichte.

***

„Meine Mutter hat mir per WhatsApp eine Nachricht geschickt", sagte ich unvorsichtigerweise.

„Ja?"

„Äääh ..." War ich blöd, oder was? Dass ich das Louis gesagt habe. Jetzt musste ich lügen, mir etwas anderes ausdenken, als Mama tatsächlich geschrieben hatte. Ich wollte aber Louis nicht belügen. Ich erinnerte mich, wie meine Mutter vor der Schule Jayden traf, an die blöden Sprüche von Dödel und Monte, an Jaydens Verachtung von meiner Mama. Scham ergoss sich über mich. Sicher war ich bis zu den Fußsohlen rot.

Na ja, was soll's. Louis würde sicher keine Lust haben, meine Mama zu treffen. So wie Jayden dazu keine Lust gehabt hatte. „Meine Mutter lädt mich und meinen Freund zu einem Eisbecher ein", sagte ich. „Äääh … wohl meint sie aber mit ‚meinem Freund' Jayden. Von dir weiß sie noch nichts."

„Hey, Li! Du verheimlichst mich vor deinen Eltern?"

„Nein! Aber weißt du, meine Mutter ist …"

„Ich kenne doch deine Mutter", sagte Louis. „Du hast die lustigste Mama der Welt." Staunend guckte er mir in die Augen. Jetzt nicht gespielt. Echt. „Du weißt das nicht, Lia?"

„Quatsch!", sagte ich.

„Komm!", sagte Louis. „Wir gehen Eis essen mit deiner Mama! Eine Eiseinladung darf man nicht ausschlagen."

„Wir haben doch schon Eis gegessen", sagte ich.

„Na, siehst du, und es war zu wenig. HOPP, HOPP! Wir gehen unter die Dusche zusammen!"

„Ja, hör mal, bist du hier der Boss, oder was?" Louis lachte nur und zerrte mich ins Badezimmer. Voll autoritär, der Typ, oder? Ich ließ mich hinschleppen.

***

Eine Stunde später standen wir am Brunnen am Weißenburger Platz und warteten auf meine Mama. Hier hatte Louis vor kurzem die Geschichte über das Begräbnis seines Opas erzählt.

Meine Mama tauchte in hautengen roten Ledershorts, Bauch breit frei, den Nabel gepierct – o Gott –

und in einem knallorangenen Top mit einem Schriftzug über ihrem großen Busen auf: ACHTTAUSENDER.

„Jessesmaria!", rief ich im Geiste. „Ich sterbe!"

Als Mama Louis sah, brach ihr vor Überraschung wieder ein Absatz ab. Aber nur fast, weil sie keine Pumps anhatte. Heute trug sie zum Glück absatzlose Nikes. „Louis!", rief sie begeistert und klebte ihm zwei Küsschen auf die Backen. „Ich freue mich so!" Hä! Warum freute sie sich? Mochte sie Jayden nicht?

Egal wie Louis auf cool machte, Mamas Aufmachung brachte auch ihn aus dem Konzept. Fassungslos starrte er den Schriftzug auf Mamas großen Brüsten an.

„Witzig, oder?", sagte Mama und zeigte mit dem Finger auf die ACHTTAUSENDER. Auf den Schriftzug, meine ich. Nicht auf ihre Brüste.

„Krass schöne Typographie!", sagte Louis. „Open Sans Extra Bold, oder? Die Schrift habe ich in meinem Graphikprogramm."

„Was?", fragte Mama etwas verwirrt. Und da blieb mir nichts Anderes übrig, als in schallendes Gelächter auszubrechen. Klar machten Mama und Louis mit. Wir lachten wie auf Lachgas, mussten uns vor lauter Lachen an einem Fahrradständer festhalten, um nicht abzufliegen.

Ein sonniger Tag in Haidhausen: Leute blieben bei uns stehen, zuerst guckten sie uns nur zu, langsam zuckten aber ihre Lippen, auch sie explodierten in einem Lachanfall. Wir lachten weiter. Jeder, der an uns vorbeigehen wollte, ließ sich anstecken, ging ab vor Lachen und trat damit bei uns neue Lachwellen los.

Bald lachte der ganze Gehsteig, die Straße, das Viertel, die Stadt, das Land, die Sonne und die Planeten über uns, die Milchstraße und die ganze Welt. All die lachenden Menschen um uns herum waren schön: Weiße und Schwarze, Junge und Alte, Frauen und Männer und alles dazwischen, Kinder, kluge und einfache Leute, Männer, die auf Frauen und Männer standen, und Frauen die auf Männer und Frauen standen, Deutsche und Türken, Einheimische und Flüchtlinge – Menschen. Heute lachten sich alle Menschen schön. Zusammen!

Das zehnte Lachgebot

Bringe alle zum Lachen!

Danksagung

Paula Schindler und Martine Horsmans haben das Rohmanuskript gelesen und mir viele wertvolle Tipps zukommen lassen. Vielen Dank!
Ein großer Dank gehört Lisa Reim für das wunderbare Lektorat.
Auch bei meinem Agenten Martin Bethke von storyvents möchte ich mich bedanken. Ohne Martin würde dieses Manuskript in der Schublade liegen. Seit Martin und ich zusammenarbeiten, macht das „Büchermachen" richtig Spaß.
Stellvertretend für den ganzen dp-Verlag gebührt mein großer Dank Natalia Tolstopyat, Francesca Hintz und Marc Hiller. Ich habe schon mit einigen Verlagen Bücher herausgebracht, doch noch nie mit einem so frischen, innovativen und mutigen wie es dp DIGITAL PUBLISHERS ist. Danke für die wunderbare Kommunikation! Danke für alles!